JULIA QUINN

Por un beso

JULIA QUINN

Por un beso

BRIDGERTON
Una romántica y divertida saga familiar.

TITANIA

Argentina • Chile • Colombia • España
Estados Unidos • México • Perú • Uruguay

Título original: *It's in His Kiss*
Editor original: Avon Books, Nueva York
Traducción: Claudia Viñas Donoso

1.ª edición Abril 2020

Copyright © 2005 *by* Julie Cotler Pottinger
All Rights Reserved
© 2020 *by* Ediciones Urano, S.A.U.
Plaza de los Reyes Magos, 8, piso 1.º C y D – 28007 Madrid
www.titania.org
atencion@titania.org

ISBN: 978-84-16327-88-1
E-ISBN: 978-84-17981-02-0
Depósito legal: B-5.161-2020

Fotocomposición: Ediciones Urano, S.A.U.

Impreso por Romanyà Valls, S.A. – Verdaguer, 1 – 08786 Capellades (Barcelona)

Impreso en España – *Printed in Spain*

Dedicada a Steve Axelrod, por cien motivos diferentes
(¡pero en especial por el caviar!).

Y también a Paul, aun cuando parece creer que soy el tipo
de persona a la que le gusta invitar a caviar.

Agradecimientos

Deseo agradecer a Eloisa James y a Alessandro Vettori sus conocimientos de todas las cosas italianas.

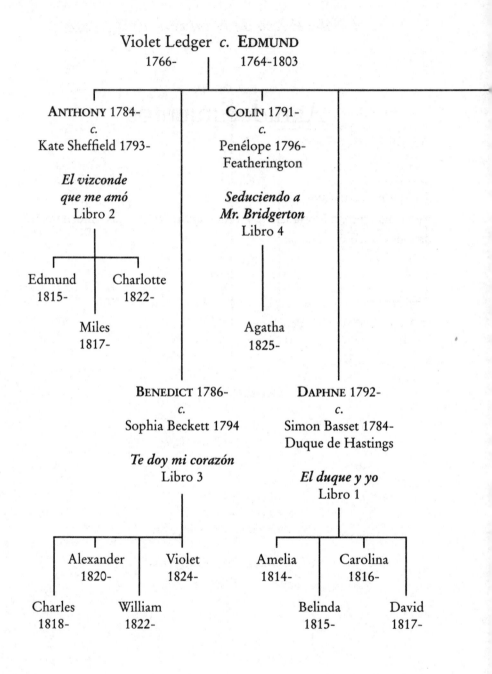

Violet Ledger *c.* **EDMUND**
1766-   1764-1803

ANTHONY 1784-
c.
Kate Sheffield 1793-

*El vizconde
que me amó*
Libro 2

Edmund   Charlotte
1815-   1822-

Miles
1817-

COLIN 1791-
c.
Penélope 1796-
Featherington

*Seduciendo a
Mr. Bridgerton*
Libro 4

Agatha
1825-

BENEDICT 1786-
c.
Sophia Beckett 1794

Te doy mi corazón
Libro 3

Alexander   Violet
1820-   1824-

Charles   William
1818-   1822-

DAPHNE 1792-
c.
Simon Basset 1784-
Duque de Hastings

El duque y yo
Libro 1

Amelia   Carolina
1814-   1816-

Belinda   David
1815-   1817-

Árbol genealógico de la familia Bridgerton

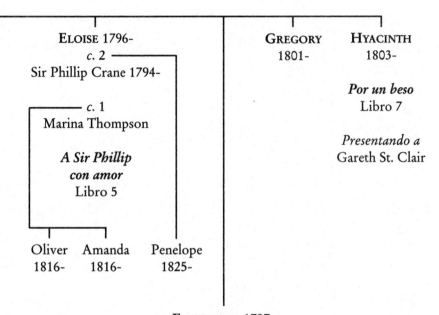

ELOISE 1796-
c. 2
Sir Phillip Crane 1794-

c. 1
Marina Thompson

*A Sir Phillip
con amor*
Libro 5

Oliver 1816-   Amanda 1816-   Penelope 1825-

GREGORY 1801-   HYACINTH 1803-

Por un beso
Libro 7

Presentando a
Gareth St. Clair

FRANCESCA 1797-
c. 1
John Stirling
Octavo conde de Kilmartin
1792-1820

c. 2
Michael Stirling 1791-
Noveno conde de Kilmartin

El corazón de una Bridgerton
Libro 6

Prólogo

1815, diez años antes de que comience nuestra historia en serio...

Eran cuatro los principios por los que Gareth Saint Clair regía su relación con su padre para mantener su buen humor y cordura en general:

Primero: no conversar entre ellos a menos que fuera absolutamente necesario.

Segundo: hacer lo más breves posibles todas las conversaciones absolutamente necesarias.

Tercero: en el caso de que fuera necesario decir algo más que un simple saludo, siempre era mejor que hubiera otra persona presente.

Y cuarto: con el fin de hacer realidad los tres primeros puntos, él debía conducirse de manera que recibiera todas las invitaciones que fuera posible para pasar las vacaciones y asuetos escolares con amigos.

Vale decir, no en casa.

Más exactamente, lejos de su padre.

Bien visto, pensaba Gareth Saint Clair, cuando se tomaba la molestia de pensarlo, lo que no era frecuente pues ya había hecho una ciencia de sus tácticas de evitación, esos principios le daban buenos resultados.

Y le iban bien a su padre también, dado que a Richard Saint Clair su hijo menor le caía tan bien como a este le caía él. Y a eso se debía, pensó Gareth, ceñudo, que lo sorprendiera tanto que su padre le hubiera escrito al colegio para ordenarle que fuera a casa.

Y con tanta energía.

La carta de su padre era muy clara, no se apreciaba ninguna ambigüedad en ella. La orden era que debía presentarse inmediatamente en Clair Hall, la propiedad en el campo.

Eso era tremendamente irritante. Solo le quedaban dos meses para terminar sus estudios en Eton, por lo que su vida allí estaba llena de actividad, entre los estudios, los deportes y, lógicamente, la ocasional incursión en la taberna de la localidad, siempre avanzada la noche y siempre en jaranas con vino y mujeres.

Llevaba su vida exactamente como la desearía un joven de dieciocho años. Y tenía la clara impresión de que mientras se las arreglara para mantenerse fuera de la línea de visión de su padre, su vida a los diecinueve sería igualmente maravillosa. Cuando llegara el otoño entraría en Cambridge, junto con todos sus mejores amigos, y tenía toda la intención de continuar allí sus estudios y vida social con el mismo entusiasmo.

Mientras paseaba la vista por el vestíbulo de Clair Hall, exhaló un largo suspiro, con el que pretendía manifestar impaciencia pero que le salió más nervioso que otra cosa. ¿Para qué diantres podría quererlo ver el barón (como llamaba a su padre)? Hacía tiempo que este había anunciado que se desentendía totalmente de su hijo menor y que solo le pagaba la educación porque eso era lo que se esperaba de él.

Todo el mundo sabía lo que significaba eso: que sería mal visto por sus amigos y vecinos si su padre no lo enviaba a colegios respetables.

En las raras ocasiones en que se cruzaban sus caminos, el barón se pasaba todo el tiempo hablando de lo mucho que lo decepcionaba su hijo menor.

Y con eso lo único que conseguía era estimularlo a fastidiarlo más aún. Al fin y al cabo no hay nada como no estar a la altura de las expectativas.

Comenzó a golpear el suelo con el pie, sintiéndose forastero en su propia casa, mientras el mayordomo iba a avisar a su progenitor de su llegada. Había pasado tan poco tiempo ahí en los nueve últimos años que le resultaba difícil sentir afecto por esa casa. Para él solo era un montón de piedras que pertenecían a su padre y finalmente pasarían a su hermano mayor, George. A él no le tocaría nada de la casa ni de la fortuna Saint Clair, por lo que debería forjarse su camino solo en el mundo. Tal vez podría entrar en el ejército una vez que terminara sus estudios en Cambridge; él único otro camino aceptable sería elegir la carrera eclesiástica, y el cielo sabía que no era apto para «eso».

Tenía muy pocos recuerdos de su madre, que murió en un accidente cuando él tenía cinco años, aunque sí recordaba cuando ella le revolvía el pelo y se reía porque él nunca estaba serio.

«Eres mi diablillo —le decía, y luego le susurraba—: No pierdas eso. Hagas lo que hagas, no pierdas eso».

No lo había perdido, y dudaba mucho de que la Iglesia de Inglaterra deseara aceptarlo en sus filas.

—Señor Gareth.

Gareth levantó la vista al oír la voz del mayordomo. Como siempre, Guilfoyle le habló en tono monótono, sin la entonación de pregunta o petición.

—Su padre le recibirá inmediatamente —entonó Guilfoyle—. Está en su despacho.

Agradeciéndole con un gesto de asentimiento al viejo mayordomo, echó a andar por el corredor en dirección al despacho de su padre, que siempre había sido para él la sala menos predilecta de la casa. Allí era donde su padre lo sermoneaba, donde le decía que jamás serviría para nada, donde comentaba glacialmente que no debería haber tenido un segundo hijo, que solo desperdiciaba el dinero de la familia en él y que era una mancha para su honor.

No, pensó cuando golpeó la puerta, no tenía ningún recuerdo feliz de esa sala.

—¡Adelante!

Gareth abrió la maciza puerta de roble y entró. Su padre estaba sentado tras su escritorio escribiendo algo en un papel. Se veía bien, pensó ociosamente. Todo le sería más fácil si el barón se hubiera convertido en una rubicunda caricatura de hombre, pero no, lord Saint Clair estaba en buena forma, fuerte, y representaba unos veinte años menos que los cincuenta y tantos que tenía.

Tenía el aspecto del tipo de hombre al que un joven como él debería respetar.

Y eso le hacía más doloroso aún su cruel rechazo.

Pacientemente esperó que su padre levantara la vista. Pasado un momento, carraspeó para llamarle la atención.

No hubo reacción.

Entonces tosió.

Nada.

Sintió deseos de hacer rechinar los dientes. Esa era la costumbre de su padre, hacer caso omiso de él durante un buen rato para recordarle que no lo encontraba digno de atención.

Pensó en la posibilidad de decir «Señor». Incluso se le ocurrió que podría decir «Padre», pero al final simplemente se apoyó en el marco de la puerta y comenzó a silbar.

Al instante su padre levantó la vista.

—Basta.

Gareth arqueó una ceja y dejó de silbar.

—Y ponte derecho. ¡Buen Dios!, ¿cuántas veces tengo que decirte que silbar es de mala educación? —dijo el barón, irritado.

Gareth dejó pasar un instante y preguntó:

—¿Debo contestar a eso o solo fue una pregunta retórica?

Al barón se le enrojeció la cara.

Gareth tragó saliva. No debería haber dicho eso. Sabía que su tono jocoso enfurecería al barón, pero a veces le costaba muchísimo mantener la boca cerrada. Había pasado años intentando conquistar el favor de su padre hasta que, finalmente, se dio por vencido y dejó de intentarlo.

Y si de tanto en tanto se daba la satisfacción de amargarle la vida al viejo tanto como este se la amargaba a él, pues sea. Hay que buscar el placer donde se puede.

—Me sorprende que hayas venido —dijo su padre.

Gareth pestañeó, desconcertado.

—Me pediste que viniera —dijo.

Y la penosa verdad era que jamás desafiaba a su padre. Nunca. Pinchaba, fastidiaba, añadía un toque de insolencia a sus palabras y actos, pero nunca se comportaba con franco desafío.

Despreciable cobarde que era.

En sus sueños sí luchaba. En sus sueños le decía a su padre todo lo que pensaba de él, pero en la vida real sus desafíos se limitaban a silbidos y expresiones hoscas.

—Sí —dijo su padre, reclinándose ligeramente en el respaldo del sillón—. De todos modos, nunca te doy una orden suponiendo que vas a obedecerla correctamente. Nunca lo haces.

Gareth guardó silencio.

El barón se levantó y fue hasta una mesa cercana donde tenía un decantador de coñac.

—Me imagino que querrías saber por qué te he citado —dijo.

Gareth asintió, pero puesto que su padre no se dignó a mirarlo, contestó:

—Sí, señor.

El barón bebió con gusto un trago de coñac y lo saboreó con gran ostentación, haciéndolo esperar. Finalmente se giró hacia él y lo miró de arriba abajo con ojos fríos y evaluadores:

—Por fin he descubierto una manera de que seas útil a la familia Saint Clair.

Gareth levantó bruscamente la cabeza, sorprendido.

—¿Sí? ¿Señor?

El barón bebió otro trago y dejó la copa en la mesa.

—Efectivamente. —Entonces lo miró a los ojos por primera vez en esa entrevista—. Te vas a casar.

—¿Señor? —balbuceó Gareth, casi atragantándose.

—Este verano —confirmó lord Saint Clair.

Gareth se agarró del respaldo de la silla más cercana, para no caerse. Tenía dieciocho años, ¡por el amor de Dios! Aún no estaba en edad para casarse. ¿Y sus estudios en Cambridge? ¿Podría hacerlos estando casado? ¿Y dónde llevaría a vivir a su esposa?

Además, ¡santo cielo!, ¿con quién debía casarse?

—Es una unión excelente —continuó el barón—. La dote restablecerá nuestras finanzas.

—¿Nuestras finanzas, señor?

Lord Saint Clair clavó los ojos en los de su hijo.

—Tenemos hipotecado absolutamente todo —dijo en tono duro—. Un año más y perderemos todo lo que no está vinculado al título.

—Pero... ¿cómo?

—Eton no es barato —replicó el barón.

No, claro, pero no sería tanto como para dejar indigente a la familia, pensó Gareth, desesperado. Eso no podía ser solamente culpa de él.

—Puede que seas una decepción, pero no he faltado a mi responsabilidad hacia ti. Has sido educado como corresponde a un caballero. Se te ha dado un caballo, ropa y un techo sobre tu cabeza. Ahora es el momento de que te portes como un hombre.

—¿Con quién? —preguntó Gareth en un susurro.

—¿Eh?

—¿Con quién? —repitió en voz más alta. ¿Con quién quería casarlo?

—Con Mary Winthrop —contestó su padre con la mayor naturalidad.

Gareth sintió que la sangre le abandonaba el cuerpo.

—Mary...

—La hija de Wrotham —añadió su padre, como si él no lo supiera.

—Pero Mary...

—Será una excelente esposa. Será sumisa, y puedes dejarla en el campo si quieres divertirte por la ciudad con tus tontos amigos.

—Pero, padre, Mary...

—Yo acepté en tu nombre. Está hecho. Ya está firmado el acuerdo.

Gareth se sintió ahogado. Eso no podía estar ocurriendo. No era posible que se pudiera obligar a un hombre a casarse, en esa época, ni a esa edad.

—Winthrop quiere que la boda se celebre en julio —añadió su padre—. Le dije que no tenemos ninguna objeción.

—Pero, Mary. ¡No puedo casarme con Mary!

El barón arqueó una de sus espesas cejas.

—Puedes y lo harás.

—Pero, padre, es... es...

—¿Imbécil? —terminó el barón. Se echó a reír—. Eso no tendrá ninguna importancia cuando esté debajo de ti en la cama. Y por lo demás, no tienes por qué tener nada que ver con ella. —Avanzó hacia él hasta quedar desagradablemente cerca—. Lo único que tienes que hacer es presentarte en la iglesia. ¿Entiendes?

Gareth no dijo nada. Tampoco hizo nada. Escasamente lograba continuar respirando.

Conocía a Mary Winthrop de toda la vida. Era un año mayor que él y vivía cerca, pues las propiedades de sus respectivas familias eran colindantes desde hacía más de un siglo. De niños eran compañeros de juegos, pero muy pronto se hizo evidente que la niña no estaba bien de la cabeza. Él siempre fue su defensor cuando estaba en la propiedad del campo; había golpeado hasta dejar sangrando a más de un matón cuando la insultaba o quería aprovecharse de su naturaleza dulce y modesta.

Pero no podía casarse con ella. Era como una niña pequeña. Eso tenía que ser pecado. Y aun en el caso de que no lo fuera, no podría soportarlo. ¿Cómo iba ella a comprender lo que debía ocurrir entre ellos como marido y mujer?

No podría acostarse con ella. Jamás.

Se limitó a mirar fijamente a su padre, sin encontrar ninguna palabra que decirle. Por primera vez en su vida no encontraba ninguna respuesta fácil, ninguna réplica frívola o atrevida.

No se le ocurrió ninguna palabra. Sencillamente no había palabras para un momento como ese.

—Veo que nos entendemos —dijo el barón, sonriendo ante su silencio.

—¡No! —exclamó, y esa sola sílaba pareció desgarrarle la garganta—. ¡No! ¡No puedo!

Su padre entrecerró los ojos.

—Estarás ahí aunque tenga que llevarte atado.

—¡No! —Lo ahogaba el nudo que tenía en la garganta, pero logró hacer salir las palabras—: Padre, Mary es... Bueno, es una niña. Nunca será más que una niña. Sabes eso. No puedo casarme con ella. Sería un pecado.

El barón se rio, aliviando la tensión y alejándose rápidamente de él.

—¿Es que quieres convencerme de que tú, tú, te has vuelto creyente?

—No, pero...

—No queda nada por discutir —interrumpió el barón—. Wrotham ha sido extraordinariamente generoso con la dote. Dios sabe que tiene que serlo, para librarse de una idiota.

—No hables así de ella —dijo Gareth casi en un susurro.

No querría casarse con Mary, pero la conocía de toda la vida y ella no se merecía que hablaran así de ella.

—Es lo mejor que harás en tu vida. Lo mejor que tendrás. La dote que ofrece Wrotham es extraordinariamente generosa, y yo me encargaré de darte una asignación que te permitirá vivir cómodamente de por vida.

—Una asignación —repitió Gareth con la voz ahogada.

El barón soltó una risita.

—No creerás que te confiaría una suma fabulosa, ¿verdad? ¿A ti?

Gareth tragó saliva, incómodo.

—¿Y los estudios?

—Puedes ir a la Universidad. De hecho, tendrías que agradecerle eso a tu esposa. Sin el contrato de matrimonio no habría dinero para pagarte los estudios.

Gareth no se movió, tratando de inspirar aire y normalizar aunque fuera un poco la respiración. Su padre sabía lo mucho que significaba para él ir a estudiar en Cambridge. Eso era lo único en que los dos siempre habían estado de acuerdo: un caballero necesita una educación de caballero. ¿Qué más daba que él anhelara toda la experiencia, tanto social como académica, mientras que lord Saint Clair solo lo consideraba algo que un hombre debe hacer para guardar las apariencias? Eso lo habían decidido hacía años: él iría a la Universidad y recibiría su título.

Pero al parecer lord Saint Clair siempre había sabido que no podría pagarle la educación a su hijo menor. ¿Y cuándo había pensado decírselo? ¿Cuando él estuviera haciendo su equipaje?

—Está hecho, Gareth —dijo su padre secamente—. Tienes que ser tú, ya que George es el heredero y no puedo permitir que ensucie nuestra estirpe. —Frunció los labios—. Además, de ninguna manera lo sometería a esto.

—¿Pero a mí sí?

¿Así es que tanto lo odiaba su padre? ¿En tan baja estima lo tenía? Lo miró, miró esa cara que tanta infelicidad le había causado. Jamás había visto una sonrisa, jamás había recibido una palabra de aliento. Jamás un...

—¿Por qué? —se oyó preguntar, y la palabra le pareció el gemido de un animal herido, patético, lastimero—. ¿Por qué?

El barón guardó silencio, simplemente inclinado sobre el escritorio con las manos tan aferradas al borde que los nudillos se le pusieron blancos. Y Gareth no pudo hacer otra cosa que mirarle las manos, como si estuviera paralizado por la vista de esas manos normales y corrientes.

—Soy tu hijo —dijo, sin lograr levantar la vista de las manos a la cara de su padre—. Tu hijo. ¿Cómo puedes hacerle esto a tu hijo?

Entonces el barón, que era un maestro de la réplica hiriente, cuya rabia siempre venía revestida de hielo, que no de fuego, explotó. Levantó las manos y su voz tronó en la sala como el rugido de un demonio:

—Pardiez, ¿cómo es posible que todavía no lo hayas descubierto? ¡No eres mi hijo! ¡Nunca has sido mi hijo! No eres otra cosa que un hijo ilegítimo, un cachorro roñoso que tuvo tu madre de otro hombre cuando yo estaba ausente.

La rabia salió como un torrente, como algo ardiente, irrefrenable, algo que ya no puede continuar contenido ni reprimido. Esa furia golpeó a Gareth como una ola de marejada, envolviéndolo, ciñéndolo y ahogándolo, hasta que apenas podía respirar.

—No —dijo, negando con la cabeza, desesperado.

Eso no era algo sobre lo que no hubiera reflexionado, considerándolo una posibilidad, y ni siquiera algo que no hubiera deseado, pero no podía ser cierto. Se parecía a su padre; tenían la nariz igual, ¿no? Además...

—Te he alimentado —dijo el barón, con voz grave y dura—. Te he vestido y te he presentado al mundo como hijo mío. Te he mantenido, cuando cualquier otro hombre te habría arrojado a la calle, y ya es hora de que devuelvas el favor.

—No —repitió Gareth—. Eso no puede ser. Me parezco a ti.

Lord Saint Clair estuvo un momento en silencio. Finalmente dijo, amargamente:

—Eso es una desgraciada coincidencia, te lo aseguro.

—Pero...

—Podría haberte abandonado cuando naciste —interrumpió lord Saint Clair—. Podría haber obligado a coger sus cosas a tu madre y haberos arrojado a los dos a la calle. Pero no lo hice. —Cruzó la distancia que los separaba y acercó la cara a la de él—. Has sido reconocido, eres legítimo. Y me debes eso —añadió en tono furioso.

—No —dijo Gareth, encontrando por fin la convicción que necesitaría todo el resto de su vida—. No. No lo haré.

—Dejaré de darte una asignación. No volverás a recibir ni un solo penique más de mí. Puedes olvidar tus sueños de estudiar en Cambridge, tus...

—No —repitió Gareth, y la voz le salió distinta.

Él se sentía distinto. Eso era el fin, comprendía. El final de su infancia, el final de su inocencia, y el comienzo de...

Solo Dios sabía de qué era el comienzo.

—He terminado contigo —siseó su padre; no, no su padre—. He terminado.

—Sea pues —dijo él.

Y dicho eso se marchó.

1

Han transcurrido diez años y nos encontramos con nuestra heroína, la cual, es necesario advertir, nunca ha sido una florecilla tímida, humilde ni retraída. La escena ocurre en la velada musical anual Smythe-Smith, unos diez minutos antes de que el señor Mozart comience a darse vueltas en su tumba.

—¿Por qué nos hacemos esto? —preguntó Hyacinth, pensando en voz alta.

—Porque somos personas buenas y amables —contestó su cuñada, sentándose, Dios las amparara, en un asiento de la primera fila.

—Cualquiera diría que podríamos haber aprendido la lección el año pasado —continuó Hyacinth, mirando el asiento desocupado al lado del de Penelope con el mismo entusiasmo que mostraría un erizo de mar—. O tal vez el año anterior. O incluso...

—¿Hyacinth? —dijo Penelope.

Hyacinth la miró, arqueando una ceja en gesto interrogante.

—¡Siéntate!

Hyacinth exhaló un suspiro, pero se sentó.

La velada musical Smythe-Smith, pensó tristemente. Por suerte tenía lugar solamente una vez al año, porque estaba segurísima de que sus oídos tardarían los doce meses enteros en recuperarse.

Dejó escapar otro largo suspiro, este más audible que el anterior.

—No estoy nada segura de que yo sea una persona buena y amable.

—Yo tampoco —dijo Penelope—, pero he decidido tener fe en ti de todas maneras.

—¡Qué amable por tu parte!

—Eso me pareció.

Hyacinth la miró de reojo.

—Claro que no tenías ninguna otra opción.

Penelope se giró a mirarla, entrecerrando los ojos.

—¿Y con eso quieres decir...?

—Colin se negó a acompañarte, ¿verdad? —contestó Hyacinth, mirándola con expresión ladina. Colin, su hermano, se había casado con Penelope el año anterior.

Penelope apretó firmemente los labios.

—Me encanta tener la razón —dijo Hyacinth, en tono triunfal—. Y eso es estupendo, porque generalmente la tengo.

Penelope la miró seria un momento.

—Sabes que eres insufrible, ¿verdad?

—Claro que sí —contestó Hyacinth, mirándola con una sonrisa pícara—. Pero me quieres de todos modos, reconócelo.

—No reconoceré nada hasta que acabe la velada.

—¿Hasta que las dos estemos sordas?

—Hasta que vea que te comportas.

Hyacinth se rio.

—Entraste en la familia por matrimonio. Tienes que quererme. Eso es una obligación por contrato.

—Es curioso, no recuerdo que eso haya estado en las promesas de matrimonio.

—Sí que es curioso, yo la recuerdo perfectamente.

Penelope la miró riendo.

—No sé cómo lo haces, Hyacinth, pero por irritante que seas, siempre te las arreglas para ser encantadora.

—Ese es mi más fabuloso don —dijo Hyacinth, recatada y modestamente.

—Bueno, puedes anotarte unos cuantos puntos extras por acompañarme esta noche —dijo Penelope, dándole una palmadita en la mano.

—Por supuesto. Con todos mis comportamientos insufribles, de verdad soy la esencia de la bondad y la amabilidad.

Y tenía que serlo, pensó, observando la escena que se estaba desarrollando en la pequeña tarima a modo de escenario improvisado. Otro año, otra velada musical Smythe-Smith. Otra oportunidad para enterarse de cuántas maneras se puede estropear una excelente pieza de música. Cada año juraba que no volvería a asistir a una nunca más, y cada año se volvía a encontrar ahí, sonriéndoles alentadora a las cuatro chicas que iban a actuar.

—Al menos el año pasado conseguí sentarme en la fila de atrás —dijo.

—Sí, me fijé —dijo Penelope, girándose a mirarla con expresión desconfiada—. ¿Cómo lo lograste? Felicity, Eloise y yo estuvimos aquí delante.

Hyacinth se encogió de hombros.

—Una visita muy oportuna al tocador de señoras.

—No te atrevas a hacer eso esta noche. Si me dejas sola aquí...

—No te preocupes —suspiró Hyacinth—. Continuaré aquí hasta el final. Pero... —la apuntó con el dedo, de esa manera que su madre consideraba muy impropia de una señorita—, mi atención hacia ti debe ser debidamente notada.

—¿Por qué tengo la impresión de que siempre llevas la cuenta de las cosas y cuando menos lo espero te pones de un salto delante de mí para exigirme un favor?

—¿Y para qué voy a saltar? —preguntó Hyacinth, pestañeando sorprendida.

—Ah, mira —dijo Penelope, después de mirarla como si fuera una lunática—, aquí viene lady Danbury.

—Señora Bridgerton —dijo, o mejor dicho, ladró, la anciana condesa—. Señorita Bridgerton.

—Buenas noches, lady Danbury —saludó Penelope—. Le hemos reservado un asiento en la primera fila.

Lady Danbury entrecerró los ojos y pinchó ligeramente a Penelope en el tobillo con su bastón.

—Siempre pensando en los demás, ¿eh?

—Por supuesto. Ni soñaría con...

—¡Ja! —exclamó lady Danbury.

Esa era la sílaba favorita de la anciana, pensó Hyacinth. Eso y «¡vaya!».

—Cámbiate de asiento, Hyacinth —ordenó lady Danbury—. Me sentaré entre vosotras.

Obedientemente, Hyacinth se cambió al asiento de la izquierda.

—Justamente estábamos hablando de nuestros motivos para asistir a esta velada —dijo, mientras lady Danbury se sentaba—. Yo, por mi parte, no he encontrado ninguno.

—No puedo hablar por ti, pero ella —lady Danbury hizo un gesto con la cabeza hacia Penelope— está aquí por el mismo motivo que estoy yo.

—¿Por la música? —preguntó Hyacinth, tal vez exagerando un poco la amabilidad.

Lady Danbury se giró a mirarla con la cara arrugada por una expresión que bien podría ser una sonrisa.

—Siempre me has caído bien, Hyacinth Bridgerton.

—A mí siempre me ha caído bien usted también.

—Supongo que eso se debe a que vas a leerme de vez en cuando —replicó lady Danbury.

—Voy cada semana.

—De vez en cuando, cada semana, puf —dijo lady Danbury barriendo el aire con una mano en gesto despectivo—. Da igual, si no vas cada día.

Hyacinth consideró mejor no decir nada. Seguro que lady Danbury encontraría una manera de enredar lo que fuera que dijera para convertirlo en una promesa de ir a visitarla todas las tardes.

—Y podría añadir que la semana pasada fuiste muy cruel al dejar a nuestra pobre Priscilla colgando de un acantilado —dijo lady Danbury sorbiendo por la nariz.

—¿Qué estáis leyendo? —preguntó Penelope.

—*La señorita Butterworth y el barón loco* —repuso Hyacinth—. Y no estaba colgando, todavía.

—¿Has leído por adelantado? —preguntó lady Danbury.

—No —contestó Hyacinth, poniendo los ojos en blanco—. Pero no es difícil adivinarlo. La señorita Butterworth ya ha estado colgada de una casa y de un árbol.

—¿Y sigue viva? —preguntó Penelope.

—He dicho «colgada», no «ahorcada» —masculló Hyacinth—. Una gran lástima.

—De todas maneras —dijo lady Danbury—, fue una crueldad tuya dejarme colgada a mí.

—Ahí terminó el capítulo el autor —se defendió Hyacinth, imperturbable—. Además, ¿no es una virtud la paciencia?

—De ninguna manera —contestó lady Danbury, implacable—, y si crees eso, eres menos mujer de lo que yo creía.

Nadie entendía por qué Hyacinth iba todos los martes a casa de lady Danbury a leerle, pero ella disfrutaba muchísimo de las tardes pasadas con la condesa. Lady Danbury era arisca y franca hasta la exageración, y ella la adoraba.

—Las dos juntas sois un peligro —comentó Penelope.

—Mi objetivo en la vida es ser un peligro para el mayor número posible de personas —declaró lady Danbury—, por lo tanto, consideraré eso el mejor de los cumplidos, señora Bridgerton.

—¿Por qué me llama señora Bridgerton cuando quiere dar una opinión a la manera grandiosa?

—Suena mejor así —explicó lady Danbury, recalcando la afirmación con un fuerte golpe en el suelo con su bastón.

Hyacinth sonrió de oreja a oreja. Cuando fuera vieja deseaba ser exactamente igual a lady Danbury. A decir verdad, la anciana condesa le caía mejor que la mayoría de las personas de su propia edad que conocía. Como llevaba tres temporadas en el mercado del matrimonio, ya se estaba aburriendo de ver a las mismas personas día tras día. Lo que antes encontraba tan estimulante, los bailes, las fiestas, los pretendientes..., bueno, sí, seguía encontrando placentero todo eso, tenía que reconocer. Aun cuando no era una de esas jóvenes que se quejan de la riqueza y los privilegios que estaba obligada a soportar, las cosas habían cambiado para ella. Ya no retenía el aliento cada vez que entraba en un salón de baile. Ahora un baile era simplemente un baile, ya no era el mágico torbellino de movimiento que fuera en los años pasados.

Había desaparecido el entusiasmo, la excitación.

Por desgracia, cada vez que le comentaba eso a su madre, la respuesta era que sencillamente se buscara un marido. Eso lo cambiaría todo, decía Violet Bridgerton, tomándose muchísimo trabajo para hacérselo entender.

De verdad.

Ya hacía tiempo que su madre había renunciado hasta a la apariencia de sutileza cuando se trataba de la soltería de su cuarta y última hija. Ya lo había convertido en una especie de cruzada personal, pensó tristemente.

Nada de Juana de Arco, no. Su madre era Violet de Mayfair, y ni la peste, ni la pestilencia ni amantes pérfidos la detendrían en su empresa de ver a sus ocho hijos dichosamente casados. Solo quedaban solteros

Gregory y ella, pero Gregory solo tenía veinticuatro años, edad que se consideraba (con bastante injusticia, en su opinión) totalmente aceptable para que un caballero continuara soltero.

¿Pero ella a los veintidós? Bueno... Lo único que impedía que su madre sufriera un colapso nervioso era que Eloise, su hermana mayor, esperó a tener la ancianísima edad de veintiocho años para por fin convertirse en esposa. Comparada con Eloise, ella todavía era una cría en pañales.

Nadie podía decir que ella estuviera condenada sin esperanzas a vestir santos, pero incluso ella tenía que reconocer que se estaba acercando peligrosamente a esa situación. Desde su presentación en sociedad, hacía tres años, había recibido unas cuantas proposiciones de matrimonio, pero no tantas como se podría haber esperado dada su apariencia; no era la chica más guapa de la ciudad, no, pero era mejor que por lo menos la mitad, y su fortuna, bueno, tampoco era la dote más elevada que se presentara en el mercado, pero sí era suficiente para hacer mirar dos veces a un cazadotes.

Y en cuanto a sus conexiones sociales, eran, lógicamente, impecables. Su hermano mayor era, como fuera su padre, el vizconde Bridgerton, y si bien ese título no estaba entre los más elevados del país, la familia era inmensamente popular e influyente. Y por si eso fuera poco, su hermana Daphne era la duquesa de Hastings y su hermana Francesca, la condesa de Kilmartin.

Si un hombre deseaba conectar con las familias más poderosas de Gran Bretaña, no lo haría nada mal casándose con Hyacinth Bridgerton.

Pero si se tomaba un momento para reflexionar acerca de la distribución en el tiempo de las proposiciones que había recibido, lo que no le gustaba reconocer que hubiera hecho, el asunto comenzaba a verse bastante mal.

Tres proposiciones en su primera temporada.

Dos en la segunda.

Una el año anterior.

Y ninguna hasta el momento ese año.

Solo se podía deducir que estaba perdiendo popularidad. A no ser, claro, que alguien cometiera la estupidez de decir eso, en cuyo caso ella tendría que decir lo contrario, fueran cuales fueren los hechos y la lógica.

Y lo más probable era que ganaría en la discusión. Era excepcional el hombre o la mujer capaz de ganar en ingenio, dejar callada o debatir más que Hyacinth Bridgerton.

En algún raro momento de reflexión acerca de sí misma, había pensado que eso podría tener que ver con la disminución de proposiciones a esa alarmante velocidad.

Pero eso no tenía importancia, pensó, mientras observaba a las chicas Smythe-Smith instalarse en la pequeña tarima construida en ese lado de la sala. No era que ella debiera haber aceptado alguna de esas proposiciones. Tres fueron de hombres cazadotes, dos eran idiotas rematados y uno era un aburrido terminal.

Mejor continuar soltera que encadenarse a un hombre que la haría llorar de aburrimiento. Incluso su madre, casamentera inveterada que era, no podría discutirle ese razonamiento.

Y en cuanto a la actual temporada sin ninguna proposición, bueno, si los caballeros británicos no eran capaces de apreciar el valor innato de una mujer inteligente que sabe lo que quiere, eso era problema de ellos, no de ella.

Lady Danbury dio un golpe en el suelo con su bastón y el pie derecho de Hyacinth escapó por un pelo.

—¿Alguna de las dos ha visto a mi nieto?

—¿Cuál nieto? —preguntó Hyacinth.

—¿Cuál nieto? —repitió lady Danbury, impaciente—. ¿Cuál nieto? El único que me cae bien, ese.

Hyacinth ni siquiera se molestó en disimular su sorpresa.

—¿El señor Saint Clair va a venir esta noche?

—Lo sé, lo sé —rio lady Danbury—. Ni yo me lo creo. Vivo esperando que pase un rayo de luz celestial por el techo.

Penelope arrugó la nariz.

—Creo que eso es blasfemia, pero no estoy segura.

—No lo es —dijo Hyacinth, sin siquiera mirarla—. ¿Y por qué va a venir?

Lady Danbury esbozó una sonrisa perezosa, parecida a la de una serpiente.

—¿Y por qué estás tan interesada?

—Siempre me interesa el cotilleo —repuso Hyacinth muy sinceramente—. Acerca de todo el mundo. Eso usted ya debería saberlo.

—Muy bien —dijo lady Danbury, algo malhumorada por la frustración—. Va a venir porque lo chantajeé.

Hyacinth y Penelope la miraron con las cejas arqueadas de manera idéntica.

—Muy bien —concedió lady Danbury—, si no con chantaje, con una buena dosis de culpa.

—¡Ah, claro! —musitó Penelope, al mismo tiempo que Hyacinth decía:

—Eso tiene mucho más sentido.

—Puede que le haya dicho que no me sentía bien —suspiró lady Danbury.

—¿Puede qué? —preguntó Hyacinth, dudosa.

—Se lo dije —reconoció lady Danbury.

—Debe de haberlo hecho extraordinariamente bien para lograr que él viniera esta noche —comentó Hyacinth, admirada.

Había que valorar el sentido del drama de lady Danbury, pensó, sobre todo cuando con eso lograba manipular tan impresionantemente a las personas que la rodeaban. Ese era un talento que ella también cultivaba.

—Creo que nunca le he visto en una velada musical —comentó Penelope.

—¡Vaya! —gruñó lady Danbury—. Sin duda no hay suficientes mujeres fáciles para él.

En cualquier otra persona eso habría sido una afirmación chocante. Pero se trataba de lady Danbury, y Hyacinth (al igual que el resto de los aristócratas) ya estaba acostumbrada a sus sorprendentes formas de hablar.

Además, había que tomar en cuenta al hombre al que se refería.

El nieto de lady Danbury era nada menos que el notorio Gareth Saint Clair. Aunque tal vez no era del todo culpa de él que se hubiera ganado esa mala reputación, pensaba Hyacinth. Había muchísimos otros hombres cuya conducta era igualmente indecorosa, y había unos cuantos que eran hermosos como el pecado, pero Gareth Saint Clair era el único que se las arreglaba para combinar ambas cosas con ese éxito.

Pero su reputación era abominable.

Él ya estaba en edad de casarse, sin duda, pero jamás nunca en su vida, ni una sola vez, había visitado a una jovencita decente en su casa. Ella estaba absolutamente segura de eso; si alguna vez se hubiera rumoreado que estaba cortejando a una jovencita, el rumor habría corrido como reguero de pólvora por todos los salones elegantes. Además, ella se habría enterado por lady Danbury, a la que le gustaba el cotilleo tanto como a ella.

Y luego estaba, lógicamente, el asunto de su padre, lord Saint Clair. Era archiconocido el distanciamiento entre padre e hijo, aunque nadie sabía el motivo. En su opinión, hablaba muy en favor de Gareth que nunca aireara en público sus problemas familiares; además, ella había visto a su padre y lo consideraba un hombre grosero, lo cual la hacía creer que fuera cual fuera el asunto que los distanciaba, la culpa no era del joven Saint Clair.

De todos modos, ese asunto envolvía en un aire de misterio al ya carismático joven, y en cierto modo, según ella, lo convertía en un desafío para las damas de la alta sociedad. Nadie sabía bien cómo considerarlo. Por un lado, las señoras alejaban de él a sus hijas; sin duda una relación con Gareth Saint Clair no favorecía la reputación de las chicas. Por otro lado, su hermano mayor había muerto trágicamente hacía menos de un año, por lo que ahora él era el heredero de la baronía, lo cual lo convertía en una figura más romántica aún, y en un buen partido. Solo el mes anterior ella vio desmayarse a una chica, o al menos simular un desmayo, cuando él se dignó a asistir al baile de los Bevelstoke.

El espectáculo fue algo horroroso, vergonzoso.

Claro que ella intentó decirle a la tonta muchacha que él solo estaba en el baile porque su abuela lo obligó a asistir, y también debido a que su padre estaba fuera de la ciudad. Al fin y al cabo todo el mundo sabía que él solo se relacionaba con cantantes de ópera y actrices, y no con ninguna de las damas a las que podría conocer en el baile de los Bevelstoke. Pero por mucho que hablara, no consiguió sacar a la chica de su exagerada emotividad y finalmente esta se dejó caer en un sofá, como si se hubiera desmayado, y con un movimiento sospechosamente elegante.

Ella fue la primera en encontrar un frasco con vinagre para la chica y se lo puso bajo la nariz. Francamente, algunos comportamientos no se pueden tolerar.

Pero cuando estaba ahí tratando de reanimar a la tonta muchacha con esos fuertes vapores, alcanzó a ver que él la estaba observando a ella, con esa expresión vagamente burlona tan propia de él, y no pudo quitarse de encima la sensación de que la encontraba divertida.

Divertida, más o menos igual como ella encontraba divertidos a los niños pequeños y a los perros grandes.

Para qué decir que no se sintió particularmente halagada por esa atención de él, aun cuando esta fuera fugaz.

—¡Vaya!

Se giró a mirar a lady Danbury, que seguía buscando con la vista a su nieto.

—Creo que todavía no ha llegado —le dijo, y añadió en voz baja—: Nadie se ha desmayado.

—¿Eh? ¿Qué has dicho?

—Dije que creo que aún no ha llegado.

Lady Danbury la miró con los ojos entrecerrados.

—Esa parte la oí.

—Eso fue todo lo que dije —mintió Hyacinth.

—Mentirosa.

Hyacinth miró hacia Penelope por delante de la anciana.

—Me trata horrorosamente, ¿lo sabías?

—Alguien tiene que tratarte mal —repuso Penelope encogiéndose de hombros.

En la cara de lady Danbury apareció una ancha sonrisa. Entonces se volvió hacia Penelope y le dijo:

—Pues, ahora debo preguntar... —miró hacia la tarima, alargando el cuello y entrecerrando los ojos para mirar al cuarteto—. ¿Tenemos la misma cellista este año?

Penelope asintió lúgubremente.

—¿De qué estáis hablando? —les preguntó Hyacinth, inclinándose hacia ellas.

—Si no lo sabes —contestó lady Danbury, altivamente—, quiere decir que no has puesto atención, así que fastídiate.

Hyacinth la miró boquiabierta.

—Bueno —dijo, puesto que la alternativa era no decir nada, y no le gustaba hacer eso.

Nada la irritaba tanto como que no la incluyeran en un chiste. A excepción, tal vez, de que la regañaran por algo que ni siquiera entendía. Se volvió hacia el escenario y miró con más atención a la cellista. Al no ver nada fuera de lo común, volvió a girarse hacia sus acompañantes y abrió la boca para hablar, pero ellas ya estaban sumidas en una conversación que la excluía a ella.

Detestaba que le ocurriera eso.

—¡Vaya! —exclamó, acomodándose en el asiento, y repitió—: ¡Vaya!

—Hace ese sonido exactamente igual que mi abuela —dijo una voz encima de su hombro.

Hyacinth levantó la vista. Ahí estaba él, Gareth Saint Clair, justo en su momento de mayor desconcierto. Y, faltaría más, el único asiento desocupado era el que ella tenía a su lado.

—Sí, ¿verdad? —dijo lady Danbury, mirando a su nieto y golpeando el suelo con su bastón—. Te está reemplazando rápidamente como mi orgullo y alegría.

—Dígame, señorita Bridgerton —dijo el señor Saint Clair, levantando una comisura de sus labios en una burlona sonrisa sesgada—, ¿mi abuela la está rehaciendo a su imagen y semejanza?

Hyacinth no logró encontrar una réplica rápida, lo cual le resultaba tremendamente irritante.

—Vuelve a cambiar de asiento, Hyacinth —ordenó lady Danbury—. Necesito estar sentada al lado de Gareth.

Hyacinth se giró hacia ella para decir algo, pero la anciana se lo impidió:

—Alguien tiene que encargarse de que se comporte.

Exhalando un suspiro audible, Hyacinth se levantó y se sentó en el otro asiento.

—Ya está, hijo mío —dijo lady Danbury, dando una palmadita en el asiento recién desocupado—. Siéntate a disfrutar.

Él se sentó y estuvo un largo rato contemplándola, hasta que al final dijo:

—Estás en deuda conmigo por esto, abuela.

—¡Ja! Sin mí no existirías.

—Difícil refutar ese punto —masculló Hyacinth.

El señor Saint Clair se giró a mirarla, tal vez solamente porque eso le permitía darle la espalda a su abuela. Hyacinth lo obsequió con una sosa sonrisa, muy complacida consigo misma por no mostrar ninguna reacción.

Él siempre la hacía pensar en un león, feroz y predador, lleno de inquieta energía. Además, tenía el pelo leonado, de ese curioso color intermedio entre castaño claro y rubio oscuro, y lo llevaba con mucho garbo y osadía, desafiando las convenciones sociales. Lo tenía lo suficientemente largo como para poder atárselo en una corta coleta sobre la nuca. Era alto, aunque no con exageración, de figura atlética, elegante y fuerte, y su cara era lo bastante imperfecta para ser guapo, que no bonito.

Y tenía los ojos azules. Azules de verdad. Inquietantemente azules.

¿Inquietantemente azules? Movió ligeramente la cabeza. Esa era sin duda la idea más estúpida que le había pasado por la cabeza en toda su vida. Ella también tenía los ojos azules y no había nada inquietante en eso.

—¿Y qué la trae por aquí, señorita Bridgerton? —preguntó él—. No sabía que fuera tan amante de la música.

—Si amara la música ya habría huido a Francia —dijo lady Danbury detrás de él.

—Sí que detesta que la excluyan de una conversación, ¿no? —musitó él, sin volverse a mirar a su abuela—. ¡Ay!

—¿El bastón? —preguntó Hyacinth, dulcemente.

—Es una amenaza para la sociedad —masculló él.

Hyacinth observó con mucho interés cuando él echó la mano hacia atrás y sin siquiera girar la cabeza cogió el bastón y lo arrancó de la mano de su abuela.

—Tome —dijo, pasándoselo a ella—, usted cuidará de esto, ¿quiere? Ella no lo necesitará mientras esté sentada.

Hyacinth se quedó boquiabierta. Ni siquiera ella se había atrevido jamás a meterse con el bastón de lady Danbury.

—Veo que por fin la he impresionado —dijo él, acomodándose en el asiento con la expresión de un hombre muy complacido consigo mismo.

—Sí —dijo Hyacinth antes de darse cuenta—. Es decir, no. Quiero decir, no sea tonto. De ninguna manera me ha impresionado.

—¡Qué gratificante! —musitó él.

—Lo que quiero decir —añadió ella, haciendo rechinar los dientes— es que en realidad no he considerado eso ni en uno ni otro sentido.

—Herido —dijo él, dándose un golpecito en el pecho—, hasta el fondo de mi corazón.

Hyacinth apretó los dientes. Lo único peor a que se burlaran de ella era no saber si se estaban burlando de ella. Todos los aristócratas de Londres eran como un libro abierto para ella. Pero con Gareth Saint Clair sencillamente nunca sabía qué pensar. Miró hacia Penelope para ver si estaba escuchando, aun cuando no sabía por qué eso podía importarle tanto, pero Pen estaba ocupada tratando de apaciguar a lady Danbury, que todavía estaba furiosa por la pérdida de su bastón.

Se movió inquieta, pues se sentía tremendamente encerrada. A su izquierda estaba sentado lord Somershall, que no era precisamente el hombre más delgado allí, y le ocupaba parte del asiento. Eso la obligaba a moverse un poco hacia la derecha, lo que la dejaba más cerca de Gareth Saint Clair, que francamente irradiaba calor.

¡Buen Dios!, ¿es que el hombre se había aplicado botellas con agua caliente antes de salir de su casa?

Cogió su programa y con la mayor discreción que pudo comenzó a abanicarse con él.

—¿Le pasa algo, señorita Bridgerton? —le preguntó él, ladeando la cabeza y observándola con expresión de curiosa diversión.

—No, nada. Simplemente hace un poco de calor aquí, ¿no le parece?

Él la miró un segundo más de lo que a ella le habría gustado, y luego se volvió hacia lady Danbury.

—¿Tienes mucho calor, abuela? —le preguntó, solícito.

—No, en absoluto.

Entonces él se volvió hacia Hyacinth, encogiendo levemente un hombro.

—Debe de ser usted la acalorada —musitó.

—Debo —masculló ella entre dientes, mirando resueltamente hacia delante.

Tal vez todavía tenía tiempo para escapar al cuarto tocador para señoras. Penelope la querría ahogada y descuartizada, ¿pero de veras podía tomarlo como abandono cuando había dos personas sentadas entre ellas? Además, podía utilizar a lord Somershall como disculpa. E incluso en ese momento él se movió en su asiento, chocando con ella de una manera que no le pareció accidental.

Se movió ligeramente hacia la derecha, no más de un dedo, en realidad. Lo último que deseaba era quedar tocándose con Gareth Saint Clair.

Bueno, lo penúltimo, en realidad. El corpulento cuerpo de lord Somers-hall era decididamente peor.

—¿Pasa algo, señorita Bridgerton? —le preguntó el señor Saint Clair.

Ella negó con la cabeza, apoyando las palmas a ambos lados del asiento, preparándose para levantarse. No podía...

Clap.

Clap, clap, clap.

A Hyacinth casi se le escapó un gemido. Era una de las damas Smythe-Smith señalando con palmadas que el concierto estaba a punto de comenzar. Había perdido la oportunidad. Ya no podía salir de ahí de manera educada.

Pero por lo menos tuvo el consuelo de saber que no era la única alma desgraciada. En el instante en que las señoritas Smythe-Smith levantaron sus arcos hacia sus instrumentos, oyó al señor Saint Clair emitir un muy suave gemido y susurrar muy sinceramente:

—¡Que Dios nos asista a todos!

2

*Treinta minutos después, y en un lugar no muy lejano, está aullando
de sufrimiento un perro pequeño. Desgraciadamente, nadie puede oírlo debido al ruido...*

Solo existía una persona en el mundo por la que Gareth Saint Clair continuaría sentado escuchando con impecable cortesía una interpretación musical francamente mala, y ocurría que esa persona era la abuela Danbury.

—Nunca más —le susurró al oído, mientras a sus oídos llegaba una
música que podría ser de Mozart.

Y eso después de una pieza que podría haber sido de Haydn, que
había venido a continuación de una pieza que podría haber sido de
Händel.

—No estás sentado educadamente —susurró ella.

—Podríamos habernos sentado en la fila de atrás —gruñó él.

—¿Y perdernos toda la diversión?

Que alguien pudiera llamar «diversión» a una velada musical Smythe-
Smith era algo que escapaba a su comprensión, pero su abuela sentía algo
que solo se podía calificar como cariño morboso por esa velada anual.

Como siempre, las señoritas Smythe-Smith estaban sentadas en la
pequeña tarima, dos tocaban el violín, una el cello y la otra el piano, y el
ruido que hacían era tan discordante que casi se podía considerar impresionante.

Casi.

—Es una suerte que te quiera —le dijo por encima del hombro.

—¡Ja! —dijo ella, y aunque fue en un susurro no por eso sonó menos
truculento—. La suerte es que yo te quiera a ti.

Y entonces, ¡gracias a Dios!, el concierto terminó y las chicas estaban de pie haciendo sus reverencias, tres de ellas al parecer muy complacidas y una, la del cello, con el aspecto de querer arrojarse por una ventana.

Entonces Gareth oyó suspirar a su abuela y se giró a mirarla. Estaba moviendo la cabeza y con una expresión compasiva muy extraordinaria en ella.

Las chicas Smythe-Smith eran archiconocidas en Londres, y cada una de sus actuaciones era, inexplicablemente, peor que la anterior. Justo cuando se creía que ya no era posible burlarse con más fuerza de Mozart, aparecía en escena un nuevo conjunto de primas Smythe-Smith y demostraba que sí era posible.

Pero eran jovencitas buenas y simpáticas, o al menos eso le habían dicho a él, y su abuela, en uno de sus raros ataques de descarada amabilidad, insistía en que alguien tenía que sentarse en primera fila para aplaudir porque, como decía, «Tres de ellas no saben distinguir un elefante de una flauta, pero siempre hay una que está a punto de derretirse de sufrimiento».

Y, por lo visto, la abuela Danbury, que no tenía el menor escrúpulo en decirle a un duque que no tenía la sensatez de una garrapata, encontraba fundamentalmente importante aplaudir a aquella chica Smythe-Smith de cada generación que no tenía el oído hecho de hojalata.

Todos los asistentes se levantaron para aplaudir, aunque él sospechó que su abuela solo lo hizo para tener un pretexto para recuperar su bastón, que Hyacinth Bridgerton le devolvió sin un asomo de protesta.

—Traidora —le dijo por encima del hombro.

—Traidores los dedos de sus pies —contestó ella.

Él no pudo dejar de sonreír, a su pesar. Nunca había conocido a nadie igual a Hyacinth Bridgerton. Era vagamente divertida, vagamente irritante, pero era imposible no admirar su ingenio.

Hyacinth Bridgerton tenía una reputación interesante y única entre las jóvenes de la alta sociedad londinense. Era la menor de los hermanos Bridgerton, cuyos nombres eran muy conocidos por seguir un orden alfabético, de la A a la H. Y estaba considerada, al menos en teoría y por aquellas personas que daban importancia a esas cosas, buen partido para casarse. Jamás había estado envuelta en un escándalo, ni siquiera tangencialmente, y su familia y conexiones eran incomparables. Era bastante guapa, en un sentido saludable, no exótico, con su abundante pelo castaño y unos ojos azules que no ocultaban para nada su ingenio. Y tal vez lo más importante, pensó, con un toque de cinismo, era que su hermano mayor, lord Bridgerton, había aumentado su dote el año anterior, después de que ella terminara su tercera temporada sin haber recibido ninguna proposición aceptable de matrimonio.

Pero cuando hizo preguntas acerca de ella (no porque estuviera interesado, no, sino más bien porque deseaba saber algo más acerca de esa damita que al parecer disfrutaba pasando muchísimo tiempo en compañía de su abuela), todos sus amigos se estremecieron.

«¿Hyacinth Bridgerton? ¿No para casarte con ella, supongo? Tendrías que estar loco».

Otro dijo que era aterradora.

En realidad a nadie le caía mal, había en ella un cierto encanto que le ganaba la simpatía y buena voluntad de todo el mundo, pero el consenso era que era mejor en dosis pequeñas.

«A los hombres no les gustan las mujeres que son más inteligentes que ellos —comentó uno de sus amigos más listos—, y Hyacinth Bridgerton no es el tipo de mujer que finja estupidez».

Hyacinth era una versión joven de su abuela, había pensado él en más de una ocasión. Y si bien no existía nadie en el mundo a quien adorara más que a su abuela Danbury, por lo que a él se refería, el mundo solo necesitaba a una.

—¿No te alegra haber venido? —le preguntó la susodicha anciana, con una voz que se oyó muy bien por encima de los aplausos.

Ningún público aplaudía jamás tan fuerte como el del concierto Smythe-Smith. Siempre todos estaban muy contentos de que hubiera acabado.

—Nunca más —contestó Gareth firmemente.

—No, claro que no —dijo su abuela, justo con el toque exacto de altivez para demostrar que mentía descaradamente.

Él se giró a mirarla fijamente a los ojos.

—El próximo año tendrás que buscarte otro acompañante.

—Ni soñaría con volvértelo a pedir —dijo la abuela Danbury.

—Mientes.

—¡Qué terrible decirle eso a tu querida abuela! —dijo ella y se le acercó un poco—. ¿Cómo lo supiste?

Él miró el bastón, que ella tenía quieto en la mano.

—No has agitado eso por el aire desde que engañaste a la señorita Bridgerton para que te lo devolviera.

—Tonterías. La señorita Bridgerton es tan lista que es imposible engañarla, ¿verdad, Hyacinth?

Hyacinth avanzó un paso para poder ver a la condesa.

—¿Perdón?

—Di que sí —dijo la abuela Danbury—. Eso lo fastidiará.

—Sí, entonces, por supuesto —dijo Hyacinth, sonriendo.

—Y he de decirte que soy la esencia de la discreción en lo que a mi bastón se refiere —continuó la abuela, como si no hubiera ocurrido ese estúpido diálogo.

Gareth la miró mal.

—Es una maravilla que todavía tenga mis pies.

—La maravilla es que todavía tengas tus oídos, mi querido muchacho —dijo ella, con altivo desdén.

—Te lo volveré a quitar —le advirtió él.

—No me lo quitarás —cacareó ella—. Voy con Penelope a buscar un vaso de limonada. Tú te quedas a acompañar a Hyacinth.

Él la observó alejarse y luego se volvió hacia Hyacinth, que estaba paseando la vista por la sala con los ojos ligeramente entrecerrados.

—¿A quién busca?

—A nadie en particular. Simplemente estoy examinando la escena.

Él la miró curioso.

—¿Siempre habla como detective?

—Solo cuando me conviene —repuso ella, encogiéndose de hombros—. Me gusta saber lo que pasa.

—¿Y está pasando algo?

—No —dijo ella. Volvió a entrecerrar los ojos para observar a dos personas que estaban enzarzadas en una acalorada discusión en el rincón del otro extremo—. Pero nunca se sabe.

Él reprimió el impulso de mover la cabeza. Sí, Hyacinth Bridgerton era una mujer rarísima. Miró hacia la tarima.

—¿Estamos a salvo? —preguntó.

Entonces ella se giró hacia él y sus ojos azules miraron a los suyos con una franqueza insólita:

—¿Quiere decir si terminó el concierto?

—Sí.

Ella frunció el ceño y en ese momento él notó que tenía unas muy tenues pecas en la nariz.

—Creo que sí —dijo ella entonces—. Nunca han hecho un intermedio otros años.

—¡Gracias a Dios! —dijo él, con mucho sentimiento—. ¿Por qué lo hacen?

—¿Las veladas Smythe-Smith, quiere decir?

—Sí.

Ella estuvo un momento en silencio y luego negó con la cabeza.

—No lo sé. Uno creería... —fuera lo que fuera lo que iba a decir, al parecer lo pensó mejor—. No tiene importancia.

—Dígamelo —le rogó él, bastante sorprendido por la curiosidad que sentía.

—No era nada. Simplemente que uno creería que ya alguien se lo habría dicho. Pero en realidad... —paseó la vista por la sala—, el público ha ido disminuyendo en los últimos años. Solo continúan viniendo las personas de buen corazón.

—¿Y usted se incluye entre esas personas, señorita Bridgerton?

Ella lo miró con esos ojos intensamente azules.

—Nunca se me habría ocurrido describirme como tal, pero sí, supongo que lo soy. Su abuela también, aunque ella lo negaría hasta su último aliento de vida.

Gareth sintió deseos de reírse al ver a su abuela pinchando en la pierna al duque de Ashburne con su bastón.

—Sí que lo negaría, ¿verdad?

Desde la muerte de su hermano George, su abuela materna era la única persona que quedaba en el mundo a la que verdaderamente quería. Después de que su padre lo pusiera de patitas en la calle, él se fue a la casa Danbury en Surrey y le contó lo ocurrido, a excepción del detallito de su bastardía, lógicamente.

Él siempre había sospechado que lady Danbury se habría levantado a aplaudir y lanzar vivas si se hubiera enterado de que él no era en realidad un Saint Clair. A ella nunca le había caído bien su yerno; de hecho, por lo general lo llamaba «ese idiota pomposo». Pero si le decía la verdad, revelaría que su madre (la hija menor de lady Danbury) había sido una adúltera, y él no quiso deshonrarla de esa manera.

Y, curiosamente, en todos esos años, su padre (seguía llamándolo así, por raro que fuera) nunca lo denunció públicamente como bastardo. Al principio eso no lo sorprendió. Lord Saint Clair era un hombre orgulloso, y sin duda no le gustaría revelar que había sido un cornudo. Además, era muy posible que continuara esperando lograr imponerse y doblegarlo a hacer su voluntad; tal vez incluso esperaba lograr casarlo con Mary Winthrop para restablecer las arcas de la familia Saint Clair.

Pero resultó que George contrajo una enfermedad muy grave a los veintisiete años y a los treinta murió.

Sin dejar un hijo.

Y así, de la noche a la mañana, él se convirtió en el heredero de Saint Clair, y con eso quedó, sencillamente, clavado. Esos once meses pasados le parecía que no había hecho otra cosa que esperar. Tarde o temprano, su padre anunciaría a todo el que quisiera escucharlo, que en realidad él no era su hijo. Seguro que el barón, cuyo tercer pasatiempo favorito (después de la caza y la crianza de perros de caza) era revisar el árbol de la familia remontándola hasta los Plantagenet, no soportaría que su título fuera a parar a un bastardo de sangre desconocida.

Estaba bastante seguro de que la única manera que tendría el barón de quitárselo de encima como heredero era llevarlo, junto con unos cuantos testigos, al Comité de Privilegios de la Cámara de los Lores. Ciertamente ese sería un asunto lioso y feo, y era probable que tampoco le diera buenos resultados. El barón estaba casado con su madre cuando ella lo dio a luz, y eso lo hacía hijo legítimo ante la ley y la sociedad, fuera cual fuera la sangre que corría por sus venas.

Pero provocaría un enorme escándalo, y era muy posible que lo dejara deshonrado a los ojos de la alta sociedad. Eran muchos los aristócratas que tenían la sangre de un hombre y el título de nobleza de otro, pero esto no era algo de lo que les gustara hablar. No en público en todo caso.

Pero hasta ese momento, su padre no había dicho nada.

La mitad del tiempo pensaba si su padre no guardaría silencio simplemente para torturarlo.

Contempló a su abuela, que estaba en el otro lado de la sala recibiendo un vaso de limonada de manos de Penelope Bridgerton, a quien había convencido para que la acompañara y la sirviera. A Agatha, lady Danbury, normalmente se la describía como una persona arisca, que no tenía el menor reparo en dar su opinión ni en burlarse de los personajes más augustos e incluso, de tanto en tanto, de sí misma. Pero con toda esa aspereza en el trato, tenía fama de ser muy leal a sus seres queridos, y él sabía que estaba en un muy primer lugar en esa lista.

Cuando acudió a ella y le contó que su padre lo había repudiado, se puso lívida de furia, pero no hizo ni el menor intento de utilizar su poder como condesa para obligar a lord Saint Clair a recibir nuevamente a su hijo.

«¡Ja! —exclamó—. Prefiero mantenerte yo».

Y eso hizo. Le pagó los estudios en Cambridge y cuando se graduó (no con sobresalientes, aunque sí con buenas notas), le informó de que su madre le había dejado un pequeño legado. Él no tenía idea de que su madre hubiera tenido dinero propio, pero lady Danbury se limitó a torcer los labios, diciendo «¿De veras crees que yo iba a darle a ese idiota el control total sobre su dinero? Yo redacté el contrato de matrimonio, ¿sabes?».

Él no lo dudó ni por un instante.

Su herencia le proporcionaba unos modestos ingresos, que le permitían tener un pequeño apartamento y mantenerse, no con prodigalidad, pero lo bastante bien para no considerarse un absoluto derrochador, lo cual, comprendió sorprendido, le importaba más de lo que habría creído.

Probablemente ese insólito sentido de la responsabilidad era algo bueno, puesto que cuando asumiera el título de barón de Saint Clair junto con él heredaría una montaña de deudas. Estaba claro que el barón le mintió cuando le dijo que perderían todo lo que no estaba vinculado al título si no se casaba con Mary Winthrop, pero también estaba claro que la fortuna Saint Clair era magra, en su mejor aspecto. Además, daba la impresión de que lord Saint Clair no administraba las finanzas de la familia mejor de lo que las administraba cuando intentó obligarlo a casarse. Si acaso, parecía estar arruinando sistemáticamente las propiedades.

Eso era lo único que lo hacía pensar que tal vez el barón no tenía la menor intención de revelar su bastardía. Seguro que su venganza definitiva sería dejar a su falso hijo hundido hasta el cuello en deudas.

Y él sabía, lo sabía con todas las fibras de su ser, que el barón no le deseaba felicidad. Normalmente no se molestaba en asistir a todas las fiestas y reuniones de la aristocracia, pero Londres no era una ciudad tan grande, en lo que a vida social se refiere, por lo que no siempre lograba evitar encontrarse con su padre. Y lord Saint Clair nunca hacía el menor esfuerzo en ocultar su enemistad.

En cuanto a él, bueno, no era mucho mejor en guardarse sus sentimientos para sí. Continuamente recaía en sus viejos hábitos y hacía algo adrede para provocar al barón, con el único fin de enfurecerlo. La última vez que se encontró con el barón, se rio demasiado fuerte y bailó demasiado arrimado con una viuda notoriamente alegre.

A lord Saint Clair se le puso roja la cara de rabia y siseó algo diciendo que él no era lo que debía ser. Él no supo exactamente a qué se refería el barón, y en todo caso, este estaba muy borracho. Pero eso le dejó una profunda certeza...

Finalmente el barón daría el golpe decisivo. Cuando él menos lo esperara o, tal vez, ahora que ya lo sospechaba. Estaba claro que tan pronto como él intentara hacer un cambio en su vida, adelantar, avanzar...

Entonces el barón haría su jugada, de eso estaba totalmente seguro.

Y su mundo se derrumbaría.

—¿Señor Saint Clair?

Pestañeando, Gareth se volvió hacia Hyacinth Bridgerton, a la que, comprendió con cierto azoramiento, había desatendido por estar sumido en sus pensamientos.

—Lo siento —musitó, esbozando esa sonrisa llana, perezosa, que tanto le servía cuando necesitaba aplacar a una mujer—. Estaba en la luna. —Al ver su expresión dudosa, añadió—: Sí, pienso de vez en cuando.

Ella sonrió, visiblemente a su pesar, pero eso él lo consideró un éxito. El día que no lograra hacer sonreír a una mujer sería el día en que debería renunciar a su vida y trasladarse a las Hébridas.

—En circunstancias normales —dijo, puesto que la ocasión exigía conversación educada—, le preguntaría si disfrutó de la música, pero no sé, eso me parece cruel.

Ella se movió ligeramente en el asiento, lo que él encontró interesante, puesto que a la mayoría de las damitas se las formaba desde muy tierna edad para mantenerse absolutamente inmóviles. Descubrió que ella le gustaba más por su inquieta energía; él también era el tipo de persona que se sorprendía tamborileando sobre una mesa cuando estaba distraído.

Le observó la cara, esperando que ella contestara, pero lo único que hizo ella fue parecer incómoda. Finalmente, se le acercó a susurrarle:

—¿Señor Saint Clair?

Él también se le acercó y movió las cejas en gesto de complicidad.

—¿Señorita Bridgerton?

—¿Le molestaría mucho si diéramos una vuelta por la sala?

Él esperó el tiempo suficiente para captar su leve gesto por encima del hombro hacia el lado. Lord Somershall se estaba moviendo ligeramente en su asiento y su corpulento cuerpo rozaba a Hyacinth.

—No me molestaría en absoluto —dijo galantemente, levantándose y ofreciéndole el brazo. Cuando ya se habían alejado varios pasos, añadió—: Después de todo tengo que salvar a lord Somershall.

Ella giró la cabeza y lo miró a la cara.

—¿Perdón?

—Si yo fuera un jugador, apostaría cuatro a uno en favor suyo.

Durante medio segundo ella pareció confundida, y luego apareció en su cara una sonrisa satisfecha.

—¿Quiere decir que no es un jugador?

Él se rio.

—Me falta el dinero para ser un jugador —contestó con mucha sinceridad.

—Al parecer eso no refrena de jugar a la mayoría de los hombres —dijo ella, muy fresca.

—Ni a la mayoría de las mujeres —dijo él, ladeando la cabeza.

—Tocada —musitó ella, mirando alrededor—. Así que no somos jugadores, ¿eh?

—¿Y usted, señorita Bridgerton? ¿Le gusta apostar?

—Por supuesto —repuso ella, sorprendiéndolo con su sinceridad—. Pero solo cuando sé que voy a ganar.

Él se echó a reír.

—Curiosamente, le creo —dijo, llevándola hacia la mesa con refrigerios.

—Ah, pues debe —dijo ella alegremente—. Pregúntele a cualquiera de las personas que me conocen.

—Herido otra vez —dijo él, mirándola con su más encantadora sonrisa—. Creí conocerla.

Ella abrió la boca y luego pareció espantada por no tener una respuesta. Gareth se compadeció y le pasó un vaso de limonada.

—Beba. Me parece que tiene sed.

Volvió a reírse cuando ella lo miró indignada por encima del vaso, lo cual solo la hizo redoblar sus esfuerzos por fulminarlo con su mirada.

Sí, había algo muy divertido en Hyacinth Bridgerton, decidió él. Era inteligente, muy inteligente, pero se daba un cierto aire, como si estuviera acostumbrada a ser siempre la persona más inteligente de cualquier grupo. Eso no le restaba atractivo; era encantadora a su manera, y se imaginó que habría tenido que aprender a dar su opinión de manera que la oyeran en su familia; era la menor de ocho hermanos después de todo.

Pero eso significaba que él gozaba viéndola confundida, sin saber qué decir. Sí que era divertido desconcertarla. No sabía por qué no hacía eso con más frecuencia.

La observó cuando ella dejó el vaso en la mesa.

—Dígame, señor Saint Clair, ¿qué le dijo su abuela para convencerlo de que asistiera a esta velada?

—¿No cree que vine por propia voluntad?

Ella arqueó una ceja. Y eso sí lo impresionó. No conocía a ninguna mujer que supiera hacer eso.

—Muy bien —dijo—, hizo muchas gesticulaciones con las manos, luego dijo algo de una visita a su médico y después creo que suspiró.

—¿Una sola vez?

Él arqueó una ceja.

—Estoy hecho de material mucho más fuerte, señorita Bridgerton. Le llevó toda una media hora vencerme.

—Sí que es bueno —dijo ella, asintiendo.

Él le acercó la cara, sonriendo.

—Para muchas cosas —musitó.

Ella se ruborizó, lo cual le agradó a él prodigiosamente, pero entonces dijo:

—Me han advertido en contra de hombres como usted.

—Eso espero, por supuesto.

Ella se rio.

—Creo que no es tan peligroso como querría que lo consideraran.

Él ladeó la cabeza.

—¿Y eso por qué?

Ella no contestó inmediatamente; se mordió el labio inferior, pensando la respuesta.

—Es demasiado amable con su abuela —dijo al fin.

—Hay quienes dirían que ella es demasiado amable conmigo.

—Ah, muchas personas dicen eso —dijo Hyacinth, encogiéndose de hombros.

Él se atragantó con la limonada.

—No se muerde la lengua, ¿eh?

Hyacinth miró hacia Penelope y lady Danbury, que estaban en el otro lado de la sala y luego se volvió a mirarlo.

—Vivo intentándolo, pero no, al parecer no soy coqueta. Me imagino que por eso sigo soltera.

—Seguro que no —sonrió él.

—Ah, pues sí —dijo ella, aun cuando estaba claro que él se estaba riendo de ella—. Lo sepan o no, los hombres necesitan que se los atrape para casarse. Y parece que yo carezco totalmente de esa capacidad.

Él sonrió.

—¿Quiere decir que no es solapada ni astuta?

—Soy esas dos cosas, pero simplemente no sutil.

—No —musitó él.

Ella no supo decidir si esa respuesta la molestaba o no.

—Pero, dígame —continuó él—, porque siento curiosidad. ¿Por qué cree que es necesario atrapar a los hombres para que se casen?

—¿Usted iría de buena gana al altar?

—No, pero...

—¿Lo ve? Me lo ha confirmado.

Y eso la hizo sentirse muchísimo mejor.

—¡Qué vergüenza, señorita Bridgerton! No es muy amable de su parte no permitirme acabar la frase.

Ella ladeó la cabeza.

—¿Tenía algo interesante que decir?

Él sonrió, y ella acusó la sonrisa.

—Siempre soy interesante —dijo él.

—Bueno, ahora quiere asustarme.

No sabía de dónde le venía esa loca osadía, pensó Hyacinth. No era tímida, y de ninguna manera era todo lo recatada que debía ser, pero no era temeraria tampoco. Gareth Saint Clair no era el tipo de hombre con el que se pudiera jugar. Estaba jugando con fuego, y lo sabía, pero era como si no pudiera parar. Era como si cada frase que decía él fuera un reto y ella tenía que usar todas sus facultades para estar a la altura.

Si eso era una competición, deseaba ganar.

Y si alguno de sus defectos iba a resultar fatal, sin duda sería ese.

—Señorita Bridgerton, ni el mismo demonio podría asustarla.

Ella se obligó a mirarlo a los ojos.

—Eso no es un cumplido, ¿verdad?

Él le tomó la mano, se la levantó y se inclinó levemente a rozarle el dorso con los labios, en un beso como de pluma.

—Eso tendrá que descubrirlo usted —musitó.

Para todos los que estuvieran mirando, él era la esencia misma del decoro, pero ella alcanzó a captar el brillo de desafío en sus ojos, y sintió que el aire abandonaba sus pulmones mientras hormigueos parecidos a electricidad le recorrían toda la piel. Abrió la boca, pero no encontró nada para decir, ni una sola palabra. Solo sentía aire, e incluso este parecía escasear.

Entonces él se enderezó como si no hubiera ocurrido nada, y dijo:

—Me dirá lo que decida.

Ella se limitó a mirarlo.

—Respecto al cumplido —añadió él—: Seguro que deseará decirme lo que yo pienso de usted.

Ella se quedó boquiabierta.

Él sonrió abiertamente.

—Se ha quedado muda, incluso. Soy digno de encomio.

—Usted...

—No, no —dijo él levantando una mano y apuntándola con un dedo, dando la impresión de que lo que realmente deseaba era ponerle el dedo sobre los labios para silenciarla—. No lo estropee. Este momento es muy excepcional.

Y ella podría haber dicho algo; debería haber dicho algo. Pero lo único que logró hacer fue continuar ahí callada como una idiota o, si no como una idiota, como una persona totalmente distinta de ella.

—Hasta la próxima vez, señorita Bridgerton —musitó él.

Y acto seguido, se dio media vuelta y se alejó.

3

Tres días después, cuando nuestro héroe se entera de que no se puede escapar del pasado.

—Una señora desea verle, señor.

Gareth levantó distraídamente la vista de su inmenso escritorio de caoba, que ocupaba casi la mitad de su pequeño despacho.

—¿Una señora, dices?

El nuevo ayuda de cámara asintió.

—Dice que es la esposa de su hermano.

—¿Caroline? —dijo Gareth, ya totalmente despabilado—. Hazla pasar inmediatamente.

Se levantó para esperar su entrada. Hacía meses que no veía a Caroline; en realidad, no la veía desde el día del funeral de George. Y Dios sabía que ese no fue un asunto dichoso. Toda la ceremonia la pasó tratando de eludir a su padre, con lo cual, a su ya profunda aflicción se sumó la tensión.

Lord Saint Clair le había ordenado a su hermano que cortara toda relación con él, pero George no le obedeció; en todo lo demás obedecía a su padre, pero en eso no, nunca. Y él lo quería más aún por eso. El barón no quería que él asistiera al funeral, pero cuando de todos modos él entró en la iglesia, no se atrevió a armar una escena y hacerlo expulsar.

—¿Gareth?

Gareth se apartó de la ventana, donde se había ido a asomar sin darse cuenta.

—Caroline —la saludó afectuosamente, avanzando a estrecharle la mano—. ¿Cómo has estado?

Ella se limitó a encoger levemente los hombros, como si se sintiera desamparada. Su matrimonio con George había sido por amor, y él nunca había visto tanta pena en unos ojos como los que vio en los de Caroline en el funeral de su marido.

—Lo sé —dijo en voz baja.

Él también echaba de menos a George. Los dos formaban un par muy inverosímil; George serio, sobrio y formal, él en cambio, siempre irreverente y desmadrado. Pero eran amigos además de hermanos, y le gustaba pensar que se complementaban mutuamente. Ese último tiempo había estado pensando que debería intentar llevar una vida más moderada, y en el recuerdo de su hermano buscaba la orientación para guiar sus actos.

—Estaba revisando sus cosas —dijo Caroline—, y encontré esto. Creo que es tuyo.

Gareth la observó curioso mientras ella metía la mano en su cartera y sacaba un pequeño libro.

—No lo reconozco —dijo.

—No —dijo ella, entregándoselo—. No tienes por qué. Pertenecía a la madre de tu padre.

La madre de tu padre. Gareth no pudo dejar de hacer un mal gesto. Caroline no sabía que él no era verdaderamente un Saint Clair. No sabía si George se había enterado de la verdad; si lo sabía, nunca dijo nada.

En realidad no era un libro, sino una pequeña libreta encuadernada en piel marrón. La rodeaba una delgada faja de piel que cerraba con un botón sobre la tapa. Con sumo cuidado soltó el botón y la abrió, y con más cuidado aún pasó unas páginas ya viejas.

—Es un diario —dijo, sorprendido. Entonces sonrió; estaba escrito en italiano—. ¿Qué dice?

—No lo sé. Ni siquiera sabía que existía, hasta que lo encontré en el escritorio de George, este fin de semana pasado. Él nunca lo mencionó.

Gareth pasó la vista por el diario, observando la elegante letra que formaba palabras que no entendía. La madre de su padre era hija de una familia noble italiana. Siempre lo había divertido que su padre fuera medio italiano; el barón se sentía insoportablemente orgulloso de sus antepasados Saint Clair, y le gustaba alardear de que la familia estaba en Inglaterra desde la invasión normanda. No recordaba haberlo oído hablar jamás de sus raíces italianas.

—Junto con él encontré una nota de George —añadió Caroline—, pidiéndome que te lo diera a ti.

Gareth volvió a mirar el diario, con el corazón oprimido de emoción. Eso era otra señal más de que George nunca supo que no eran totalmente hermanos. Él no tenía ningún parentesco sanguíneo con Isabella Marinzoli Saint Clair, ni verdadero derecho a tener su diario.

—Tendrás que buscar a alguien que lo traduzca —dijo Carolina, esbozando una leve y triste sonrisa—. Tengo curiosidad por saber lo que escribió. George siempre hablaba con mucho cariño de vuestra abuela.

Gareth asintió. Él también la recordaba con cariño, aunque no pasaron mucho tiempo juntos. Lord Saint Clair no se llevaba bien con su madre, por lo tanto, las visitas de ella no eran muy frecuentes. Pero siempre adoró a sus *due ragazzi*, como le gustaba llamar a sus dos nietos. También recordaba que se sintió destrozado cuando, a los siete años, se enteró de su muerte. Si el cariño se podía considerar tan importante como la sangre, pensó, entonces tal vez el diario estaría mejor en sus manos que en las de cualquier otra persona.

—Veré qué puedo hacer —dijo—. Supongo que no será muy difícil encontrar a alguien que sepa traducir del italiano.

—Yo en tu lugar no se lo confiaría a cualquier persona —dijo Caroline—. Es el diario de tu abuela. Sus pensamientos íntimos, personales.

Gareth asintió; ella tenía razón. Le debía a Isabella encontrar a una persona discreta para que tradujera sus memorias. Y de pronto comprendió dónde podía comenzar su búsqueda.

—Se lo llevaré a la abuela Danbury —dijo, subiendo y bajando el diario, como si quisiera sopesarlo—. Ella sabrá qué hacer.

Y sí que sabría, pensó. A su abuela Danbury le encantaba decir que lo sabía todo, y la antipática verdad era que casi siempre tenía razón.

—Me lo comunicarás cuando encuentres a alguien —dijo Caroline, dirigiéndose a la puerta.

—Por supuesto —musitó él, aunque ella ya había salido.

Volvió a mirar el diario. *10 Settembre 1793...*

Movió de lado a lado la cabeza y sonrió, pensando que su único legado de las arcas de la familia Saint Clair sería un diario que no podría leer jamás. ¡Ay, las ironías de la vida!

Mientras tanto, en un salón de una casa no muy lejana...

—¿Eh? —chilló lady Danbury—. ¡Lees en voz muy baja!

Hyacinth dejó de leer y apoyó el libro en la falda dejando que se cerrara, pero con el índice firmemente puesto en la página para no perder el lugar donde iba. A lady Danbury le gustaba fingir sordera cuando le convenía, y al parecer le convenía cada vez que ella llegaba a las partes algo subidas de tono de las morbosas novelas que tanto le gustaban a la condesa.

—Decía —dijo, mirando a la cara a lady Danbury— que nuestra querida heroína tenía dificultad para respirar, no, déjeme ver, estaba «jadeante» y «sin aliento». —Volvió a levantar la vista—. ¿Jadeante y sin aliento?

—¡Puf! —exclamó lady Danbury agitando la mano, despectiva.

Hyacinth miró la cubierta del libro.

—¿Será el inglés la lengua materna de este autor?

—Sigue leyendo —ordenó lady Danbury.

—Muy bien, déjeme ver, «la señorita Bumblehead echó a correr como el viento cuando vio que lord Savagewood venía caminando hacia ella».

—Su apellido no es Bumblehead —dijo lady Danbury, con los ojos entrecerrados.

—Pues debería serlo —masculló Hyacinth.

—Bueno, eso es cierto —concedió lady Danbury—, pero no escribimos la novela nosotras, ¿no?

Hyacinth se aclaró la garganta y volvió a buscar el lugar donde había quedado.

—«Él se le iba acercando cada vez más, y la señorita Bumblehead...».

—¡Hyacinth!

—Butterworth —gruñó Hyacinth—. Sea cual sea su apellido, corrió hacia el acantilado. Fin del capítulo.

—¿El acantilado? ¿Todavía? ¿No iba corriendo hacia el acantilado al final del capítulo anterior?

—Tal vez el camino es muy largo.

Lady Danbury la miró con los ojos entrecerrados.

—No te creo.

Hyacinth se encogió de hombros.

—Es muy cierto que le mentiría para librarme de leer los siguientes párrafos de la vida extraordinariamente peligrosa de Priscilla Butterworth, pero ocurre que he dicho la verdad. —Al ver que la anciana no decía nada, le acercó el libro abierto—. ¿Quiere verlo?

—No, no —contestó lady Danbury, haciendo mucho alarde de aceptación—. Te creo, aunque solo sea porque no tengo otra opción.

Hyacinth la miró significativamente.

—¿Ahora está ciega además de sorda?

—No —suspiró lady Danbury, agitando una mano hasta dejar apoyada la palma en la frente—. Simplemente estaba practicando mi intenso dramatismo.

Hyacinth se echó a reír.

—No es broma —dijo lady Danbury, devolviendo a su voz la agudeza de tenor—. He estado pensando en hacer un cambio en mi vida. Podría hacerlo mejor en el escenario que la mayoría de esas idiotas que se hacen llamar actrices.

—Lamentablemente, parece que no hay mucha demanda para papeles de condesas viejas.

—Si cualquier otra persona me dijera eso —dijo lady Danbury, golpeando el suelo con su bastón, aun cuando estaba sentada en un sillón muy cómodo—, lo tomaría como un insulto.

—¿Pero no de mí? —preguntó Hyacinth, tratando de parecer decepcionada.

Lady Danbury se echó a reír.

—¿Sabes por qué me caes tan bien, Hyacinth Bridgerton?

—Soy toda oídos —dijo Hyacinth, inclinándose hacia ella.

A lady Danbury se le arrugó toda la cara en una ancha sonrisa.

—Porque, querida niña, eres exactamente igual que yo.

—¿Sabe, lady Danbury, que si le dijera eso a cualquier otra lo tomaría como un insulto?

—¿Pero tú no? —preguntó la anciana, con todo su delgado cuerpo estremecido de risa.

—Yo no —contestó Hyacinth, negando con la cabeza.

—Estupendo. —Lady Danbury esbozó otra de sus raras sonrisas de abuela y luego miró el reloj de la repisa del hogar—. Creo que tenemos tiempo para otro capítulo.

—Acordamos leer solo un capítulo cada martes —dijo Hyacinth, principalmente por fastidiar.

Lady Danbury frunció los labios malhumorada, pero al instante miró a Hyacinth con expresión un tanto ladina.

—Muy bien —dijo—, hablaremos de otra cosa.

¡Ay, Dios!

—Dime, Hyacinth —continuó lady Danbury, inclinándose hacia ella—. ¿Cómo están tus perspectivas este último tiempo?

—Habla igual que mi madre —dijo Hyacinth dulcemente.

—Eso es un cumplido de primera clase. Me gusta tu madre, a mí, que no me cae bien nadie.

—Se lo diré.

—¡Bah!, ella ya lo sabe, y has eludido mi pregunta.

—Mis perspectivas, como dice usted tan delicadamente, están igual que siempre.

—Ese es el problema. Necesitas un marido, mi querida niña.

—¿Está segura de que no está mi madre escondida detrás de las cortinas soplándole los parlamentos?

Lady Danbury la obsequió con una ancha sonrisa.

—¿Lo ves? Lo haría muy bien en el teatro.

—Se ha vuelto loca, ¿lo sabía?

—¡Bah!, simplemente soy lo bastante vieja para decir lo que pienso. Lo disfrutarás cuando tengas mi edad, te lo prometo.

—Lo disfruto ahora —dijo Hyacinth.

—Es cierto —concedió lady Danbury—. Y probablemente a eso se debe que sigas soltera.

—Si hubiera un hombre inteligente y sin compromiso en Londres —dijo Hyacinth, suspirando como si se sintiera asediada—, le aseguro que intentaría conquistarlo. —Ladeó la cabeza, sarcástica—. Supongo que no querrá verme casada con un idiota.

—No, claro que no, pero...

—Y no me mencione a su nieto como si yo no fuera lo bastante inteligente para saber lo que se propone.

Lady Danbury emitió un largo bufido.

—No he dicho ni una sola palabra.

—Estaba a punto.

—Bueno, es muy simpático —masculló la anciana, sin intentar negarlo—. Y guapísimo, más que guapo.

Hyacinth se mordió el labio inferior, intentando recordar lo rara que se sintió en la velada musical Smythe-Smith con el señor Saint Clair a su lado. Ese era el problema que tenía con él, comprendió; no se sentía ella misma cuando él estaba cerca. Y eso era de lo más desconcertante.

—Veo que no estás en desacuerdo —dijo lady Danbury.

—¿Sobre la cara guapa de su nieto? No, claro que no —contestó Hyacinth.

No tenía ningún sentido discutir eso. La buena apariencia de una persona es una realidad, no una opinión.

—Además —continuó lady Danbury en tono grandilocuente—, me complace decir que heredó el cerebro de mi lado de la familia, lo cual, podría añadir, lamentablemente no ocurre en el resto de mi progenie.

Hyacinth miró hacia el techo con el fin de evitar hacer un comentario. Era archisabido que al hijo mayor de lady Danbury se le quedó atrapada la cabeza entre las rejas de la puerta del castillo de Windsor.

—Vamos, adelante, dilo —gruñó lady Danbury—. Por lo menos dos de mis hijos son medio bobos, y vete a saber cómo son sus hijos. Corro en dirección opuesta cuando vienen a la ciudad.

—Yo jamás...

—Bueno, lo estás pensando, y razón que tienes. Me lo merezco por casarme con lord Danbury sabiendo que no tenía dos dedos de frente. Algo inaudito. Pero Gareth es un premio, y eres una tonta si no...

—Su nieto no tiene ni el más mínimo interés en mí —interrumpió Hyacinth—, ni en ninguna mujer en edad casadera.

—Bueno, eso sí es un problema —convino lady Danbury—, y por mi vida que no sé por qué este chico rehúye a las de tu tipo.

—¿De mi tipo?

—Una mujer joven, una damita con la que tendría que casarse si se entretuviera en amores con ella.

Hyacinth sintió arder las mejillas. Normalmente ese era justamente el tipo de conversación que le gustaba, pues encontraba mucho más divertido ser indecorosa que no, dentro de lo razonable, lógicamente, pero en ese momento lo único que pudo decir fue:

—Creo que no debería hablar de estas cosas conmigo.

—¡Bah! —dijo lady Danbury, agitando la mano, despectiva—, ¿desde cuándo te has vuelto tan remilgada?

Hyacinth abrió la boca para contestar, pero afortunadamente la condesa no deseaba respuesta:

—Es un libertino, es cierto —continuó—, pero eso no es algo que no puedas vencer si te pones a ello.

—No voy a...

—Simplemente bájate un poco el escote la próxima vez que lo veas —interrumpió lady Danbury, agitando impaciente la mano delante de su cara—. Los hombres pierden toda la sensatez a la vista de unos pechos saludables. Lo tendrás...

—¡Lady Danbury! —exclamó Hyacinth, cruzándose de brazos, para cubrirse los pechos.

Ella tenía su orgullo, y de ninguna manera se iba a poner a perseguir a un libertino que evidentemente no tenía el menor interés en el matrimonio. Podía pasar muy bien sin ese tipo de humillación pública.

Además, haría falta tener muchísima imaginación para calificar de saludables a sus pechos. Sabía que no estaba hecha como un chico, por suerte, pero no poseía los atributos que harían mirar dos veces a un hombre hacia esa parte del cuerpo que queda justo debajo del cuello.

—Muy bien —dijo lady Danbury en un tono muy malhumorado, el cual, incluso en ella, era excesivo—. No diré ni una palabra más.

—¿Nunca más?

—Hasta —dijo la condesa firmemente.

—¿Hasta cuándo? —preguntó Hyacinth, desconfiada.

—No lo sé —contestó lady Danbury en el mismo tono.

Con lo cual, Hyacinth se quedó con la impresión de que quería decir hasta dentro de cinco minutos.

La condesa estuvo callada un momento, pero con los labios fruncidos, lo que indicaba que estaba tramando algo que seguro sería de lo más rebuscado y tortuoso.

—¿Sabes lo que pienso? —preguntó al fin.

—Normalmente sí.

Lady Danbury la miró enfurruñada.

—Te pasas de fanfarrona.

Hyacinth se limitó a sonreír y le hincó el diente a otra galleta.

—Pienso que deberíamos escribir un libro —dijo lady Danbury, al parecer ya pasado su fastidio.

En honor de Hyacinth, hay que decir que no se atragantó con la galleta.

—Perdón, ¿qué ha dicho?

—Necesito un reto —explicó lady Danbury—. Eso mantiene aguda la mente. Seguro que podríamos escribir algo mejor que *La señorita Butterworth y el barón circunspecto*.

—El barón loco —dijo Hyacinth automáticamente.

—Exactamente. Seguro que lo haríamos mejor.

—Sí, seguro que sí, pero eso plantea la pregunta «¿por qué querríamos hacerlo?».

—Porque podemos.

Hyacinth consideró la perspectiva de una relación creativa con lady Danbury, de pasar con ella horas y horas...

—No —dijo firmemente—, no podemos.

—Pues claro que podemos —insistió lady Danbury, golpeando el suelo con el bastón, solo por segunda vez en toda la entrevista; todo un nuevo récord de autodominio—. Yo pongo las ideas y tú encuentras la manera de expresarlas.

—No veo que eso sea una división equitativa del trabajo —comentó Hyacinth.

—¿Y para qué tiene que ser equitativa?

Hyacinth abrió la boca para contestar, y volvió a cerrarla pensando que no tenía ningún sentido.

Lady Danbury estuvo ceñuda un rato y finalmente añadió:

—Bueno, piensa en mi propuesta. Formaríamos un equipo excelente.

—Me estremece pensar —dijo una grave voz masculina desde la puerta— en qué quieres meter ahora a la señorita Bridgerton intimidándola.

—¡Gareth! —exclamó lady Danbury, visiblemente encantada—. ¡Qué amable venir por fin a visitarme!

Hyacinth se giró a mirar. Gareth Saint Clair acababa de entrar en el salón, alarmantemente guapo y vestido con ropa muy elegante. Un rayo de sol que entraba por la ventana caía sobre su pelo haciéndolo brillar como oro bruñido.

Su presencia ahí era muy sorprendente. Ella venía allí todos los martes desde hacía un año ya, y esa era solamente la segunda vez que se cruzaban. Había comenzado a pensar que él la eludía a propósito.

Lo cual planteaba la pregunta «¿por qué estaba ahí?». La conversación que tuvieron en la velada musical Smythe-Smith fue la primera en que hablaron de algo más que las trivialidades habituales, y de repente él estaba ahí en el salón de su abuela, justo cuando ella estaba de visita.

—¿Por fin? —repitió el señor Saint Clair, divertido—. Supongo que no has olvidado mi visita del viernes pasado. —Miró a Hyacinth, con una expresión de preocupación bastante convincente—. ¿Cree que podría estar perdiendo la memoria, señorita Bridgerton? Ya tiene, ¿cuántos años serán ahora?, noventa y...

El bastón de lady Danbury bajó directo hacia los dedos de sus pies.

—Eso ni de cerca, mi querido niño —ladró—, y si valoras tus apéndices, no vuelvas a blasfemar de esa manera.

—El Evangelio según Agatha Danbury —dijo Hyacinth en voz baja.

El señor Saint Clair le sonrió, y eso la sorprendió; primero, porque pensó que él no oiría su comentario y, segundo, porque esa sonrisa lo hacía parecer niño e inocente, y ella sabía que él no era ninguna de esas dos cosas.

Aunque...

Tuvo que hacer un esfuerzo para no negar con la cabeza. Siempre había un «aunque». Dejando de lado los «por fin» de lady Danbury, Gareth Saint Clair era un visitante asiduo en la casa Danbury. Eso la movía a pensar si sería realmente el libertino que lo hacía parecer la sociedad. Ningún verdadero demonio sería tan cariñoso con su abuela. Algo así le dijo a él en la velada Smythe-Smith, y él cambió diestramente el tema.

Era un rompecabezas. Y ella detestaba los rompecabezas.

Bueno, no, en realidad le encantaban.

Siempre que los resolviera, lógicamente.

El susodicho rompecabezas avanzó otros pasos y se inclinó a darle un beso a su abuela en la mejilla. Hyacinth se sorprendió contemplándole la nuca, la atrevida coleta que le rozaba el cuello de su chaqueta verde botella.

Sabía que él no tenía mucho dinero para gastar en sastres y cosas de esas, y sabía que jamás le pedía nada a su abuela, pero, ¡buen Dios!, esa chaqueta se le ceñía a la perfección.

—Señorita Bridgerton —dijo él, instalándose en el sofá y colocando perezosamente el tobillo de una pierna apoyado en la rodilla de la otra—. Hoy debe de ser martes.

—Debe —convino Hyacinth.

—¿Cómo le va a Priscilla Butterworth?

Hyacinth arqueó las cejas, sorprendida de que él supiera qué novela estaban leyendo.

—Va corriendo hacia el acantilado. Temo por su seguridad, si ha de saberlo. O, mejor dicho, temería, si no quedaran todavía once capítulos por leer.

—Una lástima —dijo él—. La novela daría un giro mucho más interesante si la asesinaran.

—¿La ha leído, entonces? —preguntó Hyacinth, simplemente por cortesía.

Él la miró con una expresión que quería decir «Está de broma» y dio la impresión de que no iba a decir nada, pero dio más énfasis a la expresión, diciendo:

—A mi abuela le gusta contarme la historia cuando vengo a verla los miércoles. Y vengo siempre —añadió, mirando hacia lady Danbury con los párpados entornados—. Y la mayoría de los viernes y domingos además.

—No el domingo pasado —dijo lady Danbury.

—Fui a la iglesia —se apresuró a decir él, impasible.

Hyacinth se atragantó con la galleta.

Él la miró.

—¿No vio el rayo que cayó en la torre?

Ella se recuperó con un trago de té y luego le sonrió dulcemente.

—Estaba escuchando devotamente el sermón.

—Puras burradas la semana pasada —declaró lady Danbury—. Creo que el cura se está haciendo viejo.

Gareth abrió la boca pero antes que pudiera decir una palabra, el bastón de su abuela barrió el aire describiendo un arco bastante horizontal.

—No hagas ningún comentario que comience con las palabras «Viniendo de ti...» —le advirtió.

—Ni lo soñaría —dijo él.

—Sí que lo harías. No serías mi nieto si no lo hicieras. ¿No estás de acuerdo? —preguntó a Hyacinth.

En honor de Hyacinth hay que decir que se cogió las manos en la falda y dijo:

—Supongo que no hay respuesta correcta para esa pregunta.

—Chica inteligente —dijo lady Danbury, aprobadora.

—Aprendo de la maestra.

Lady Danbury sonrió de oreja a oreja.

—Aparte de la insolencia —continuó resueltamente, haciendo un gesto hacia Gareth, como si fuera una especie zoológica en estudio—, es verdaderamente un nieto excepcional. No podría pedir más.

Gareth observó divertido mientras Hyacinth murmuraba algo como queriendo manifestar su acuerdo pero sin decirlo exactamente.

—Claro que no es mucho lo que tiene en cuanto a competidores —añadió la abuela Danbury, haciendo un gesto despectivo con la mano—. Los demás solo tienen tres cerebros para repartirse entre ellos.

No era eso el más vibrante de los elogios a sus demás nietos, puesto que tenía doce vivos.

—He oído decir que algunos animales se comen a sus crías —musitó Gareth, sin dirigirse a nadie en particular.

—Siendo hoy martes —dijo su abuela, haciendo caso omiso de su comentario—, ¿qué te trae por aquí?

Gareth palpó la libreta que llevaba en el bolsillo. Estaba tan intrigado y obsesionado por su existencia desde el momento en que Caroline se la entregó que se olvidó totalmente de que ese era el día de la visita semanal de Hyacinth Bridgerton a su abuela. Si no se le hubiera escapado el dato, habría esperado a que ella ya se hubiera marchado para venir.

Pero ya estaba ahí, y tenía que dar algún motivo para su visita. Si no, Dios lo amparara, su abuela supondría que vino debido a la señorita Bridgerton, y le llevaría meses disuadirla de esa idea.

—¿Qué pasa, hijo? —le preguntó su abuela, a su manera inimitable—. Habla.

Gareth se volvió hacia Hyacinth, y se sintió ligeramente complacido cuando ella se movió inquieta bajo su penetrante mirada.

—¿Por qué visita a mi abuela?

Ella se encogió de hombros.

—Porque me cae bien. —Entonces se inclinó hacia él y le preguntó—: ¿Por qué la visita usted?

—Porque es mi... —se interrumpió, al cogerse en falta. No la visitaba porque era su abuela. Lady Danbury era muchísimas cosas para él; pasaron varias por su mente: prueba, arpía, azote de su existencia; pero jamás un deber—. También a mí me cae bien —dijo al fin, sin dejar de mirar a Hyacinth a los ojos.

Ella ni siquiera pestañeó.

—Estupendo —dijo.

Y continuaron mirándose, como si estuvieran atrapados en una especie de extraña competición.

—No es que yo tenga alguna queja por esa determinada manera de conversar —dijo lady Danbury en voz bien alta—, ¿pero de qué diablos estáis hablando?

Hyacinth enderezó la espalda y miró a lady Danbury como si no hubiera ocurrido nada.

—No tengo idea —dijo alegremente, y procedió a beber un trago de té. Después de dejar la taza en el platillo, añadió—: Él me hizo una pregunta.

Gareth la observó curioso. Su abuela no era la persona más fácil para hacerse amiga, y si Hyacinth Bridgerton sacrificaba alegremente las tardes de los martes para estar con ella, eso era sin duda un punto a su favor. Por no decir que a su abuela no le caía bien prácticamente nadie, y sin embargo se deshacía en elogios a la señorita Bridgerton en todas las ocasiones posibles. Claro que eso se debía en parte a que quería emparejarlos; su abuela nunca había sido famosa por su tacto o sutileza.

De todos modos, si había aprendido algo a lo largo de los años, era que su abuela era excelente para juzgar el carácter de las personas. Además, el diario estaba escrito en italiano. Aunque contuviera algún secreto indiscreto, la señorita Bridgerton no lo sabría.

Tomada su decisión, se metió la mano en el bolsillo y sacó la libreta.

4

Este es el momento en que la vida de Hyacinth se torna casi tan estimulante como la de Priscilla Butterworth. Salvo por lo del acantilado, por supuesto.

Hyacinth observó con interés el momento de aparente vacilación del señor Saint Clair. Él la miró, entrecerrando casi imperceptiblemente los ojos y luego se volvió a mirar a su abuela. Ella intentó no parecer demasiado interesada; era evidente que él estaba tratando de decidir si debía hablar del motivo de su visita delante de ella, y sospechó que cualquier intervención de su parte lo decidiría a guardar silencio.

Pero al parecer aprobó el examen, porque pasado un breve instante de silencio, él se metió la mano en el bolsillo y sacó un libro pequeño encuadernado en piel.

—¿Qué es esto? —preguntó lady Danbury, cogiéndolo.

—El diario de la abuela Saint Clair. Caroline me lo llevó esta tarde. Lo encontró entre los efectos personales de George.

—Está en italiano —dijo lady Danbury.

—Sí, me di cuenta.

—Quiero decir, ¿por qué me lo has traído a mí? —preguntó ella, algo impaciente.

El señor Saint Clair la miró con su perezosa sonrisa sesgada.

—Siempre me dices que lo sabes todo, y si no todo, que conoces a todo el mundo.

—Eso me lo dijo a mí esta tarde —terció Hyacinth, amablemente.

El señor Saint Clair se volvió a mirarla con una expresión vagamente desdeñosa.

—Gracias —dijo, justo en el instante en que ella recibía una mirada indignada de lady Danbury.

Se movió inquieta en el asiento. No por la mirada de lady Danbury; era totalmente impermeable a esas miradas. Pero detestaba la sensación de que el señor Saint Clair la consideraba merecedora de una mirada desdeñosa, de superioridad.

—Tenía la esperanza —dijo él a su abuela— de que conocieras a algún buen traductor.

—¿De italiano?

—Parece ser que ese es el idioma que se necesita.

—¡Vaya! —musitó lady Danbury, golpeando la alfombra con su bastón, más o menos como una persona normal tamborilea con los dedos sobre una mesa—. ¿Italiano? No abundan tanto como los traductores de francés, que claro, cualquier persona decente...

—Yo entiendo el italiano —interrumpió Hyacinth.

Dos pares de ojos azules idénticos se clavaron en ella.

—Bromea —dijo el señor Saint Clair, justo medio segundo antes de que su abuela interviniera:

—¿Sí?

—No lo sabe todo de mí —dijo Hyacinth, con una pícara sonrisa.

Eso se lo decía a lady Danbury, lógicamente, puesto que el señor Saint Clair de ninguna manera podía afirmar eso.

—Bueno, sí, claro —convino lady Danbury—, ¿pero entiende el italiano?

—Tuve una institutriz italiana cuando era pequeña —explicó Hyacinth, encogiéndose de hombros—. Le entretenía enseñarme. No lo domino, pero dadas una o dos páginas, entiendo el sentido general.

—Esto es mucho más que una o dos páginas —dijo el señor Saint Clair, indicando con la cabeza el diario que seguía en las manos de su abuela.

—Por supuesto —replicó Hyacinth, impaciente—. Pero no creo que lea más de una o dos páginas cada vez. Y ella no lo escribió en el estilo de los antiguos romanos, ¿verdad?

—Eso sería latín —dijo él, con la voz arrastrada.

Hyacinth apretó los dientes.

—De todos modos —dijo, casi gruñendo.

—¡Por el amor de Dios, muchacho! —interrumpió lady Danbury—. Dale el diario.

El señor Saint Clair se abstuvo de señalar que ella seguía con la libreta en sus manos, lo cual, en opinión de Hyacinth, demostraba un extraordinario autodominio. Él simplemente se levantó, cogió la pequeña libreta de manos de su abuela y se volvió hacia Hyacinth. Entonces vaciló, solo un instante, vacilación que ella no habría notado si no hubiera estado mirándolo a la cara. Entonces él le pasó la libreta musitando suavemente:

—Señorita Bridgerton.

Hyacinth la cogió, y se estremeció, al tener la extraña sensación de que acababa de hacer algo mucho más potente que el simple acto de coger un libro en sus manos.

—¿Tiene frío, señorita Bridgerton? —le preguntó el señor Saint Clair.

Ella negó con la cabeza, mirando la libreta, con el fin de no mirarlo a él.

—Las páginas son algo frágiles —comentó, volviendo una con sumo cuidado.

—¿Qué dice? —preguntó el señor Saint Clair.

Hyacinth apretó los dientes. Jamás encontraba agradable hacer algo presionada, y era casi imposible leer teniendo a Gareth Saint Clair casi echándole el aliento en la nuca.

—¡Déjale espacio! —ladró lady Danbury.

Él se apartó, pero no lo suficiente para que ella se sintiera cómoda.

—¿Y bien? —preguntó.

Hyacinth intentó captar el significado de las palabras moviendo ligeramente la cabeza arriba y abajo.

—Escribe acerca de su inminente boda —dijo al fin—. Creo que se va a casar con su abuelo, eh... —mordiéndose el labio miró nuevamente la página, buscando las palabras—, dentro de tres semanas. Colijo que la ceremonia se va a celebrar en Italia.

El señor Saint Clair asintió, y continuó el interrogatorio:

—¿Y?

—Y...

Hyacinth arrugó la nariz, lo que siempre hacía cuando estaba pensando. No era una expresión muy atractiva, pero la alternativa era no pensar, lo que ella encontraba menos atractivo aún.

—¿Qué dice? —preguntó lady Danbury.

—*Orrendo orrendo* —leyó Hyacinth—. Ah, sí. —Levantó la vista—. No se siente muy feliz con la próxima boda.

—¿Quién se sentiría? —dijo lady Danbury—. El hombre era un patán, con mis disculpas a los presentes que llevan su sangre.

—¿Qué más? —preguntó el señor Saint Clair, sin hacer caso del comentario.

—Le dije que no domino el idioma —dijo Hyacinth al fin—. Necesito tiempo para entenderlo.

—Llévatelo a casa —dijo lady Danbury—. De todos modos verás a Gareth mañana por la noche.

—¿Sí? —preguntaron Hyacinth y el señor Saint Clair casi al unísono.

—Me vas a acompañar al recital de poemas de lady Pleinsworth —dijo lady Danbury a su nieto—. ¿O lo has olvidado?

Hyacinth se reclinó en el asiento, observando encantada a Gareth Saint Clair, que abría y cerraba la boca con evidente fastidio. Parecía un pez, pensó. Un pez con las facciones de un dios griego, pero pez de todos modos.

—En realidad... —dijo él—, es decir, no puedo...

—Puedes e irás —dijo lady Danbury firmemente—. Me lo prometiste.

Él la miró severo.

—No logro imaginar...

—Bueno, si no lo prometiste, deberías haberlo prometido, y si me quieres...

Hyacinth tosió para disimular la risa, y trató de no sonreír satisfecha cuando el señor Saint Clair dirigió una fea mirada en su dirección.

—Cuando me muera —dijo él entonces—, seguro que mi epitafio dirá: «Amó a su abuela cuando nadie más la amaba».

—¿Y qué hay de malo en eso? —preguntó la abuela.

—Iré —suspiró él.

—Lleve lana para taparse los oídos —le aconsejó Hyacinth.

Él pareció espantado.

—No puede ser peor que la velada musical de la otra noche.

Hyacinth no pudo evitar que se le curvara la comisura de la boca.

—Lady Pleinsworth era Smythe-Smith.

Lady Danbury cacareó de risa.

—Será mejor que me vaya a casa —dijo Hyacinth, levantándose—. Intentaré traducir la primera anotación antes de verle mañana, señor Saint Clair.

—Tiene toda mi gratitud, señorita Bridgerton.

Hyacinth hizo su venia de despedida y se dirigió a la puerta, tratando de no hacer caso de la extraña sensación de vértigo o algo parecido que sentía crecer en el pecho. Solo era un diario, ¡por el amor de Dios!

Y él solo era un hombre.

La fastidiaba esa extraña necesidad que sentía de impresionarlo. Deseaba hacer algo que demostrara su inteligencia e ingenio, algo que lo obligara a mirarla con una expresión distinta a una de vaga diversión.

—Permítame que la acompañe a la puerta —dijo el señor Saint Clair, caminando a su lado.

Hyacinth se giró y casi se quedó sin aliento por la sorpresa. No se había dado cuenta de que él estaba tan cerca.

—Esto... eh...

Eran sus ojos, comprendió. Tan azules y transparentes que debería poder leerle los pensamientos, aunque más bien creía que él le leía los de ella.

—¿Sí? —musitó él, cogiéndole la mano y pasándosela bajo el codo doblado.

Ella negó con la cabeza.

—Nada.

—Vamos, señorita Bridgerton —dijo él, guiándola hasta el vestíbulo—, creo que nunca la había visto sin saber qué decir. A excepción de la otra noche —añadió, ladeando ligeramente la cabeza.

Ella lo miró con los ojos entrecerrados.

—En la velada musical —continuó él, amablemente—. Fue encantador. —Le sonrió, de una manera casi irritante—. Fue encantador, ¿verdad?

Hyacinth apretó los labios.

—Apenas me conoce, señor Saint Clair —dijo entre dientes.

—Su reputación la precede.

—Como a usted la suya.

—Tocado, señorita Bridgerton —dijo él, pero ella no se sintió como si hubiera ganado el punto.

En ese momento ella vio a su doncella esperando en la puerta, por lo que liberó la mano y echó a andar por el vestíbulo en su dirección.

—Hasta mañana, señor Saint Clair.

Y cuando ya estaba fuera y se iba cerrando la puerta, habría jurado que lo oyó decir:

—*Arrivederci.*

Hyacinth llega a casa.
Su madre la está esperando.
Eso no es bueno.

—Charlotte Stokehurst se casa —anunció Violet Bridgerton.

—¿Hoy? —preguntó Hyacinth, quitándose los guantes.

Violet la miró mal.

—Se ha comprometido. Su madre me lo dijo esta mañana.

Hyacinth miró alrededor.

—¿Me estabas esperando aquí en el vestíbulo?

—Al conde de Renton —continuó Violet—. Renton.

—¿Tenemos té? —preguntó Hyacinth—. Hice a pie todo el camino. Tengo mucha sed.

—¡Renton! —exclamó Violet, a punto de levantar las manos, desesperada—. ¿Me has oído?

—Renton —dijo Hyacinth, complaciente—. Tiene gordos los tobillos.

—Es... —Violet se interrumpió bruscamente—. ¿Cómo es que le has mirado los tobillos?

—Era imposible no vérselos —contestó Hyacinth. Le pasó su ridículo, en el que llevaba el diario en italiano, a una criada—. ¿Me haces el favor de llevarlo a mi habitación?

Violet esperó hasta que la criada desapareció.

—Tengo té en el salón, y no hay nada mal en los tobillos de Renton.

Hyacinth se encogió de hombros.

—Si te gustan los tipos gordos.

—¡Hyacinth!

Hyacinth suspiró cansinamente y entró en el salón detrás de su madre.

—Madre, tienes seis hijos casados, y todos son muy felices con los cónyuges elegidos. ¿Por qué intentas empujarme a un matrimonio inconveniente?

Violet se sentó y cogió la tetera para servirle una taza.

—No te empujo. Pero, Hyacinth, ¿no podrías por lo menos buscar?

—Madre, yo...

—O, por mí, ¿simular que buscas?

Hyacinth no pudo dejar de sonreír.

Violet le tendió la taza, pero entonces la retiró para añadirle otra cucharada de azúcar. Hyacinth era la única de la familia que tomaba el té con azúcar, y siempre le gustaba muy dulce.

—Gracias —dijo Hyacinth, cogiendo la taza y probando el té.

No estaba tan caliente como le gustaba, pero se lo bebió de todos modos.

—Hyacinth —dijo su madre, en ese tono que siempre la hacía sentirse un poco culpable, aunque sabía que no tenía por qué—, sabes que solo deseo verte feliz.

—Lo sé.

Y ese era el problema. Su madre solo deseaba que fuera feliz. Si Violet la empujara hacia el matrimonio por la gloria social o por la ganancia económica que eso le reportaría, le sería mucho más fácil no hacerle caso. Pero no, su madre la quería, y de verdad deseaba que fuera feliz, no solo que se casara. Por lo tanto, hacía todo lo posible por mantener el buen humor mientras su madre suspiraba y suspiraba.

—Jamás querría verte casada con un hombre de cuya compañía no disfrutaras —continuó Violet.

—Lo sé.

—Y si nunca encontraras al hombre conveniente, estaría totalmente feliz viéndote eternamente soltera.

Hyacinth la miró dudosa.

—Muy bien, no totalmente feliz —enmendó Violet—, pero sabes que nunca te presionaría para que te casaras con un hombre que no te conviniera.

—Lo sé —repitió Hyacinth.

—Pero, cariño, nunca vas a encontrar a nadie si no buscas.

—¡Busco! —protestó Hyacinth—. Esta semana he salido casi todas las noches. Incluso fui a la velada musical Smythe-Smith la otra noche. A la cual —añadió con mucha intención— tú no asististe.

Violet tosió.

—Tenía un poco de tos.

Hyacinth no dijo nada, pero la expresión de sus ojos era inconfundible.

—Supe que te sentaste al lado de Gareth Saint Clair —dijo Violet, pasado un momento de apropiado silencio.

—¿Tienes espías en todas partes?

—Casi —contestó Violet—. Eso hace mucho más fácil la vida.

—A ti, tal vez.

—¿Te gustó? —preguntó Violet, perseverante.

¿Le gustó? Esa sí era una pregunta rara. ¿Le gustaba Gareth Saint Clair? ¿Le gustaba tener siempre la sensación de que él se estaba riendo de ella en silencio, incluso después de que ella aceptara traducir el diario de su abuela? ¿Le gustaba no ser nunca capaz de saber lo que él estaba pensando, o que le provocara inquietud, que la hiciera sentirse que no era ella misma?

—¿Y bien? —insistió su madre.

—Algo —respondió, evasiva.

Violet no dijo nada, pero en sus ojos apareció un brillo que aterró a Hyacinth hasta el fondo del alma.

—No —dijo.

—Sería un matrimonio excelente, Hyacinth.

Hyacinth miró a su madre como si le hubiera brotado otra cabeza.

—¿Te has vuelto loca? Sabes tan bien como yo qué reputación tiene.

Violet descartó eso al instante.

—Su reputación no importará una vez que estéis casados.

—Importaría si continuara relacionándose con cantantes de ópera y mujeres de esas.

—No lo haría —dijo Violet, agitando la mano para descartar esa idea.

—¿Cómo puedes saber eso?

Violet guardó silencio un momento.

—No lo sé —dijo al fin—. Supongo que es una sensación que tengo.

—Madre —dijo Hyacinth, en tono muy solícito—, sabes que te quiero muchísimo...

—¿Por qué será que he aprendido a no esperar nada bueno cuando oigo una frase que comienza de esa manera?

—Pero debes perdonarme si me niego a casarme con alguien basándome en una sensación que tú podrías tener o no tener.

Violet bebió unos cuantos tragos de té con una calma bastante impresionante.

—Una sensación mía es lo más próximo a una que podrías tener tú. Y si se me permite decir eso de mí, mis sensaciones sobre estas cosas tienden a ser muy atinadas. —Al ver la expresión sarcástica de Hyacinth, añadió—: Todavía no me he equivocado con ninguna.

Bueno, eso era cierto, tuvo que reconocer Hyacinth. Para sí misma, lógicamente. Si llegaba a decir eso en voz alta, su madre lo consideraría carta blanca para perseguir al señor Saint Clair hasta que este huyera chillando a esconderse.

Guardó silencio un rato más de lo normal en ella, con el fin de ganar un poco de tiempo para ordenar sus pensamientos.

—Madre —dijo al fin—, no voy a perseguir al señor Saint Clair. No es en absoluto el tipo de hombre adecuado para mí.

—No sé si sabrías distinguir el tipo de hombre adecuado para ti ni que llegara a nuestra puerta montado en un elefante.

—Creo que el elefante sería una muy buena señal de que debo buscar en otra parte.

—¡Hyacinth!

—Además —añadió Hyacinth, pensando en esa manera vagamente desdeñosa con que siempre la miraba el señor Saint Clair—, no creo que yo le caiga muy bien.

—Tonterías —exclamó Violet, con toda la indignación de una madre—. Caes bien a todo el mundo.

Hyacinth reflexionó sobre eso un momento.

—No, creo que no a todo el mundo.

—Hyacinth, soy tu madre y sé...

—Madre, eres la última persona a la que alguien le diría que yo no le caigo bien.

—De todos modos...

—Madre —interrumpió Hyacinth, dejando firmemente la taza en el platillo—, eso no tiene importancia. No me importa no ser adorada por todo el mundo. Si deseara caerle bien a todo el mundo, tendría que ser amable, encantadora, sosa y aburrida todo el tiempo, ¿y qué diversión habría en eso?

—Hablas como lady Danbury.

—Me gusta lady Danbury.

—A mí también me gusta, pero eso no quiere decir que la desee como a mi hija.

—Madre...

—No quieres intentar conquistar al señor Saint Clair porque te asusta.

Hyacinth ahogó una exclamación.

—Eso no es cierto.

—Pues claro que lo es —contestó Violet, con cara de estar inmensamente complacida consigo misma—. No sé por qué no se me había ocurrido antes. Y él no es el único.

—No sé de qué hablas.

—¿Por qué no te has casado todavía?

Hyacinth pestañeó, sorprendida por la brusquedad de la pregunta.

—¿Perdón?

—¿Por qué no te has casado? —repitió Violet—. ¿Quieres casarte alguna vez?

—Por supuesto.

Y era cierto. Lo deseaba más de lo que reconocería nunca, tal vez incluso más de lo que había creído hasta ese momento. Contempló a su madre y vio a una matriarca, a una mujer que amaba a su familia con una fiereza que le hacía brotar lágrimas en los ojos. Y en ese momento comprendió que deseaba amar con esa fiereza. Deseaba tener hijos. Deseaba una familia.

Pero eso no significaba que estuviera dispuesta a casarse con el primer hombre que se presentara. Ella era, por encima de todo, una persona pragmática; sería feliz si se casaba con un hombre al que no amara, siempre que él fuera buena pareja en casi todos los demás aspectos. Pero, ¡buen Dios!, ¿era demasiado pedir que un caballero tuviera aunque fuera un poquito de inteligencia?

—Madre —dijo en tono más suave, pues sabía que Violet solo le deseaba el bien—, sí que deseo casarme, te lo juro. Y está claro que he buscado.

Violet arqueó las cejas.

—¿Está claro?

—Me han hecho seis proposiciones —dijo Hyacinth, tal vez con cierta actitud defensiva—. No es culpa mía que ninguno fuera conveniente.

—Efectivamente.

Hyacinth se quedó boquiabierta ante el tono que empleaba su madre.

—¿Qué quieres decir con eso?

—Claro que ninguno de esos hombres te convenía. La mitad iban detrás de tu fortuna, y en cuanto a la otra mitad..., bueno, los habrías tenido llorando antes del mes.

—Qué ternura para tu hija pequeña —masculló Hyacinth—. Me destroza.

Violet emitió un bufido muy de dama.

—Vamos, Hyacinth, por favor. Sabes muy bien lo que quiero decir, y sabes que tengo razón. Ninguno de esos hombres era tu igual. Necesitas un hombre que sea tu igual.

—Eso es exactamente lo que he tratado de decirte siempre.

—Pero mi pregunta es: ¿por qué te piden la mano los hombres que no te convienen?

Hyacinth abrió la boca para contestar, pero no encontró respuesta.

—Dices que deseas encontrar un hombre que sea tu igual, y creo que crees que lo deseas, pero la verdad es, Hyacinth, que cada vez que conoces a un hombre capaz de mantenerse firme en sus trece contigo, lo ahuyentas.

—No —dijo Hyacinth, pero no muy convencida.

—Bueno, no les das aliento —continuó Violet. Se inclinó hacia ella con los ojos rebosantes de preocupación y reproche por partes iguales—. Sabes que te quiero muchísimo, Hyacinth, pero te gusta tener el dominio en la conversación.

—¿Quién no?

—Cualquier hombre que sea tu igual no te va a permitir que lo manejes como se te antoje.

—Pero no es eso lo que deseo —protestó Hyacinth.

Violet exhaló un suspiro, pero fue un suspiro nostálgico, afectuoso, todo amor.

—Ojalá pudiera explicarte cómo me sentí el día en que naciste.

—¿Madre?

El cambio de tema era muy repentino, y Hyacinth comprendió que fuera lo que fuera lo que iba a decir su madre sería más importante que cualquier cosa que hubiera oído en toda su vida.

—Fue muy poco después de que muriera tu padre, y yo me sentía muy triste; no sabría explicarte lo triste que me sentía. Hay un tipo de aflicción que te corroe, te come, te hunde. Y no se puede... —Violet se quedó callada, movió los labios y las comisuras de la boca se le tensaron como cuando la persona está tragando y tratando de no llorar—. Bueno, no se puede hacer nada. No hay manera de explicarlo, a menos que lo hayas sentido.

Hyacinth asintió, aun cuando sabía que nunca podría comprenderlo realmente.

—Todo ese último mes no sabía qué sentir —continuó Violet, en voz más baja aún—. No sabía cómo sentirme respecto a ti. Ya había tenido siete bebés y cualquiera habría pensado que era una experta. Pero, de repente, todo era nuevo. No tendrías padre, y yo tenía mucho miedo. Iba a tener que serlo todo para ti. Claro que iba a tener que serlo todo para tus hermanos y hermanas también, pero no sé, esto era diferente. Contigo...

Hyacinth la observaba en silencio, sin poder apartar los ojos de su cara.

—Tenía miedo —repitió Violet—. Me aterraba pensar que pudiera fallarte de alguna manera.

—No me has fallado —musitó Hyacinth.

—Lo sé —dijo Violet, sonriendo tristemente—. Solo mira lo bien que has salido.

Hyacinth sintió temblar los labios y no supo si se iba a echar a reír o a llorar.

—Pero no es eso lo que quiero decirte —continuó Violet, y en sus ojos apareció una expresión ligeramente resuelta—. Lo que quiero decirte es que cuando naciste y te pusieron en mis brazos... es curioso, porque, no sé por qué, estaba convencida de que serías igual a tu padre. Estaba segura de que te miraría y vería su cara, y eso sería una especie de señal del cielo.

Hyacinth retuvo el aliento, observándola, y pensando por qué su madre nunca le había contado esa historia. Y por qué ella nunca se lo había pedido.

—Pero no te parecías —continuó Violet—. Te parecías más a mí. Y entonces..., bueno. Esto lo recuerdo como si fuera ayer. Me miraste a los ojos y me hiciste un guiño. Dos veces.

—¿Dos veces? —repitió Hyacinth, pensando por qué eso sería tan importante.

—Dos veces. —Violet la miró, con los labios curvados en una extraña sonrisita—. Solo lo recuerdo porque me pareció que lo hacías con intención. Fue de lo más extraño. Me miraste como diciendo: «Sé muy bien lo que hago».

Hyacinth sintió salir una ráfaga de aire por los labios y cayó en la cuenta de que era risa. Una risa corta, la causada por una sorpresa.

—Y entonces lanzaste un alarido —dijo Violet, moviendo de lado a lado la cabeza—. ¡Santo cielo!, pensé que ibas a arrancar la pintura de las paredes. Y entonces sonreí. Era la primera vez que sonreía desde que murió tu padre.

Acto seguido, Violet hizo una inspiración profunda y cogió la taza de té.

Hyacinth la observó mientras se serenaba, deseando angustiosamente pedirle que continuara. Pero algo le dijo que ese momento exigía silencio.

Esperó, un minuto entero, hasta que por fin su madre dijo en voz baja:

—Y a partir de ese momento, me has sido muy querida. Quiero a todos mis hijos, pero tú... —levantó la vista y la miró a los ojos—. Tú me salvaste.

Hyacinth sintió que algo le oprimía el pecho. No podía moverse, casi no podía respirar. Lo único que podía hacer era mirar la cara de su madre, repetir en silencio sus palabras y sentir una inmensa gratitud por haber tenido la suerte de ser su hija.

—En cierto modo era demasiado protectora contigo —continuó Violet, esbozando una leve sonrisa—, y demasiado permisiva también. Eras tan exuberante, estabas completamente segura de quién eras y de cómo encajabas en el mundo. Eras una fuerza de la naturaleza, y yo no quería cortarte las alas.

—Gracias —susurró Hyacinth, pero con la voz tan baja que ni siquiera supo si sonó audible.

—Pero a veces pienso si eso no te habrá hecho inconsciente de las personas que te rodean.

De pronto Hyacinth se sintió fatal.

—No, no —se apresuró a decir Violet al ver su cara afligida—. Eres amable, cariñosa y mucho más considerada de lo que se dan cuenta los demás, me parece. Pero, ¡ay, Dios!, no sé cómo explicar esto. —Hizo una inspiración y arrugó la nariz, buscando las palabras correctas—. Estás muy acostumbrada a sentirte cómoda contigo misma y con lo que dices.

—¿Qué hay de malo en eso? —preguntó Hyacinth, tranquilamente, no a la defensiva.

—Nada. Ojalá más personas tuvieran ese talento.

Entonces entrelazó los dedos y comenzó a frotarse la palma de la mano derecha con el pulgar de la izquierda. Ese era un gesto que Hyacinth había visto incontables veces en su madre, siempre cuando estaba sumida en sus pensamientos.

—Pero me parece que lo que pasa —continuó Violet— es que cuando no te sientes así, cuando ocurre algo que te causa inquietud..., bueno, me parece que no sabes cómo llevarlo. Y entonces huyes. O decides que no vale la pena. —La miró con los ojos francos, con una expresión tal vez un poco resignada—. Y a eso se debe mi temor de que nunca encuentres al hombre adecuado. O, mejor dicho, que lo encuentres pero no lo sepas. Que no te permitas saberlo.

Hyacinth la miraba muy quieta, sintiéndose muy pequeña, muy insegura de sí misma. ¿Cómo ocurrió todo eso? Entró en el salón suponiendo que oiría el sermón habitual sobre maridos y bodas o su falta, y de pronto se encontraba ahí desnuda y abierta, tanto que ya no sabía quién era.

—Pensaré en lo que me has dicho —dijo.

—Eso es lo único que te pido.

Y eso era lo único que ella podía prometer.

5

A la noche siguiente, la escena ocurre en el salón de la estimable lady Pleinsworth. Por algún extraño motivo el piano está casi cubierto por ramitas de árbol. Y una niñita lleva un cuerno en la cabeza.

En el instante mismo en que el señor Saint Clair entró en el salón, se dirigió en línea recta hacia Hyacinth, sin siquiera simular que miraba el resto de la sala antes.

—Van a pensar que me está cortejando —dijo Hyacinth.

—Tonterías —dijo él, sentándose en la silla desocupada al lado de ella—. Todo el mundo sabe que no cortejo a mujeres respetables y, además, yo diría que eso solo mejoraría su reputación.

—Y yo que pensaba que la modestia era una virtud sobrevalorada.

Él la obsequió con una sosa sonrisa.

—No es que quiera darle municiones, pero la triste realidad es que la mayoría de los hombres son ovejas. Donde va uno, allí va el resto. ¿Y no dijo que deseaba casarse?

—No con alguien que le siga a usted como a la oveja jefe.

Él sonrió, con una sonrisa pícara que ella supuso era la que había empleado para seducir a legiones de mujeres. Después él miró alrededor, como si quisiera emprender una acción furtiva, y acercó la cara a ella.

Ella no pudo evitarlo. También se le acercó.

—¿Sí? —le preguntó en un susurro.

—Estoy a punto de balar.

Hyacinth trató de tragarse la risa, pero eso fue un error, porque le salió un sonido extraordinariamente poco elegante.

—Menos mal que no estaba bebiendo un vaso de leche —dijo Gareth, acomodándose en el asiento.

Era la viva imagen de la calma y la serenidad; maldito hombre.

Hyacinth trató de mirarlo indignada, pero estaba casi segura de que no lograría borrarle el humor de los ojos.

—La leche le habría salido por la nariz —añadió él, encogiéndose de hombros.

—¿Nadie le ha dicho nunca que eso no es el tipo de cosas que se dice para impresionar a una mujer? —le preguntó ella, cuando ya había recuperado la capacidad de hablar.

—No es mi intención impresionarla —contestó él, mirando hacia el frente—. ¡Caramba! —exclamó, pestañeando sorprendido—. ¿Qué es eso?

Hyacinth siguió su mirada. Frente a ellos se estaban reuniendo varios componentes de la progenie Pleinsworth. Una de ellas parecía estar disfrazada de pastora.

—Bueno, esto sí es una coincidencia interesante —musitó Gareth.

—Podría ser el momento de empezar a balar —convino ella.

—Creí que esto iba a ser un recital de poemas.

Hyacinth negó con la cabeza, haciendo un gesto de pena.

—Ha habido un cambio inesperado en el programa, me temo.

—¿De verso pentámetro y yámbico a una canción de cuna? —dijo él, dudoso—. Eso va demasiado lejos.

Hyacinth lo miró pesarosa.

—Creo que va a haber verso yámbico de todos modos.

Él la miró boquiabierto.

—¿De la pastorcilla que pierde la ovejita?

Ella asintió, cogió el programa que tenía en la falda y se lo pasó.

—Es una composición original —dijo, como si eso lo explicara todo—. De Harriet Pleinsworth. *La pastora, el unicornio y Enrique octavo.*

—¿Los tres? ¿Al mismo tiempo?

—No es broma —dijo ella, negando con la cabeza.

—No, claro que no. Ni siquiera usted podría haber inventado esto.

Hyacinth decidió tomar eso como un cumplido.

—¿Por qué no recibí este programa?

—Creo que decidieron no dárselo a los caballeros —explicó Hyacinth, girándose y paseando la vista por el salón—. Hay que admirar la precaución de lady Pleinsworth. Seguro que usted habría echado a correr si hubiera sabido lo que le tenían reservado.

—¿Ya cerraron con llave las puertas? —preguntó él, girándose a mirar.

—No, pero su abuela acaba de llegar.

No habría sabido decirlo de cierto, pero creyó oírlo emitir un gemido.

Entonces vio que lady Danbury se sentaba junto al pasillo varias filas más atrás.

—Parece que no va a venir a sentarse aquí —comentó.

—No, claro que no —masculló él, y ella comprendió que estaba pensando lo mismo que ella.

«Casamentera».

Bueno, jamás se podría acusar a lady Danbury de ser sutil al respecto.

Comenzó a girarse hacia el frente pero detuvo el movimiento al ver a su madre, a la que le tenía reservado el asiento de la derecha. Violet simuló (bastante mal, por cierto) que no la veía y se sentó al lado de lady Danbury.

—Buenoo... —musitó en voz baja.

Su madre tampoco tenía fama por su sutileza, pero después de la conversación de la tarde anterior, ella había creído que no actuaría de forma tan evidente.

Habría sido agradable tener unos cuantos días para reflexionar sobre todo eso.

En realidad, se había pasado todo ese día y la tarde anterior pensando en la conversación con su madre. Trató de pensar en todas las personas a las que había conocido durante sus tres años en el mercado del matrimonio. En general, lo había pasado muy bien, diciendo lo que deseaba decir, haciendo reír a la gente, y disfrutando bastante con ser admirada por su ingenio.

Pero sí que hubo unos cuantos hombres con los que no se sentía del todo cómoda. No muchos, pero unos cuantos. Por ejemplo, un caballero al que conoció durante su primera temporada, con el que se le trababa la lengua y le costaba hablar; era inteligente y guapo, y cuando la miraba tenía la impresión de que le iban a ceder las piernas. Y luego, el año anterior, su hermano Gregory le presentó a uno de sus amigos del colegio, que, tenía que reconocer, era sarcástico, de humor agudo, en realidad más que su igual. Entonces ella se dijo que no le gustaba, y luego le dijo a su madre que le parecía que él era el tipo de hombre que es cruel con los animales. Pero la verdad era...

Bueno, no sabía cuál era la verdad. No lo sabía todo, por mucho que intentara dar la impresión de que sí.

Pero sí, había eludido a esos hombres. Se decía a sí misma que no le caían bien, pero tal vez eso no era cierto. Tal vez simplemente no se gustaba ella cuando estaba con ellos.

Dejando de lado sus pensamientos levantó la vista. El señor Saint Clair estaba cómodamente apoyado en el respaldo de su silla y su cara expresaba aburrimiento y diversión al mismo tiempo; era ese tipo de expresión cortés y sofisticada que los hombres de todo Londres trataban de emular. El señor Saint Clair, decidió, lo hacía mejor que la mayoría.

—La veo algo seria para ser este un recital de verso pentámetro bovino —comentó él.

Sorprendida, Hyacinth miró hacia el escenario.

—¿Esperamos vacas también? —preguntó.

Él le devolvió el programa, suspirando.

—Me estoy preparando para lo peor.

Hyacinth sonrió. Sí que era divertido. E inteligente. Y muy, muy guapo, aunque de eso último nunca había tenido la menor duda.

Él era, comprendió, todo lo que ella siempre se decía que buscaba en un marido.

¡Buen Dios!

—¿Se siente mal? —le preguntó él, enderezándose repentinamente.

—Estoy muy bien —graznó ella—. ¿Por qué?

—Me pareció... —se aclaró la garganta—. Bueno, parecía que..., eh..., lo siento, no puedo decirlo a una mujer.

—¿Ni siquiera a una a la que no intenta impresionar? —bromeó ella, pero notó que la voz le salió algo forzada.

Él la miró un momento y al final dijo:

—Muy bien. Me dio la impresión de que estaba a punto de vomitar.

—Jamás vomito —dijo ella, mirando resueltamente al frente. No, Gareth Saint Clair no era todo lo que deseaba en un marido. No podía serlo—. Y tampoco me desmayo —añadió—. Jamás.

—Ahora parece enfadada —musitó él.

—No, no estoy enfadada —dijo ella, y quedó bastante complacida por lo alegre que le salió la voz.

Él tenía una reputación terrible, se dijo. ¿De verdad quería unirse con un hombre que había tenido relaciones con tantas mujeres? Y a diferencia de muchas mujeres solteras, ella sabía qué entrañaban esas «relaciones». No lo sabía por experiencia, lógicamente, pero había logrado sonsacarles los detalles más básicos a sus hermanas mayores casadas. Y aunque Daphne, Eloise y Francesca le aseguraban que todo era muy placentero con el tipo de marido correcto, era evidente que el tipo de marido correcto es aquel que se mantiene fiel a su esposa. El señor Saint Clair, por el contrario, había tenido relaciones con veintenas de mujeres.

Seguro que ese comportamiento no podía ser sano.

Y aun en el caso de que decir «veintenas» fuera una exageración y el verdadero número fuera mucho más modesto, ¿cómo podría competir ella? Sabía de cierto que su última amante era nada menos que Maria Bartolomeo, la soprano italiana tan famosa por su belleza como por su voz. Ni siquiera su madre podía asegurar que ella se acercara un poco en belleza a esa mujer.

¡Qué horrible tenía que ser llegar a la noche de bodas sabiendo que se sufriría por comparación!

—Creo que ahora empieza —oyó suspirar al señor Saint Clair.

Los lacayos iban de aquí para allá por el salón apagando velas para reducir la luz. Hyacinth giró la cabeza y se encontró ante el perfil del señor Saint Clair. Habían dejado encendidas las velas de un candelabro por encima de su hombro, y a la parpadeante luz su pelo parecía veteado con oro. Llevaba su coleta, pensó ociosamente; era el único hombre del salón peinado así.

Eso le gustaba. No sabía por qué pero le gustaba.

—¿Estaría muy mal si corriera hacia la puerta? —lo oyó susurrar.

—¿Ahora? —susurró ella, tratando de no hacer caso del hormigueo que sentía por todo el cuerpo cuando él se le acercaba—. Muy mal.

Exhalando un triste suspiro, él volvió a acomodarse en el asiento y fijó la vista en el escenario, con toda la apariencia de un caballero educado y solo muy ligeramente aburrido.

Pero solo había pasado un minuto cuando ella lo oyó, muy suave, y solo para sus oídos:

—Beee. Beeeeeee.

Transcurridos noventa embotadores minutos, nuestro héroe descubre que, lamentablemente, no se había equivocado respecto a las vacas.

—¿Bebe oporto, señorita Bridgerton? —preguntó Gareth, sin dejar de mirar el escenario, de pie y aplaudiendo a las niñas Pleinsworth.

—No, claro que no, pero siempre he deseado probarlo. ¿Por qué?

—Porque los dos nos merecemos una copa.

La oyó sofocar una risa y luego decir:

—Bueno, el unicornio era bastante dulce.

Él emitió un bufido. La niña que hacía de unicornio no podía tener más de diez años. Y eso habría estado muy bien, si Enrique VIII no hubiera insistido en cabalgar, saliéndose del guion.

—Me sorprende que no hayan tenido que llamar a un médico—musitó.

Hyacinth hizo un gesto de preocupación.

—Sí que me pareció que cojeaba un poco.

—Yo tuve que hacer un esfuerzo para no relinchar en nombre de ella —dijo él—. ¡Buen Dios!, ¿quién...? ¡Ah!, lady Pleinsworth —exclamó, esbozando decididamente una sonrisa, que le salió, en su opinión, con bastante rapidez—. ¡Qué placer verla!

—Señor Saint Clair —lo saludó efusivamente lady Pleinsworth—. ¡Qué contenta estoy de que haya podido asistir!

—No me lo habría perdido por nada del mundo.

—¡Ah, señorita Bridgerton! —dijo entonces lady Pleinsworth, claramente lanzada al cotilleo—. ¿He de agradecerle a usted la presencia del señor Saint Clair?

—Creo que la culpa es de su abuela —contestó Hyacinth—. Lo amenazó con su bastón.

Lady Pleinsworth no encontró ninguna manera de reaccionar a eso, por lo que miró nuevamente a Gareth, y carraspeó unas cuantas veces, hasta que al fin le preguntó:

—¿Conoce a mis hijas?

Gareth logró no hacer una mueca. Justamente por eso intentaba evitar ese tipo de reuniones sociales.

—Eh..., no, creo que no he tenido ese placer.

—La pastora —dijo lady Pleinsworth amablemente.

Gareth asintió.

—¿Y el unicornio? —preguntó sonriendo.

—Sí —contestó lady Pleinsworth, pestañeando desconcertada, y muy posiblemente molesta—, pero es muy niña.

—No me cabe duda de que el señor Saint Clair estará encantado de conocer a Harriet —dijo Hyacinth, y luego se giró hacia Gareth para explicarle—: La pastora.

—Ah, claro —dijo él—. Sí, encantado.

Entonces Hyacinth volvió a mirar a lady Pleinsworth sonriendo con una inocencia algo exagerada.

—El señor Saint Clair es experto en todo lo ovino.

—¿Dónde está mi bastón cuando lo necesito? —masculló él en voz baja.

—Perdón, ¿qué ha dicho? —preguntó lady Pleinsworth acercándose más a él.

—Será un honor para mí conocer a su hija —dijo él, puesto que eso parecía ser lo único aceptable que podía decir en ese momento.

—¡Fabuloso! —exclamó lady Pleinsworth batiendo palmas—. ¡Cuánto la va a entusiasmar conocerle!

Entonces dijo precipitadamente algo sobre que tenía que ir a ver al resto de los invitados y se alejó.

—No se aflija tanto —dijo Hyacinth a Gareth cuando se quedaron solos—. Se ve que es usted todo un buen partido.

Él la miró detenidamente.

—¿Hay que decir esas cosas con tanta franqueza?

Ella se encogió de hombros.

—No a los hombres que uno quiere impresionar.

—Tocado, señorita Bridgerton.

—Mis tres palabras favoritas —dijo ella, suspirando feliz.

De eso a él no le cabía duda.

—Dígame, señorita Bridgerton, ¿ha comenzado a leer el diario de mi abuela?

Ella asintió.

—Me sorprendió que no me lo preguntara antes.

—Estaba distraído por la pastora, aunque, por favor, no le diga eso a su madre. Seguro que lo va a interpretar mal.

—Las madres siempre hacen eso —concedió ella, paseando la vista por el salón.

—¿Qué busca?

—¿Mmm? Ah, nada. Simplemente miro.

—¿Qué? —insistió él.

Ella se giró a mirarlo, sin pestañear, con los ojos grandes e impresionantemente azules.

—Nada en particular. ¿No le gusta saber todo lo que pasa?

—Solo si me atañe a mí.

—¿Sí? A mí me gusta saberlo todo.

—Ya lo veo. Y hablando de eso, ¿ha descubierto algo?

—Ah, sí —dijo ella, iluminándose ante sus ojos.

Aunque algo rara, esa metáfora era cierta. Hyacinth Bridgerton francamente resplandecía cuando tenía la oportunidad de hablar de algo con conocimiento. Y lo más extraño era que él encontraba bastante encantador eso.

—Solo he leído doce páginas, eso sí —explicó ella—. Esta tarde mi madre me pidió que la ayudara con su correspondencia y no tuve el tiempo que habría deseado para leer más. No se lo he dicho, por cierto. No sabía si esto debía quedar en secreto.

Gareth pensó en su padre, quien lo más seguro querría apoderarse del diario, aunque solo fuera porque estaba en poder de él.

—Es un secreto —dijo—. Al menos mientras yo no decida otra cosa.

Ella asintió.

—Probablemente es mejor no decir nada hasta que usted sepa lo que escribió.

—¿Qué descubrió?

—Bueno...

Él notó su mal gesto.

—¿Qué pasa?

Ella frunció los labios, apretando las comisuras, en esa expresión que indica que la persona no desea dar una mala noticia.

—En realidad no hay una manera educada de decirlo, me parece.

—Rara vez la hay, tratándose de mi familia.

Ella lo miró con expresión curiosa y dijo:

—No tenía un deseo especial de casarse con su abuelo.

—Sí, eso ya lo dijo ayer por la tarde.

—No, quiero decir que de verdad no quería casarse con él.

—Inteligente mujer —musitó él—. Los hombres de mi familia son unos obstinados idiotas.

Ella sonrió levemente.

—¿Incluido usted?

Debería haber esperado eso, pensó él.

—No pudo resistirse, ¿eh?

—¿Podría usted?

—No, me imagino que no. ¿Qué más dice?

—No mucho más. Solo tenía diecisiete años cuando comenzó el diario. Sus padres la obligaron a casarse y ella escribió tres páginas acerca de lo dolida que se sentía.

—¿Dolida?

Hyacinth hizo una mueca.

—Bueno, algo más que dolida, he de decir, pero...

—Lo dejaremos en «dolida».

—Sí, eso es mejor.

—¿Cómo se conocieron? ¿Lo dice?

Hyacinth negó con la cabeza.

—No. Parece que comenzó el diario después de que los presentaron. Aunque sí se refiere a una fiesta en la casa de su tío, así que tal vez fue entonces.

Gareth asintió, distraídamente.

—Mi abuelo hizo su gran *tour*. Se conocieron y se casaron en Italia, pero eso es lo único que me han contado.

—Bueno, no creo que él se comprometiera con ella, si es eso lo que desea saber. Creo que habría escrito eso en su diario.

Él no pudo resistirse a retarla.

—¿Usted lo escribiría?

—¿Perdón?

—¿Lo escribiría en su diario si alguien se comprometiera con usted?

Ella se ruborizó, lo que a él le encantó.

—No llevo diario —contestó.

¡Ah, cómo le encantaba eso!

—Pero si llevara...

—Pero no llevo —dijo ella, entre dientes.

—Cobarde —dijo él, dulcemente.

—¿Usted escribiría todos sus secretos en un diario? —contraatacó ella.

—No, de ninguna manera. Si alguien lo encontrara, eso no sería justo para las personas que mencionara.

—¿Personas? —lo desafió ella.

Él le sonrió.

—Mujeres.

Ella volvió a ruborizarse, aunque no tanto esta vez, y a él le pareció que ella ni siquiera se daba cuenta de que se había ruborizado. El suave color rosa del rubor hacía juego con las tenues pecas que le salpicaban la nariz. Ante una afirmación así muchas mujeres habrían expresado indignación, o como mínimo la habrían simulado, pero Hyacinth, no. La vio fruncir levemente los labios, tal vez para ocultar su azoramiento, o tal vez para tragarse una réplica; no lo supo distinguir.

Y cayó en la cuenta de que estaba disfrutando muchísimo. Eso era increíble, puesto que se encontraba al lado de un piano todo cubierto por ramas y era muy consciente de que iba a tener que pasar el resto de la velada eludiendo a una pastora y a su ambiciosa madre. Pero estaba disfrutando.

—¿Es usted tan malo como lo pintan? —le preguntó ella.

Él dio un respingo, sorprendido. No había esperado eso.

—No —dijo—, pero no se lo diga a nadie.

—Ya me lo parecía —dijo ella, pensativa.

Algo que detectó en el tono de su voz lo asustó. No le convenía que Hyacinth Bridgerton pensara mucho en él, porque tenía la extraña sensación de que si lo hacía sería capaz de calarlo hasta el alma.

Y no sabía bien qué encontraría en su alma.

—Su abuela viene hacia aquí —dijo ella.

—Eso veo —dijo él, contento por la distracción—. ¿Intentamos escapar?

—Ya es demasiado tarde —repuso ella, curvando ligeramente los labios—. Trae a mi madre.

—¡Gareth! —exclamó lady Danbury, con su estridente voz, al llegar hasta ellos.

—Abuela —dijo él, inclinándose a besarle galantemente la mano—. Siempre es un placer verte.

—Pues claro —contestó ella muy fresca.

Gareth se enderezó y levantó la vista hacia la versión mayor de Hyacinth, de pelo castaño algo más claro.

—Lady Bridgerton.

—Señor Saint Clair —saludó lady Bridgerton afectuosamente—. Hace un siglo.

—No suelo asistir a estos recitales.

—Sí —dijo lady Bridgerton francamente—, su abuela me dijo que se vio obligada a torcerle el brazo para que viniera.

Él miró a su abuela con las cejas arqueadas.

—Vas a estropear mi reputación.

—Ya has hecho eso tú solo, mi querido niño —contestó lady Danbury.

—Creo que quiere decir que no lo van a considerar arrojado y peligroso si el mundo se entera de lo mucho que la adora —explicó Hyacinth.

A eso siguió un incómodo silencio, en el que Hyacinth comprendió que su explicación había sido innecesaria; las dos mujeres habían entendido bien el comentario de él. Sorprendido por sentir compasión por ella, Gareth decidió salvar la situación diciendo:

—Resulta que tengo otro compromiso esta noche, así que, sintiéndolo mucho, debo marcharme.

Lady Bridgerton le sonrió.

—Pero le veremos la noche del martes, ¿verdad?

—¿Del martes? —preguntó él, comprendiendo que la sonrisa de lady Bridgerton no era en absoluto tan inocente como parecía.

—Mi hijo y su mujer ofrecen un grandioso baile. Estoy segura de que recibió la invitación.

Él también estaba seguro de que la había recibido, pero la mitad de las veces las tiraba sin mirarlas.

—Le prometo que no habrá unicornios —continuó lady Bridgerton.

Atrapado. Y por una maestra, además.

—En ese caso, ¿cómo podría negarme? —dijo cortésmente.

—Excelente. No me cabe duda de que Hyacinth estará encantada de verle.

—Estoy fuera de mí de dicha —masculló Hyacinth.

—¡Hyacinth! —exclamó lady Bridgerton—. No quiso decir eso —le dijo a Gareth.

Él se giró para mirar a Hyacinth.

—Estoy destrozado.

—¿Porque estoy fuera de mí o porque no lo estoy?

—Lo que prefiera —contestó él, y dirigiéndose a las tres, musitó—: Señoras.

—No se olvide de la pastora —le dijo Hyacinth, con una dulce sonrisa, solo levemente teñida de maldad—. Recuerde que se lo prometió a su madre.

¡Maldición! Lo había olvidado. Miró hacia el otro lado del salón. La pastorcilla había comenzado apuntar su cayado en dirección a él, y tuvo la inquietante sensación de que si se le acercaba un poco ella lograría prenderlo con el cayado.

—¿No son amigas? —preguntó a Hyacinth.

—Ah, no. Casi no la conozco.

—¿No le gustaría conocerla? —dijo él entre dientes.

Ella se dio unos golpecitos en el mentón con un dedo.

—Eh... no. —Le sonrió dulcemente—. Pero le observaré desde lejos.

—Traidora —masculló él, y pasando junto a ella se alejó en dirección a la pastora.

Y en todo el resto de la noche no logró olvidar del todo el olor de su perfume.

O tal vez el suave sonido de su risa.

O tal vez ninguna de esas dos cosas, sino simplemente a ella.

6

Es la noche del martes siguiente, y nos encontramos en el salón de baile de la casa Bridgerton. Están encendidas las velas de las lámparas araña, la música llena el aire y la noche parece hecha para el romance.

Aunque no para Hyacinth, que se entera de que las amigas pueden ser tan irritantes como su familia.

Y a veces un poco más.

—¿Sabes con quién creo que deberías casarte? Creo que deberías casarte con Gareth Saint Clair.

Hyacinth miró a Felicity Albansdale, su mejor y más íntima amiga, con una expresión que combinaba más o menos equitativamente la incredulidad y la alarma. No estaba en absoluto, de ninguna manera, preparada para decir que debería casarse con Gareth Saint Clair, aunque, por otro lado, había comenzado a pensar si no debería tal vez considerarlo mínimamente una posibilidad.

Pero, de todos modos, ¿tan transparente era?

—Estás loca —dijo, puesto que no estaba dispuesta a decirle a nadie que era posible que estuviera empezando a sentir una cierta ternura por él.

No le gustaba hacer nada si no lo hacía bien, y tenía la deprimente sensación de que no conocía el arte de conquistar a un hombre con algo parecido a garbo y dignidad.

—No, en absoluto —dijo Felicity, mirando al susodicho caballero, que estaba en el otro lado del salón—. Sería perfecto para ti.

Dado que Hyacinth se había pasado varios días sin pensar en otra cosa que en Gareth, su abuela y el diario de su otra abuela, no tuvo más remedio que decir:

—Tonterías, casi no lo conozco.

—Nadie lo conoce —dijo Felicity—. Es un enigma.

—Bueno, yo no diría tanto —repuso Hyacinth; encontraba muy romántica la palabra «enigma», y...

—Pues claro que lo es —dijo Felicity, interrumpiendo sus pensamientos—. ¿Qué sabemos de él? Nada. Ergo...

—Ergo, nada —dijo Hyacinth—. Y de ninguna manera me voy a casar con él.

—Bueno, tienes que casarte con alguien.

—Eso es lo que pasa cuando la gente se casa —dijo Hyacinth, fastidiada—. Lo único que desean es ver a todos los demás casados.

Felicity, que ya llevaba seis meses casada con Geoffrey Albansdale, simplemente se encogió de hombros.

—Es un noble objetivo.

Hyacinth volvió a mirar a Gareth, que estaba bailando con la muy bella, muy rubia y muy menuda Jane Hotchkiss. Parecía estar pendiente de cada palabra de ella.

—No voy a intentar conquistar a Gareth Saint Clair —dijo, volviéndose hacia Felicity con renovada resolución.

—Me parece que la dama protesta demasiado —dijo Felicity, con aire satisfecho.

Hyacinth hizo rechinar los dientes.

—La dama ha protestado solo dos veces.

—Si te paras a pensarlo...

—Lo que no haré.

—... verás que es el marido perfecto para ti.

—¿Y cómo es eso? —preguntó Hyacinth, aun sabiendo que con eso solo alentaba a Felicity.

Entonces Felicity se giró hacia ella y la miró francamente a los ojos.

—Es el único hombre que se me ocurre al que no harías polvo, o, mejor dicho, al que no podrías hacer polvo.

Hyacinth la miró un buen rato, sintiéndose inexplicablemente herida.

—No sé si debo sentirme halagada por eso —dijo al fin.

—¡Hyacinth! —exclamó Felicity—. Sabes muy bien que no lo he dicho como un insulto. ¡Por el amor de Dios!, ¿qué te pasa?

—Nada —balbuceó Hyacinth.

Pero dadas esa conversación y la de la semana anterior con su madre, estaba empezando a preguntarse cómo la veía el mundo.

Porque no estaba segura de que eso se correspondiera con cómo se veía ella.

—No quise decir que desee que cambies —dijo Felicity, cogiéndole afectuosamente la mano—. ¡Santo cielo, no! Solo quise decir que necesitas a un hombre que sea capaz de estar a tu altura. Incluso tú tienes que reconocer que la mayoría de las personas no lo son.

—Perdona —dijo Hyacinth, moviendo levemente la cabeza—. Fue una reacción exagerada. Lo que pasa es que..., esto..., no sé, no me he sentido yo misma estos últimos días.

Y era cierto. Lo disimulaba bien, o al menos creía que lo hacía bien, pero por dentro se sentía como en medio de un torbellino. Eso era consecuencia de la conversación con su madre. No, de su conversación con el señor Saint Clair.

No, era consecuencia de todo. De todo al mismo tiempo. Y la sensación era que ya no sabía quién era, lo cual le resultaba casi insoportable.

—A lo mejor solo es un catarro —dijo Felicity, volviendo a mirar hacia la pista de baile—. Parece que todo el mundo está acatarrado esta semana.

Hyacinth no la contradijo. Sería muy agradable si solo fuera un catarro.

—Sé que te has hecho amiga de él —continuó Felicity—. Supe que os sentasteis juntos en la velada musical Smythe-Smith y en el recital de poemas Pleinsworth.

—Fue una obra de teatro —dijo Hyacinth, distraída—. Cambiaron el programa en el último momento.

—Peor aún. Yo diría que a estas alturas ya podrías conseguir librarte de asistir por lo menos a una.

—No fueron tan horrorosas.

—Porque estabas sentada al lado del señor Saint Clair —dijo Felicity, sonriendo ladina.

—Eres tremenda —dijo Hyacinth, evitando mirarla.

Si la miraba, seguro que Felicity vería la verdad en sus ojos. Era buena para mentir, pero no tanto, y no con Felicity.

Y lo peor de todo era que se oía a sí misma en las palabras de Felicity. ¿Cuántas veces la había embromado del mismo modo antes de que se casara? ¿Diez veces? ¿Doce? ¿Más?

—Deberías bailar con él —sugirió Felicity.

—No puedo hacer nada si él no me lo pide —dijo Hyacinth, sin apartar los ojos de la pista de baile.

—Te lo pedirá, seguro. Solo tienes que situarte en el otro lado del salón, donde es más probable que te vea.

—No voy a ir detrás de él como perrito faldero.

A Felicity se le ensanchó la sonrisa.

—¡Te gusta! ¡Ah, esto es fantástico! Nunca te había visto...

—No me gusta —interrumpió Hyacinth. Entonces, al darse cuenta de lo infantil que parecía, y de que Felicity no le creería, añadió—: Simplemente pienso que tal vez debería ver si podría gustarme.

—Bueno, eso es más de lo que has dicho respecto a cualquier otro caballero —señaló Felicity—. Y no tienes para qué ir detrás de él. Él no se atrevería a desatenderte. Eres la hermana del anfitrión y, además, ¿no lo regañaría su abuela si no te sacara a bailar?

—Gracias por hacerme sentir todo un premio.

Felicity se echó a reír.

—Nunca te había visto así, debo decir, y lo estoy disfrutando inmensamente.

—Me alegra que una de las dos esté disfrutando —gruñó Hyacinth, pero sus palabras quedaron apagadas por la fuerte exclamación que lanzó Felicity.

—¿Qué pasa?

Felicity ladeó ligeramente la cabeza hacia la izquierda, indicando con el gesto hacia el otro lado del salón.

—Su padre —susurró.

Hyacinth se giró bruscamente a mirar, sin siquiera intentar disimular su interés. ¡Santo cielo, sí que era lord Saint Clair el que estaba ahí! Todo Londres sabía que padre e hijo no se hablaban, pero de todos modos las invitaciones a fiestas las recibían los dos. Al parecer, los dos Saint Clair tenían un extraordinario talento para no presentarse donde podía estar el otro, de modo que por lo general las anfitrionas se libraban del azoramiento de tenerlos a los dos en la misma fiesta.

Pero estaba claro que algo fue mal esa noche.

¿Sabría Gareth que su padre estaba ahí?, pensó. Inmediatamente miró hacia la pista de baile. Él se estaba riendo de algo que le decía la señorita Hotchkiss. No, no lo sabía. Una vez ella estuvo presente en un encuentro entre él y su padre; los vio desde el otro lado del salón, pero era imposible no ver la tensa expresión que pasó por sus caras.

Ni la forma como cada uno salió pisando fuerte por puertas distintas.

Observó como lord Saint Clair paseaba la vista por todo el salón. Sus ojos se posaron en su hijo y se le endureció toda la cara.

—¿Qué vas a hacer? —le susurró Felicity.

¿Hacer?, pensó Hyacinth. Nunca había hecho nada antes. Pero esa ocasión era diferente. Gareth era..., bueno, era su amigo, suponía, de una manera extraña e inquietante. Además, debía hablar con él. Se había pasado toda la mañana y parte de la tarde en su habitación, traduciendo el diario de su abuela. Sin duda él desearía saber lo que había traducido.

Y si hablando con él de eso lograba impedir un altercado... Bueno, siempre le encantaba ser la heroína del día, aun cuando nadie aparte de Felicity lo supiera.

—Le pediré un baile —declaró.

—¿Sí? —preguntó Felicity, con los ojos desorbitados por el asombro.

Cierto que Hyacinth tenía fama de Original (con mayúscula), pero ni siquiera ella se había atrevido jamás a sacar a bailar a un caballero.

—No voy a montar una escena grandiosa —le dijo Hyacinth—. Nadie lo sabrá, aparte del señor Saint Clair. Y tú.

—Y quienquiera que esté al lado de él. Y quienquiera que lo sepa por esta persona. Y quienquiera...

—¿Sabes qué es lo fantástico de las amistades tan largas como la nuestra? —interrumpió Hyacinth.

Felicity negó con la cabeza.

—Que no te vas a ofender para siempre cuando yo me dé media vuelta y me aleje.

Y eso fue lo que hizo Hyacinth.

Pero el dramatismo de su acto quedó considerablemente disminuido cuando oyó a Felicity reír y decir:

—¡Buena suerte!

Treinta segundos después. Al fin y al cabo no lleva mucho tiempo atravesar un salón de baile.

A Gareth siempre le había caído bien Jane Hotchkiss. La hermana de ella estaba casada con un primo de él, por lo que de vez en cuando se veían en la casa de la abuela Danbury. Más importante aún, sabía que podía pedirle un baile sin que ella se preguntara si él tendría alguna finalidad ulterior con vistas a matrimonio.

Pero, por otro lado, lo conocía muy bien; o por lo menos lo suficiente para darse cuenta cuando él actuaba de una manera no característica de su forma de ser.

—¿Qué buscas? —le preguntó ella cuando la cuadrilla estaba próxima a terminar.

—Nada.

—Muy bien —dijo ella, frunciendo sus cejas rubio claro en una expresión de exasperación—. ¿A quién buscas, entonces? Y no digas que a nadie, porque has estado estirando el cuello durante toda la danza.

Él giró la cabeza de modo que quedó mirándola fijamente a la cara.

—Jane, tu imaginación no conoce límites.

—Ahora sé que estás mintiendo.

Ella tenía razón, por supuesto. Había estado buscando a Hyacinth Bridgerton desde el momento en que entró en el salón, hacía veinte minutos. Le pareció verla justo un momento antes de encontrarse con Jane, pero resultó que era una de sus numerosas hermanas. Todas las Bridgerton tenían un parecido endemoniado. Desde el otro lado del salón, era casi imposible distinguir a una de otra.

Cuando la orquesta tocaba las últimas notas de la danza, le cogió el brazo y la llevó hacia un lado del salón.

—Nunca te mentiría a ti, Jane —le dijo, sonriéndole alegremente, con su sonrisa sesgada.

—Sí que me mentirías —replicó ella—. Y en todo caso, eso está claro como el agua. Tus ojos te delatan. Las únicas veces que la serenidad se refleja en tu mirada es cuando mientes.

—Eso no puede ser...

—Es cierto, créeme. Ah, buenas noches, señorita Bridgerton.

Gareth se giró bruscamente a mirar y vio ante ellos a Hyacinth, toda una visión en seda azul. Estaba especialmente hermosa esa noche. Encontraba algo distinto en su peinado. No sabía qué; rara vez observaba con tanta atención como para notar esas minucias. Pero algo tenía distinto en el peinado. Tal vez el pelo le enmarcaba la cara de otra manera, porque notaba algo en ella que la hacía verse distinta.

Tal vez eran sus ojos. Se veían resueltos, incluso para ser Hyacinth.

—Señorita Hotchkiss —dijo Hyacinth, saludándola con una venia—. ¡Qué placer volver a verla!

Jane le sonrió efusivamente.

—Lady Bridgerton siempre organiza fiestas tan simpáticas... Dele mis recuerdos, por favor.

—Con mucho gusto. Pero Kate está ahí, junto a la mesa del champán —dijo Hyacinth, refiriéndose a su cuñada, la actual lady Bridgerton—. Lo digo por si quisiera hablar personalmente con ella.

Gareth notó que se le arqueaban solas las cejas. Lo que fuera que se proponía Hyacinth, quería hablar con él a solas.

—Ah, sí —musitó Jane—. Será mejor que vaya a hablar con ella, entonces. Os deseo una agradable velada a los dos.

—Chica lista —dijo Hyacinth, tan pronto como quedaron solos.

—No ha sido muy sutil que digamos —comentó Gareth.

—No. Pero claro, rara vez lo soy. Ese es un talento con el que hay que nacer, me parece.

Él sonrió.

—Ahora que me tiene todo para usted, ¿qué desea hacer conmigo?

—¿No quiere saber más del diario de su abuela?

—Ah, sí, por supuesto.

—¿Bailamos?

—¿Usted me invita a bailar? —Ah, eso le encantaba.

Ella lo miró ceñuda.

—Ah, esta es la verdadera señorita Bridgerton —bromeó él—. Resplandeciente como una malhumorada...

—¿Quiere bailar conmigo? —preguntó ella entre dientes.

Entonces él comprendió, sorprendido, que eso no le resultaba fácil a ella. A Hyacinth Bridgerton, que casi nunca daba la impresión de que le costara hacer lo que fuera que hiciera, la asustaba invitarlo a bailar.

¡Qué divertido!

—Encantado —contestó al instante—. ¿Puedo llevarla yo hasta la pista, o ese privilegio se reserva para el que hace la invitación?

—Puede llevarme —dijo ella, con la altivez de una reina.

Pero cuando entraron en la pista ella pareció menos segura de sí misma. Y aunque lo disimulaba muy bien, sus ojos miraban hacia todos los lados del salón.

—¿A quién busca? —le preguntó él, expulsando el aliento divertido al caer en la cuenta de que había repetido exactamente las palabras que le dijera Jane a él.

—A nadie —se apresuró a decir ella, y lo miró a los ojos tan de repente que él casi se mareó—. ¿Qué es tan divertido?

—Nada, y usted sí que buscaba a alguien, aunque le encomiaré su talento para hacer parecer que no.

—Eso porque no estaba buscando a nadie —repuso ella, inclinándose en una elegante reverencia, pues la orquesta tocó las primeras notas de un vals.

—Eres buena para mentir, Hyacinth Bridgerton —musitó él, cogiéndola en sus brazos—, pero no tan buena como te crees.

La música comenzó a flotar en el aire, suave, delicada, en compás de tres por cuatro. A Gareth siempre le había gustado bailar, particularmente con una pareja atractiva, pero al primer paso, no, para ser justos, tal vez solo en el sexto paso, le quedó claro que ese no sería un vals normal.

Hyacinth Bridgerton, observó, bastante divertido, era torpe para bailar. No pudo dejar de sonreír.

No sabía por qué encontraba tan entretenido eso. Tal vez porque ella era muy capaz en todo lo que hacía; no hacía mucho le contaron que desafió a un joven a una carrera a caballo en Hyde Park y le ganó. Y estaba muy seguro de que si ella encontraba a alguien dispuesto a enseñarle esgrima, no tardaría en enterrarles el florete en el corazón a sus contrincantes.

Pero tratándose de bailar...

Tendría que haber sabido que ella intentaría guiarlo.

—Dígame, señorita Bridgerton —dijo, con la esperanza de que un poco de conversación la distrajera, puesto que una persona siempre baila con más gracia cuando no está pensando en los pasos—. ¿Cuánto ha leído del diario?

—Solo he logrado leer diez páginas desde la última vez que hablamos—. Puede que parezca poco...

—A mí me parece muchísimo —dijo él, presionándole con más firmeza la cintura por la espalda.

Un poco más y tal vez lograría... obligarla... a girar.

A la izquierda.

¡Fiuuu!

Era el vals más esforzado que había bailado en su vida.

—Bueno, no domino el idioma, como le dije. Así que me lleva mucho más tiempo que si simplemente estuviera sentada leyendo un libro.

—No tiene por qué disculparse —dijo él, obligándola a girar a la derecha.

Ella le pisó un dedo del pie, lo que normalmente él habría considerado una represalia, pero, dadas las circunstancias, le pareció que fue accidental.

—Perdone —musitó ella, con las mejillas rojas—. Normalmente no soy tan torpe.

Él se mordió el labio. No podía reírse de ella; le rompería el corazón. A Hyacinth Bridgerton, comenzaba a comprender, no le gustaba hacer nada si no lo hacía bien. Y sospechaba que ella no tenía idea de lo mala bailarina que era, si tomaba por torpeza el pisotón en el dedo del pie.

Eso también explicaba por qué ella sentía la necesidad de repetirle una y otra vez que no dominaba el italiano. No soportaba que él pensara que era lenta en leerlo sin un buen motivo.

—He tenido que hacer una lista de las palabras que no sé —explicó ella—. Se las voy a enviar por correo a mi antigua institutriz. Todavía vive en Kent, y seguro que estará feliz de traducírmelas. Pero aun así...

Emitió un suave gruñido cuando él la giró a la izquierda, más o menos en contra de su voluntad.

—Aun así —continuó ella, perseverante—, logro captar la mayor parte del significado. Es increíble lo que se puede deducir con solo tres cuartas partes del total.

—No me cabe duda —dijo él, principalmente porque le pareció necesario decir algo. Y añadió—: ¿Por qué no se compra un diccionario italiano? Yo lo pagaré.

—Tengo uno, pero me parece que no es bueno. Faltan la mitad de las palabras.

—¿La mitad?

—Bueno, algunas —enmendó ella—. Pero, de verdad, no es ese el problema.

Él se limitó a pestañear, esperando que continuara.

Y ella continuó, cómo no.

—Creo que el italiano no es la lengua materna del autor.

—¿Del autor del diccionario?

—Sí. Faltan locuciones, expresiones, frases hechas. —Guardó silencio, al parecer absorta en los diversos pensamientos que pasaban por su cabeza. Después se encogió levemente de hombros, con lo que hizo mal un paso del vals, cosa que ni siquiera notó, y continuó—: En realidad, no tiene importancia. Voy haciendo bastantes progresos, aun cuando sea lento. Ya estoy en su llegada a Inglaterra.

—¿En solo diez páginas?

—Veintidós en total —corrigió ella—, pero no escribe en el diario todos los días. De hecho, pasa varias semanas sin escribir nada. Solo dedicó un párrafo a la travesía por mar, justo lo suficiente para expresar su felicidad porque su abuelo sufría de mareo.

—Hay que coger la felicidad donde se puede —musitó Gareth.

Hyacinth asintió.

—Y también... eh... declinó mencionar la noche de bodas.

—Creo que eso lo podemos considerar afortunado —dijo él.

La única noche de bodas de la que desearía oír menos que de la abuela Saint Clair sería de la abuela Danbury.

¡Buen Dios!, eso sí le daría un colapso nervioso, lo destrozaría.

—¿Por qué tiene esa cara de sufrimiento? —le preguntó Hyacinth.

Él agitó la cabeza.

—Hay ciertas cosas que uno no debe saber nunca de sus abuelos.

Hyacinth le sonrió.

Gareth se quedó sin aliento un momento y luego, sin pensar, le correspondió la sonrisa. Había un algo contagioso en las sonrisas de Hyacinth, algo que obligaba a sus acompañantes a parar lo que fuera que estuvieran haciendo, o incluso lo que estuvieran pensando, para sonreírle.

Cuando Hyacinth sonreía, cuando sonreía de verdad, no con una de esas sonrisas falsas que esbozaba cuando trataba de ser inteligente, se le transformaba la cara. Se le iluminaban los ojos, le resplandecían las mejillas, y...

Era hermosa.

Curioso que nunca lo hubiera notado. Curioso que nadie lo hubiera notado. Él había estado en todas partes en Londres desde que ella hiciera su primera reverencia hacía unos años, y si bien nunca había oído a nadie hablar de su apariencia de manera no elogiosa, tampoco había oído a nadie decir que era hermosa.

El motivo de eso podría ser, tal vez, que todos estaban siempre tan ocupados atendiendo lo que fuera que decía ella, para estar a la altura de su ingenio, que no se les ocurría pararse a mirarle realmente la cara.

—¿Señor Saint Clair? ¿Señor Saint Clair?

Él la miró. Ella lo estaba mirando con una expresión de impaciencia, y él pensó que tal vez hacía rato que estaba diciendo su nombre.

—Dadas las circunstancias —dijo—, bien podría tutearme, llamarme por mi nombre de pila.

Ella asintió, aprobadora.

—Excelente idea. Lógicamente, también usted puede tutearme a mí.

—Hyacinth —dijo él—. Ese nombre te sienta bien.

—Los jacintos eran las flores favoritas de mi padre —explicó ella—. Los jacintos azules. Florecen como locos en primavera cerca de nuestra casa en Kent. Son los primeros en mostrar sus colores cada año.

—Y son del color exacto de tus ojos —dijo él.

—Una feliz coincidencia —reconoció ella.

—Él debe de haber estado encantado.

—No lo supo —dijo ella, desviando la vista—. Murió antes de que yo naciera.

—Lo siento —dijo él en voz baja. No conocía bien a los Bridgerton, pero, a diferencia de los Saint Clair, parecían quererse mutuamente—. Sabía que murió hace un tiempo, pero no sabía que no lo conociste.

—No debería importarme —musitó ella—. No debería echar de menos lo que no tuve nunca, pero a veces... debo confesar que lo echo en falta.

Él eligió con sumo cuidado sus palabras.

—Es difícil..., creo, no conocer al propio padre.

Ella asintió, con los ojos bajos, y luego miró por encima del hombro de él. Era extraño, pensó él, pero de todos modos encantador, que ella no quisiera mirarlo en un momento así. Hasta el momento la conversación entre ellos solo había transcurrido entre ingeniosas bromas y cotilleo. Esa era la primera vez que decían algo importante, algo que de verdad revelaba a la persona que había bajo el ingenio rápido y la sonrisa fácil.

Ella continuó con los ojos fijos en algo que estaba detrás de él, incluso cuando la hizo girar expertamente hacia la derecha. No pudo dejar de sonreír. Ella bailaba mucho mejor ahora que estaba distraída.

Y entonces ella giró la cabeza y clavó la mirada en su cara con considerable intensidad y resolución. Estaba lista para cambiar de tema; eso estaba claro.

—¿Quiere oír el resto de lo que he traducido?

—Por supuesto.

—Creo que está a punto de terminar el vals —dijo ella—. Pero me parece que ahí hay bastante espacio —señaló con la cabeza un rincón alejado donde había varias sillas para los que estuvieran cansados—. Seguro que podríamos lograr hablar un rato a solas sin que nadie nos interrumpa.

Terminó el vals y Gareth retrocedió un paso para hacerle una ligera venia.

—¿Vamos? —dijo entonces, levantando el brazo para que ella pusiera su mano en la curva de su codo.

Ella asintió, y esta vez él la guió.

7

Han transcurrido diez minutos, y la escena se ha trasladado al vestíbulo.

Por lo general, Gareth detestaba los bailes muy concurridos, debido al calor y el atiborramiento, y por mucho que disfrutara bailando, normalmente se pasaba la mayor parte del tiempo en conversaciones ociosas con personas por las que no tenía ningún interés especial. Pero, iba pensando, mientras se dirigía al vestíbulo lateral de la casa Bridgerton, esa noche lo estaba pasando muy bien.

Después de su baile con Hyacinth, se trasladaron al rincón del salón, donde ella lo puso al corriente de lo que había avanzado en el diario. Aun cuando se disculpaba una y otra vez, había hecho bastante progreso; y era cierto que acababa de llegar al momento de la llegada de Isabella a Inglaterra. Su llegada no fue auspiciosa. Se resbaló al bajar del pequeño bote que los llevó a la orilla y, por lo tanto, el primer contacto de su abuela con suelo británico fue el de su trasero con el fango de una playa de Dover.

Su flamante marido, como era de suponer, no movió ni un dedo para ayudarla.

Era una maravilla, pensó, moviendo la cabeza, que no se hubiera dado media vuelta bruscamente para volverse a Italia en ese mismo momento. Claro que, según explicó Hyacinth, no era muy bueno lo que la esperaba allá tampoco. Isabella les había suplicado una y otra vez a sus padres que no la obligaran a casarse con un inglés, pero ellos insistieron, y al parecer no la habrían recibido muy bien si hubiera vuelto a casa.

Pero era limitado el tiempo que podía pasar en un rincón aislado del salón de baile con una damita soltera sin provocar habladurías, de modo que tan pronto como ella terminó de hacerle el relato, la acompañó hasta el siguiente caballero que tenía anotado en su lista de baile, y se despidió.

Realizados ya sus objetivos para esa noche (saludar a la anfitriona, bailar con Hyacinth, comprobar su progreso en el diario), decidió que bien podía marcharse. La noche aún era joven; no había ningún motivo para no ir a su club o a un antro de juego.

O, pensó, con un poco más de entusiasmo, hacía tiempo que no iba a ver a su amante. Bueno, no amante exactamente. No tenía dinero para mantener a Maria con la elegancia a que ella estaba acostumbrada, pero, por suerte, uno de sus amantes anteriores le había regalado una simpática casita en Bloomsbury, lo que eliminaba la necesidad de que se la regalara él. Dado que él no le pagaba sus gastos, ella no sentía ninguna necesidad de serle fiel, pero eso no tenía mayor importancia, puesto que él tampoco le era fiel.

Y había dejado pasar bastante tiempo sin ir a verla. Haciendo recuento, la única mujer con la que había pasado algún rato últimamente era Hyacinth, y Dios sabía que con ella no podía entretenerse en coqueteos ni amores.

Se despidió de varios conocidos cerca de la puerta del salón y salió al vestíbulo. Este estaba sorprendentemente vacío, tomando en cuenta la cantidad de gente que asistía al baile. Echó a andar hacia la puerta de calle, y de pronto se detuvo. Era largo el trayecto hasta Bloomsbury, sobre todo en un coche de alquiler, y eso tendría que tomar, pues le había ganado un trayecto a su abuela. Los Bridgerton habían reservado un cuarto de aseo en la parte de atrás para las necesidades de los caballeros. Decidió pasar por ahí primero.

Se dio media vuelta, desanduvo los pasos, pasó por fuera de la puerta del salón y continuó hacia el fondo del vestíbulo. Cuando llegó a la puerta iban saliendo dos caballeros riendo. Correspondió sus saludos con una amable venia y entró.

Era uno de esos aseos con dos cuartos, una especie de salita de espera y más adentro el cuarto retrete propiamente dicho. La puerta de este último estaba cerrada, de modo que mientras esperaba comenzó a silbar suavemente.

Le encantaba silbar.

My bonnie lies over the ocean...

Siempre cantaba la letra para sus adentros mientras silbaba.

My bonnie is over the sea...

En todo caso, la mitad de las canciones que silbaba tenían letras que no se podían cantar en voz alta.

My bonnie lies over the ocean...

—Debería haber sabido que eras tú.

Gareth se quedó inmóvil, paralizado, al encontrarse cara a cara con su padre. Así que él era la persona a la que había estado esperando con tanta paciencia, para hacer sus necesidades.

—*So bring back my bonnie to me* —cantó en voz alta, alargando la última palabra con un triunfal gorjeo.

Vio que su padre apretaba las mandíbulas, formando un desagradable rictus con los labios. El barón detestaba cantar aún más de lo que detestaba silbar.

—Me sorprende que te dejaran entrar —dijo lord Saint Clair, con una voz engañosamente plácida.

Gareth se encogió insolentemente de hombros.

—Es curioso cómo la sangre se mantiene tan convenientemente escondida dentro, incluso cuando no es azul. —Obsequió al viejo con una valiente sonrisa—. Todo el mundo cree que soy hijo tuyo. ¿No es eso lo más...?

—Para —siseó el barón—. ¡Buen Dios! Ya tengo bastante con verte. Oírte me enferma.

—Curiosamente, yo sigo imperturbable.

Pero ya empezaba a notar algunos cambios. El corazón le latía más rápido, y en el pecho sentía una extraña sensación de tiritones. Se sentía desenfocado, inquieto, y tuvo que recurrir a todo su autodominio para mantener quietos los brazos a los costados.

Cualquiera pensaría que ya se había acostumbrado a eso, pero cada vez lo tomaba por sorpresa. Siempre se decía que esa sería la vez en que vería a su padre y no le importaría, pero no...

Siempre le importaba.

Y lord Saint Clair ni siquiera era su padre. Ese era el verdadero problema. El hombre tenía la capacidad de convertirlo en un idiota inmaduro, y ni siquiera era su padre. Se había dicho infinidad de veces que no le importaba. El barón no le importaba. No estaban emparentados por la sangre, y el barón no debería importarle más que un desconocido que viera en la calle.

Pero le importaba. No necesitaba su aprobación; hacía mucho tiempo que había renunciado a buscar su aprobación, y, además, ¿para qué iba a desear la aprobación de un hombre al que ni siquiera respetaba?

Era otra cosa. Otra cosa mucho más difícil de definir. Veía al barón y repentinamente sentía la necesidad de hacerse valer, de dar a conocer su presencia.

De hacer «sentir» su presencia.

Sentía la necesidad de molestar al hombre, porque Dios sabía cuánto este lo molestaba a él.

Eso era lo que sentía siempre que lo veía. O por lo menos cuando se veían obligados a hablar. Y comprendió que tenía que poner fin al encuentro inmediatamente, antes de que pudiera hacer algo que podría lamentar.

Porque siempre tenía algo que lamentar. Cada vez se prometía que aprendería, que se comportaría de modo más maduro, pero luego volvía a ocurrir. Veía a su padre y volvía a tener quince años, todo sonrisas satisfechas y mala conducta.

Pero esta vez lo intentaría. Estaba en la casa Bridgerton, ¡por el amor de Dios!, y lo menos que podía hacer era tratar de evitar una escena.

—Si me disculpas —dijo, tratando de pasar por un lado.

Pero lord Saint Clair dio un paso al lado y les chocaron los hombros.

—No te aceptará, ¿sabes? —dijo, riendo.

Gareth se quedó inmóvil.

—¿De qué hablas?

—La chica Bridgerton. Te vi babeando detrás de ella.

Gareth continuó inmóvil. No se había dado cuenta de que su padre estaba en el salón de baile, y eso lo fastidiaba. Y no debería fastidiarlo. ¡Demonios!, debería estar saltando de alegría por haber logrado al fin disfrutar de una fiesta sin sentirse pinchado por la presencia de lord Saint Clair.

Pero en lugar de eso, se sentía engañado, como si el barón hubiera estado escondiéndose de él.

Espiándolo.

—¿No vas a decir nada? —se mofó el barón.

Gareth arqueó una ceja y miró el bacín, que alcanzaba a verse por la puerta abierta.

—No, a menos que quieras que apunte desde aquí —dijo, con la voz arrastrada, burlona.

El barón se giró a mirar y comprendió lo que quería decir.

—Y lo harías —dijo, asqueado.

—¿Sabes?, creo que sí —dijo Gareth.

En realidad, solo en ese momento se le había ocurrido, su comentario había sido más una amenaza que otra cosa, pero estaría muy dispuesto a actuar de manera grosera si eso significaba ver casi explotar de furia las venas de su padre.

—Eres repugnante.

—Tú me criaste.

Ese fue un golpe directo. El barón hirvió de rabia, visiblemente, hasta que logró contestar:

—No porque lo deseara. Y, por supuesto, jamás llegué a soñar que tendría que transmitirte el título.

Gareth se mordió la lengua. Sería capaz de decir muchas cosas para enfurecer a su padre, pero jamás se tomaría a la ligera la muerte de su hermano. Jamás.

—George debe de estar revolviéndose en su tumba —dijo lord Saint Clair en voz baja.

Y eso sí acabó con su dominio y lo impulsó a saltar a la acción. Un instante estaba en medio del pequeño cuarto, con los brazos rígidos a los costados, y al siguiente tenía a su padre aplastado en la pared, con una mano en su hombro y la otra en el cuello.

—Era mi hermano —siseó.

—Era mi hijo —dijo el barón, casi escupiéndole la cara.

Gareth comenzaba a sentirse como si los pulmones se le estuvieran encogiendo; tenía dificultad para respirar.

—Era mi hermano —repitió, esforzándose al máximo para que la voz le saliera tranquila—. Tal vez no a través de ti, pero sí a través de nuestra madre. Y yo lo quería.

Y sintió más intenso el dolor por haberlo perdido. Había lamentado su muerte desde el día mismo en que murió, pero en ese momento sentía su falta como un inmenso agujero dentro de él, el que no sabía cómo llenar.

Solo le quedaba una persona en su vida. Solo tenía a su abuela, la única persona a la que podía decir sinceramente que amaba.

Y que ella lo amaba a él.

No había comprendido eso antes. Tal vez porque no deseaba comprenderlo. Pero en ese momento, estando con el hombre al que siempre había llamado «padre», incluso después de conocer la verdad, comprendía lo solo que estaba.

Y se sentía disgustado consigo mismo; por su comportamiento, por el cambio que experimentaba en presencia del barón.

Bruscamente lo soltó, retrocedió unos pasos y lo observó mientras el barón trataba de recuperar el aliento.

Él tampoco tenía la respiración muy pareja.

Debía marcharse. Necesitaba salir de ahí, alejarse, estar en cualquier parte menos ahí.

—Jamás la tendrás, ¿sabes? —dijo entonces el barón, en tono burlón.

Él ya había dado unos pasos hacia la puerta. Ni siquiera se había dado cuenta de que se había movido, hasta que la voz del barón lo dejó inmóvil otra vez.

—La señorita Bridgerton —aclaró el barón.

—No deseo a la señorita Bridgerton —dijo él, cauteloso.

El barón se echó a reír.

—Pues claro que la deseas. Ella es todo lo que tú no eres. Todo lo que ni siquiera podrías esperar ser.

Gareth se obligó a relajarse, o al menos a aparentar que estaba relajado.

—Bueno, para empezar —dijo, esbozando esa sonrisa engreída que tanto detestaba su padre—, es mujer.

El barón sonrió burlón ante ese débil intento de humor.

—Jamás se casará contigo.

—No recuerdo habérselo pedido.

—¡Bah!, le has ido pisando los talones toda la semana. Todo el mundo lo comenta.

Gareth sabía que sus insólitas atenciones a una damita decente habían causado extrañeza y hecho arquearse algunas cejas, pero también sabía que las habladurías ni se acercaban siquiera a lo que insinuaba su padre.

De todos modos, le produjo una malsana satisfacción saber que su padre estaba tan obsesionado por él y sus actos como estaba él por los suyos.

—La señorita Bridgerton es una buena amiga de mi abuela —dijo alegremente.

Y tuvo el gusto de ver el leve rictus en los labios del barón ante la mención de lady Danbury. Siempre se habían odiado, y cuando todavía se hablaban, lady Danbury nunca le cedió el mando. Ella era la esposa de un conde, y lord Saint Clair era un simple barón, y ella jamás le permitió olvidar eso.

—Claro que es amiga de la condesa —dijo el barón, recuperándose rápidamente—; no me cabe duda de que a eso se debe que ella tolere tus atenciones.

—Eso tendrías que preguntárselo a la señorita Bridgerton —dijo Gareth alegremente, intentando pasar de ese tema como si no le importara nada.

De ninguna manera iba a revelarle que Hyacinth estaba traduciendo el diario de Isabella. Casi seguro que lord Saint Clair exigiría que se lo entregara, y eso era algo que no tenía la menor intención de hacer.

Y no era solamente porque eso significaba que poseía algo que el barón podría desear. Realmente deseaba saber qué secretos contenían esas delicadas páginas escritas a mano. O igual no había ningún secreto y solo trataba de la cotidiana monotonía de la vida de una dama noble casada con un hombre al que no amaba.

Fuera como fuera, deseaba saber lo que había escrito.

Así pues, guardó silencio.

—Puedes intentarlo —continuó lord Saint Clair, en voz baja—, pero no te aceptarán. La estirpe es fiel a sí misma. Siempre.

—¿Qué quieres decir con eso? —preguntó Gareth, en tono tranquilo, incluso cauteloso.

Cuando su padre decía esas cosas siempre le resultaba difícil saber si su intención era amenazarlo o simplemente perorar sobre su tema predilecto: la sangre azul y la nobleza.

Lord Saint Clair se cruzó de brazos.

—Los Bridgerton jamás le permitirán que se case contigo, aun en el caso de que ella fuera tan tonta como para creerse enamorada de ti.

—Ella no...

—Eres grosero —exclamó el barón, furioso—, eres estúpido y...

Gareth no logró reprimirse de contestar:

—No soy...

—Te comportas estúpidamente —interrumpió el barón—, y no vales lo suficiente para ser digno de una chica Bridgerton. No tardarán en calarte.

Gareth se obligó a respirar hondo para controlarse. Al barón le encantaba provocarlo, se complacía especialmente en decir cosas que lo hicieran protestar como un crío.

—En cierto modo —continuó lord Saint Clair, con una sonrisa satisfecha jugueteando en su cara—, es un asunto interesante.

Gareth se limitó a mirarlo. Su furia no le permitía darle la satisfacción de preguntar qué quería decir con eso.

—¿Quién es tu padre, dime? —preguntó el barón.

Gareth retuvo el aliento. Esa era la primera vez que el barón le hacía esa pregunta tan francamente. Lo había llamado «hijo ilegítimo», «bastardo», «perro mestizo» y «cachorro roñoso». Y de su madre había dicho muchísimas otras cosas, menos halagüeñas aún. Pero jamás le había hecho la pregunta sobre su paternidad.

Y eso lo hizo pensar: ¿sabría quién era su padre?

—Eso deberías saberlo tú mejor que yo —contestó.

El momento estaba cargado de tensión, el silencio parecía estremecer el aire. Gareth no se atrevía ni a respirar y, si hubiera podido, habría parado su corazón para que no latiera, pero al final, lo único que dijo lord Saint Clair fue:

—Tu madre no quiso decirlo.

Gareth lo miró receloso. La voz del barón seguía preñada de amargura, pero él detectó algo más, tal vez el deseo de averiguar, de saber. Comprendió que el barón quería sondearlo, tratar de comprobar si él sabía algo acerca de quién era su padre.

—Eso te come vivo —dijo, sin poder evitar sonreír—. Ella deseó a otro más que a ti, y eso te está matando, incluso después de todos estos años.

Tuvo la momentánea impresión de que su padre lo iba a golpear, pero en el último instante, lord Bridgerton retrocedió, con los brazos rígidos a los costados.

—Yo no amaba a tu madre —dijo.

—Nunca pensé que la amaras —contestó él.

El problema para el barón nunca había sido de amor, sino de orgullo. Para él siempre todo era el orgullo.

—Deseo saberlo —dijo lord Saint Clair en voz baja—. Deseo saber quién fue, y te daré la satisfacción de reconocer ese deseo. Jamás le he perdonado sus pecados. Pero tú... tú...

Se rio, y el sonido de su risa le hizo tiritar hasta el alma a Gareth.

—Tú eres sus pecados —continuó el barón. Volvió a reírse, con una risa más escalofriante aún—. Nunca lo sabrás. Nunca sabrás de quién es la sangre que corre por tus venas. Nunca sabrás quién no te amó lo suficiente para reconocerte.

A Gareth se le paró el corazón.

El barón sonrió.

—Piensa en eso la próxima vez que desees invitar a bailar a la señorita Bridgerton. Es muy posible que no seas otra cosa que el hijo de un deshollinador. —Se encogió de hombros, desdeñoso—. Tal vez de un lacayo. Siempre tuvimos lacayos jóvenes y fornidos en Clair Hall.

Gareth estuvo a punto de asestarle una bofetada. Lo deseó. Vamos, le hormigueó la mano por hacerlo, y necesitó más autodominio del que creía tener para no hacerlo. Consiguió mantenerse quieto.

—No eres otra cosa que un perro mestizo —dijo lord Saint Clair caminando hacia la puerta—. Eso es lo que siempre serás.

—Sí, pero soy «tu» perro mestizo —replicó Gareth, sonriendo cruelmente—. Nací dentro del matrimonio, aun cuando no fuera de tu simiente. —Se le acercó hasta que quedaron casi tocándose las narices—. Soy tuyo.

El barón soltó un juramento y se apartó, cogiendo el pomo de la puerta con la mano temblorosa.

—¿Eso no te mata?

—No intentes ser mejor de lo que eres —siseó el barón—. Es muy doloroso verte intentarlo.

Y entonces, antes de que Gareth pudiera tener la última palabra, el barón salió del cuarto pisando fuerte.

Gareth continuó varios segundos sin moverse. Era como si algo de su cuerpo viera la necesidad de inmovilidad absoluta, como si un solo movimiento que hiciera lo fuera a destrozar.

Y de pronto...

Comenzaron a agitársele los brazos, con los dedos flexionados en forma de garras, golpeando el aire como un loco. Apretó los dientes para no gritar, pero de todos modos le salieron sonidos roncos, guturales.

De dolor. Se sentía herido.

Detestó eso. ¡Santo Dios!, ¿por qué?

¿Por qué, por qué, por qué?

¿Por qué el barón seguía teniendo ese poder sobre él? No era su padre. Jamás había sido su padre, y, maldición, él debería sentirse contento por eso.

Y se sentía contento. Cuando estaba cuerdo, cuando era capaz de pensar con claridad, se sentía contento.

Pero cuando se encontraban cara a cara y el barón le susurraba todos sus miedos secretos, se le derrumbaba el contento.

No era otra cosa que dolor. No era otra cosa que el dolor del niño pequeño de su interior, que intentaba ser valorado, siempre preguntándose por qué nunca valía nada.

—Tengo que marcharme —dijo, saliendo bruscamente al vestíbulo. Debía marcharse, alejarse, no estar con nadie.

No estaba en forma para ser buena compañía. No por ninguno de los motivos dados por su padre, no, pero de todos modos, era posible que hiciera...

—¡Señor Saint Clair!

Levantó la vista.

Hyacinth.

Estaba en el vestíbulo, sola. La luz de las velas parecía saltar por su pelo, creando exquisitos visos rojos. Estaba hermosa y, en cierto modo, se veía... completa.

Su vida era plena, comprendió. Podía no estar casada, pero tenía a su familia.

Ella sabía quién era. Sabía quiénes eran sus padres, a qué hogar y lugar del mundo pertenecía.

Y jamás en su vida había sentido más envidia de otro ser humano como la que sentía en ese momento.

—¿Se siente mal? —le preguntó ella.

Él no contestó, pero eso no impidió que Hyacinth continuara:

—Vi a su padre —le dijo en voz baja—. Pasó por el vestíbulo. Parecía enfadado, pero cuando me vio se echó a reír.

Gareth se enterró las uñas en las palmas.

—¿Por qué se reiría? —continuó Hyacinth—. Yo casi no lo conozco, y...

Él había estado mirando un punto detrás del hombro de ella, pero su interrupción lo obligó a mirarla a la cara.

—¿Señor Saint Clair? ¿Seguro que no le pasa nada? —Hyacinth tenía el ceño fruncido por la preocupación, ese tipo de preocupación que no se puede fingir, y entonces añadió, en voz más baja aún—: ¿Le dijo algo que le dolió?

Su padre tenía razón en una cosa. Hyacinth Bridgerton era buena. Podía ser irritante, manipuladora y muchas veces tremendamente molesta, pero en su interior, donde importa, era buena.

Y él oyó la voz de su padre.

«Jamás la tendrás».

«No vales lo suficiente para ser digno de ella».

«Jamás...».

«Perro mestizo, perro mestizo, perro mestizo».

La miró, la miró de verdad. Sus ojos bajaron de su cara a los hombros, desnudos por el seductor escote del vestido. Sus pechos no eran voluminosos, pero los llevaba levantados, seguro que mediante alguna prenda diseñada especialmente para seducir e incitar, y el borde del escote de su vestido azul medianoche dejaba ver el comienzo de la hendidura entre sus pechos.

—¿Gareth? —dijo ella en un susurro.

Ella nunca lo había llamado por su nombre de pila. Él le había dicho que podía, pero esa era la primera vez que lo hacía. De eso estaba absolutamente seguro.

Deseó tocarla, acariciarla.

No, deseaba devorarla.

Deseaba utilizarla, para demostrarse a sí mismo que era tan bueno, tan digno y valioso como ella, y tal vez para demostrarle a su padre que sí encajaba en ese ambiente, que no corrompía a todas las almas que tocaba.

Pero más que eso, simplemente la deseaba.

Ella agrandó los ojos cuando él avanzó un paso, reduciendo a la mitad la distancia entre ellos.

Pero no retrocedió. Entreabrió los labios y él oyó el suave sonido de su respiración, pero no se movió.

Tal vez no dijo sí, pero tampoco dijo no.

Avanzó otro paso y le deslizó un brazo por la espalda, y al instante siguiente ella estaba apretada a él. La deseaba. ¡Dios santo, cómo la deseaba! La necesitaba, para algo más que solo para satisfacer a su cuerpo.

Y la necesitaba ya, en ese momento.

Sus labios encontraron los de ella y no hizo ninguna de las cosas que hay que hacer la primera vez. No fue suave, ni dulce. No hizo ningún baile de seducción, ningún tipo de juego ocioso hasta que ella no pudiera decir no.

Simplemente la besó; la besó con todo su ser, con toda la desesperación que corría por sus venas.

Con la lengua le separó los labios y la introdujo en su boca, saboreándola, buscando su calor. Sintió sus manos en la nuca, la sintió aferrarse a él con todas sus fuerzas y sintió los acelerados latidos de su corazón en el pecho.

Ella lo deseaba, comprendió. Era posible que no lo entendiera, que no supiera qué hacer, pero lo deseaba.

Y eso lo hacía sentirse como un rey.

Se le aceleró el corazón y comenzó a endurecérsele el cuerpo de deseo. No supo cómo llegaron ahí, pero estaban junto a una pared, y él casi no podía respirar mientras deslizaba la mano, subiéndola por su cuerpo, palpándole las costillas, hasta que llegó a su pecho lleno y ahí la detuvo. Se lo apretó, suavemente, para no asustarla, pero con la suficiente fuerza como para memorizar su forma, su tacto, su peso en su mano.

Era perfecto, y notó la reacción de ella a través de la tela del vestido.

Deseó tomarle el pecho con la boca, quitarle el vestido y hacerle cien cosas perversas.

Notó cuando del cuerpo de ella desapareció toda resistencia, y la oyó suspirar en su boca. Nunca la habían besado, de eso estaba seguro. Pero estaba deseosa, y excitada. Eso lo sintió en la manera como ella apretaba su cuerpo al de él, en la forma de apretarle los hombros con las manos.

—Correspóndeme el beso —musitó, mordisqueándole los labios.

—Eso hago —contestó ella, con la voz ahogada.

Él apartó la cara, solo un dedo.

—Necesitas una o dos lecciones —le dijo, sonriendo—. Pero no te preocupes, te haremos muy buena para esto.

Acercó nuevamente la cara para volver a besarla, ¡Dios santo, cómo estaba disfrutando!, pero ella se liberó del abrazo y se apartó.

—Hyacinth —musitó con la voz ronca, cogiéndole la mano.

Le tironeó la mano, intentando atraerla para abrazarla otra vez, pero ella se soltó la mano.

Él arqueó las cejas, esperando que dijera algo.

Esa era Hyacinth, después de todo. Seguro que diría algo.

Pero ella simplemente lo miró afligida, como fastidiada consigo misma.

Y entonces hizo lo único que él jamás se habría imaginado que haría.

Echó a correr, huyendo.

8

Ya es la mañana siguiente. Nuestra heroína está sentada en la cama, reclinada en sus almohadones. El diario en italiano está a su lado, pero no lo ha cogido.

Ha revivido mentalmente el beso más o menos unas cuarenta y dos veces.

En realidad, en este momento lo está reviviendo.

A Hyacinth le habría gustado pensar que sería el tipo de mujer capaz de besar con aplomo y luego comportarse el resto de la velada como si no hubiera ocurrido nada. Le habría gustado pensar que cuando llegara el momento de tratar a un caballero con un bien merecido desdén, no se le derretiría la mantequilla en la boca, sus ojos serían perfectos trocitos de hielo y sería capaz de darle esquinazo con donaire y elegancia.

Y en su imaginación, hizo todo eso y mucho más.

Pero la realidad no había sido tan dulce.

Porque cuando Gareth dijo su nombre e intentó atraerla para darle otro beso, en lo único que pudo pensar fue en echar a correr.

Eso no estaba de acuerdo con su carácter, se repitió nuevamente, más o menos por cuadragésima tercera vez desde que los labios de él tocaron los de ella.

Eso no podía ser. No podía permitirlo. Ella era Hyacinth Bridgerton.

Hyacinth.

Bridgerton.

Seguro que tenía que significar algo. No podía ser que un beso la convirtiera en una boba insensata.

Además, no fue el beso. El beso no la molestó. En realidad, lo encontró bastante placentero. Y, para ser sincera, muy retrasado; ya era hora.

Cualquiera creería, en su mundo, en su sociedad, que debería haberse sentido orgullosa por conservarse intacta, jamás besada. Al fin y al cabo, bastaba la sola insinuación de indecoro para arruinar la reputación de una mujer.

Pero una joven no llega a los veintidós años, ni a su cuarta temporada, sin sentirse al menos un poco rechazada si nadie hasta el momento ha intentado besarla.

Y nadie lo había intentado, jamás. Ella no pedía que la violaran, ¡por el amor de Dios!, pero ningún hombre se había inclinado hacia ella, y ni siquiera le había echado una mirada a sus labios, como si lo estuviera pensando.

Hasta esa noche. Hasta Gareth Saint Clair.

Su primer impulso fue pegar un salto por la sorpresa. Porque Gareth, con todos sus desenvueltos modales de pícaro, en ningún momento había manifestado el más mínimo interés en extender su fama de libertino en dirección a ella. Vamos, después de todo tenía a una cantante de ópera escondida en Bloomsbury. ¿Qué demonios necesitaba hacer con ella?

Pero claro...

Bueno, ¡santo cielo!, todavía no entendía cómo ocurrió todo. Un instante ella le estaba preguntando si se sentía mal (la verdad, se veía muy raro, y era evidente que acababa de tener un altercado con su padre, a pesar de todo lo que hizo ella para evitar que se encontraran) y al instante siguiente él la estaba mirando con una intensidad que la hizo estremecerse. Parecía poseído, devorado.

La miraba como si quisiera devorarla.

De todos modos, ella no lograba quitarse de encima la impresión de que en realidad él no tenía la intención de besarla a ella. Cualquier otra mujer que hubiera encontrado en el vestíbulo le habría servido igual.

Y esa impresión se le confirmó especialmente después que él le dijo riendo que necesitaba mejorar.

Seguro que no le dijo eso por ser cruel, pero de todos modos sus palabras le dolieron.

—Correspóndeme el beso —dijo en voz baja, con un gemido, tratando de imitarlo a él—. Correspóndeme el beso.

Hundió la espalda en los almohadones.

—Se lo correspondí —musitó.

¡Buen Dios!, ¿qué decía de ella que un hombre ni siquiera se diera cuenta de que estaba intentando corresponderle el beso?

Y aun cuando no lo hubiera hecho tan bien como debería, y estaba muy dispuesta a reconocer «eso», seguía pareciéndole el tipo de cosa que debe salir naturalmente, y sin duda el tipo de cosa que a ella debería salirle naturalmente. Bueno, de todos modos, ¿qué demonios se esperaba que hiciera? ¿Que blandiera la lengua como una espada? Le puso las manos en los hombros; no se debatió por liberarse de sus brazos. ¿Qué más tenía que haber hecho para indicar que lo estaba disfrutando?

Eso lo encontraba un enigma horrorosamente injusto. Los hombres quieren castas e intactas a sus mujeres y luego se burlan de su falta de experiencia.

Eso era sencillamente... sencillamente...

Se mordió el labio, horrorizada por lo cerca que estaba de echarse a llorar.

Solo era que había pensado que su primer beso sería mágico. Y que dicho caballero saldría de la experiencia si no impresionado, por lo menos un poco complacido por la actuación de ella.

Pero Gareth Saint Clair se mostró burlón, a su manera habitual, y a ella le fastidiaba haberle permitido que la hiciera sentirse tan poca cosa.

—Solo fue un beso —susurró, y sus palabras quedaron flotando en la habitación—. Solo un beso. No significa nada.

Pero aun cuando intentaba mentirse, sabía que fue mucho más que un beso.

Mucho, mucho más.

Al menos fue mucho más para ella. Cerró los ojos, angustiada, sufriendo. ¡Santo cielo!, mientras ella yacía toda la noche despierta en la cama, pensando y pensando y luego volviendo a pensar, una y otra vez, lo más probable era que él estuviera durmiendo como un bebé. El hombre había besado a...

Bueno, no quería elucubrar acerca de a cuántas mujeres había besado, pero seguro que tenía que ser a un número suficiente para hacerla parecer la chica más novata de Londres.

¿Cómo debía conducirse, mirarlo y hablarle cuando se volvieran a encontrar? Porque tendría que volver a encontrarse con él. Estaba traduciendo el diario de su abuela, ¡por el amor de Dios! Si intentaba eludirlo, parecería demasiado evidente.

Y lo último que deseaba era dejar que él viera lo mucho que la había trastornado. Hay unas cuantas cosas en la vida que una mujer necesita más que el orgullo, pensó, pero mientras la dignidad fuera una opción, bien podía aferrarse a ella.

Y mientras tanto...

Cogió el diario de la abuela. No había trabajado en él en todo un día. Solo llevaba veintidós páginas; quedaban por lo menos cien más.

Contempló el cuaderno sin abrir en la falda. Podría devolvérselo. En realidad, tal vez debería devolvérselo. Después de su conducta esa noche, él tendría bien merecido tener que buscarse otra persona que se lo tradujera.

Pero ella disfrutaba leyendo el diario. La vida no arroja muchos retos en la dirección de jovencitas de buena crianza. Francamente, sería agradable poder decir que había traducido un libro entero del italiano. Y seguro que sería agradable hacerlo también.

Cogió el pequeño punto de libro que había puesto para marcar el lugar y abrió el diario. Isabella acababa de llegar a Inglaterra, a mitad de temporada, y después de solo una semana en la propiedad del campo, su flamante marido la llevó a rastras a Londres, donde se esperaba que ella hiciera vida social y recibiera en casa como corresponde a una dama de su posición, y eso sin dominar el idioma inglés.

Para empeorar las cosas, la madre de lord Saint Clair residía ahí, en la casa Saint Clair, y se mostraba muy desgraciada por tener que ceder su puesto como señora de la casa.

Con el ceño fruncido, Hyacinth continuó leyendo, parando de tanto en tanto para buscar una palabra desconocida en el diccionario. La baronesa viuda se metía con los criados, dándoles órdenes contrarias a las de Isabella y haciéndoles desagradable la vida a los que aceptaban a la nueva baronesa como a la señora al mando.

Ciertamente eso no hacía en absoluto atractivo el matrimonio. Hyacinth tomó nota mental de intentar casarse con un hombre que no tuviera madre.

—Ánimo, Isabella —musitó, haciendo un gesto de pena.

Estaba leyendo la parte del último altercado, algo sobre la adición de mejillones al menú, pese a que a Isabella los mariscos le producían urticaria.

—Tienes que dejar claro quién está al mando —dijo al diario—. Tienes que...

Frunció el ceño, al mirar la siguiente anotación. Eso no tenía ningún sentido. ¿Por qué Isabella hablaba del *bambino*?

Leyó tres veces el párrafo, hasta que se le ocurrió mirar la fecha arriba. *24 Ottobre, 1766.*

¿1766? Un momento...

Volvió a la página anterior.

1764.

Isabella se había saltado dos años. ¿Pero por qué?

Pasó rápidamente unas veinte páginas. *1766..., 1769..., 1769..., 1770..., 1774...*

—No eres una diarista muy dedicada —masculló.

No era de extrañar que Isabella hubiera logrado meter décadas en una libreta tan delgada; con frecuencia dejaba pasar años sin hacer ninguna anotación.

Volvió al párrafo sobre el *bambino* y continuó su laboriosa traducción. Isabella estaba nuevamente en Londres, esta vez sin su marido, lo que al parecer no le molestaba en lo más mínimo. Y al parecer ya había adquirido un poco de confianza en sí misma, aunque tal vez eso era simplemente la consecuencia de la muerte de la baronesa viuda, que, supuso, ocurrió el año anterior.

«Encontré el lugar perfecto», tradujo y anotó las palabras en su papel. «Él jamás...». Frunció el ceño. No supo traducir el resto de la frase, así que trazó unas rayitas en el papel para indicar que faltaba esa frase, y continuó. «Él me cree muy poco inteligente, por lo tanto, no sospechará...».

—¡Ay, caramba! —exclamó, sentándose derecha.

Pasó la página y leyó lo más rápido que pudo, totalmente olvidada de escribir a medida que iba traduciendo.

—Isabella —dijo, admirada—, ¡qué zorra más astuta eres!

Ha transcurrido más o menos una hora, y Gareth está casi a punto de golpear la puerta de la casa de Hyacinth.

Gareth hizo una profunda inspiración, haciendo acopio de valor para poner la mano y doblar los dedos alrededor de la pesada aldaba de bronce de la puerta de la casa Número Cinco de Bruton Street, la elegante casita que comprara la madre de Hyacinth después de que su hijo mayor se casó y estableció su residencia en la casa Bridgerton.

Entonces intentó no sentirse disgustado consigo mismo por sentir la necesidad de valor. Y en realidad no era valor lo que necesitaba. ¡Por el amor de Dios!, no tenía «miedo». Era..., bueno, no, no era miedo lo que sentía. Era...

Se le escapó un gemido. En la vida de toda persona hay momentos en que esta haría cualquier cosa por dejarlos para después. Y si quería decir que era poco hombre porque, de verdad, no le apetecía enfrentarse con Hyacinth Bridgerton, bueno, estaba muy dispuesto a llamarse a sí mismo tonto infantil.

Francamente, no conocía a nadie que deseara enfrentarse con Hyacinth Bridgerton en un momento como ese.

Puso los ojos en blanco, absolutamente impaciente consigo mismo. Eso no tenía por qué ser difícil. No debería sentirse tenso. ¡Demonios!, no era que nunca hubiera besado a una mujer y tenido que verla al día siguiente.

Solo que...

Solo que jamás había besado a una mujer como Hyacinth Bridgerton, una mujer que: a) no había sido besada nunca antes y b) tenía todos los motivos para suponer que un beso podía significar algo más.

Y eso sin decir nada de c) era Hyacinth.

Porque en realidad era imposible no tomar en cuenta la magnitud de eso. Si había aprendido una cosa durante esa semana pasada, era que Hyacinth era muy diferente a cualquier otra mujer que hubiera conocido.

En todo caso, se había pasado toda la mañana en casa, esperando sentado el paquete que sin duda llegaría, acompañado por un lacayo de librea, devolviéndole el diario de su abuela. Hyacinth ya no podía de ninguna manera seguir traduciéndolo, después de que él la insultara tan gravemente la noche pasada.

No era que, pensó, solo un poco a la defensiva, él hubiera tenido la intención de insultarla. La verdad, no había tenido ninguna intención, ni en uno ni en otro sentido. No había sido su intención besarla, eso seguro. La idea ni se le había pasado por la mente, y en realidad no se le habría ocurrido si no hubiera estado tan desequilibrado, y entonces ella estaba ahí, justo en el vestíbulo, casi como si hubiera sido llamada por arte de magia.

Y justo después de que su padre se mofara de él, hablándole de ella.

¿Qué otra cosa se esperaba que hiciera, maldita sea?

Y el beso no significó nada. Lo disfrutó, sí. Fue placentero, sí, mucho más placentero de lo que se habría imaginado, pero no significó nada.

Pero las mujeres tienden a considerar mal esas cosas, y la expresión de ella cuando se apartó, no era tremendamente displicente.

Si acaso, parecía horrorizada.

Y eso lo hacía sentirse tonto. Jamás en su vida había disgustado a una mujer con un beso.

Y todo se amplificó después, esa misma noche, cuando oyó a alguien preguntarle a ella acerca de él, y ella se deshizo de la persona riendo, y diciendo que no habría podido negarse a bailar con él, pues era muy buena amiga de su abuela.

Lo cual era cierto, y él entendía muy bien que ella intentara salvar las apariencias, pero de todos modos, aun cuando ella no sabía que él estaba oyendo, sus palabras se acercaban demasiado a las de su padre para que a él no le dolieran.

Exhaló un suspiro. No había manera de dejarlo para después. Levantó la mano, con la intención de coger la aldaba...

Y estuvo a punto de caer de bruces, porque en ese mismo instante se abrió la puerta.

—¡Por el amor de Dios! —dijo Hyacinth, mirándolo con ojos impacientes—, ¿alguna vez ibas a golpear?

—¿Me viste llegar?

—Por supuesto. Mi dormitorio está justo arriba. Desde allí puedo ver a todo el mundo.

¿Por qué eso no lo sorprendía?, pensó él.

—Además, te envié una nota —añadió ella. Se hizo a un lado y le indicó que entrara—. No obstante tu conducta reciente, me parece que tienes modales lo bastante buenos para no rechazar una petición por escrito de una dama.

—Eh... sí —dijo él.

Eso fue lo único que se le ocurrió decir, ante el remolino de energía y actividad que tenía delante.

¿Por qué no estaba enfadada con él? ¿Es que no debía estar enfadada?

—Tenemos que hablar —dijo Hyacinth.

—Sí, claro. Debo pedir disculpas...

—No de eso —dijo ella, descartando el asunto con un gesto—, aunque... —Levantó la vista, con una expresión entre pensativa y malhumorada—. Sí que debes pedir disculpas.

—Sí, claro, esto...

—Pero no es para eso que te pedí que vinieras —interrumpió ella.

Si hubiera sido un gesto cortés, él se habría cruzado de brazos.

—¿Quieres que me disculpe o no?

Hyacinth miró de un lado a otro del vestíbulo, colocándose un dedo en los labios.

—Shhh.

—¿Es que repentinamente me han trasladado a un capítulo de *La señorita Butterworth y el barón loco*? —preguntó Gareth, pensando en voz alta.

Hyacinth lo miró enfurruñada, expresión que, él ya comenzaba a entender, era la quintaesencia de ella. Era un ceño fruncido, sí, pero con un toque, no, digamos, tres toques, de impaciencia. Era la expresión de una mujer que se ha pasado toda la vida esperando que la gente esté a la altura de ella.

—Por aquí —dijo ella, haciendo un gesto hacia una puerta abierta.

—Como quieras, milady —musitó él.

Lo librara Dios de quejarse por no tener que pedir disculpas.

La siguió y entraron en un cuarto que resultó ser un salón, decorado con muy buen gusto en colores rosa y crema. Todo allí era muy delicado y femenino, y a él le pasó la idea por la cabeza de si estaría diseñado con la única finalidad de hacer sentirse muy grandes e incómodos a los hombres.

Hyacinth le indicó el lugar para sentarse, y él se dirigió allí, observándola manipular la puerta con sumo cuidado, hasta dejarla apenas entreabierta. Miró divertido la abertura de unos cuatro dedos. Curioso como esa pequeña abertura podía significar la diferencia entre decoro y desastre.

—No quiero que nos oigan —explicó ella.

Gareth simplemente arqueó las cejas, interrogante, y esperó a que ella se sentara en el sofá. Cuando estuvo seguro de que ella no se levantaría de un salto a mirar detrás de las cortinas para ver si había alguien escondido para escuchar, se sentó en el sillón Hepplewhite que hacía esquina con el sofá.

—Necesito decirte lo del diario —dijo ella, con los ojos brillantes de entusiasmo.

Él pestañeó sorprendido.

—¿Entonces no me lo vas a devolver?

—No, claro que no. No creerás que yo...

Se interrumpió, y él observó que estaba trazando espirales en la suave tela verde de su falda con los dedos. Eso le gustó. Sí, se sentía muy aliviado porque ella no estaba furiosa con él por haberla besado; como cualquier hombre, llegaría a extremos para evitar cualquier tipo de escena de histeria femenina. Pero al mismo tiempo, no deseaba que ella se mostrara totalmente indiferente.

¡Buen Dios!, él sabía besar muy bien, para esperar eso.

—Debería devolverte el diario —dijo ella, hablando en su tono tan propio de ella—. Realmente, debería obligarte a buscar a otra persona para que lo traduzca. Te mereces eso, como mínimo.

—Totalmente —dijo él, casi en un ronroneo.

Ella lo miró mal, como diciendo que no le gustaba esa superficial manera de manifestar su acuerdo.

—Sin embargo —dijo, como solo ella sabía decir.

Gareth se inclinó hacia ella. Le pareció que eso era lo que se esperaba de él.

—Sin embargo —repitió ella—, me gusta bastante leer el diario de tu abuela, y no veo ningún motivo para privarme de un desafío agradable simplemente porque tú te has comportado de modo imprudente.

Gareth guardó silencio, basándose en que ella recibió tan mal su anterior intento de manifestar acuerdo. Pero muy pronto se le hizo evidente que esta vez ella sí esperaba un comentario, así que se apresuró a decir:

—Claro que no.

Hyacinth asintió, aprobadora, y añadió:

—Además —se inclinó hacia él, con sus vivos ojos azules brillantes de entusiasmo—, se ha puesto interesante.

A Gareth se le revolvió algo en el estómago. ¿Es que Hyacinth había descubierto el secreto de su nacimiento? Ni se le había ocurrido pensar que Isabella pudiera haber sabido la verdad; al fin y al cabo tenía muy poca comunicación con su hijo y rara vez iba a visitarlo.

Pero si lo sabía, igual podría haberlo escrito en su diario.

—¿Qué quieres decir? —preguntó, cauteloso.

Hyacinth cogió el diario, que estaba en la mesita lateral.

—Tu abuela tenía un secreto —dijo, toda ella irradiando entusiasmo. Abrió el diario, en el lugar marcado con un elegante punto de libro, y se lo enseñó, apuntando con el índice una frase a mitad de página—. *Diamanti. Diamanti* —dijo. Levantó la vista, sin poder reprimir una sonrisa de euforia—. ¿Sabes qué significa eso?

—No —repuso él, negando con la cabeza.

—«Diamantes», Gareth. Significa «diamantes».

Él miró atentamente la página, aun cuando no entendía ni una sola palabra.

—¿Perdón?

—Tu abuela tenía joyas, Gareth. Y nunca le dijo nada de ellas a tu abuelo.

A él se le abrió sola la boca.

—¿Qué quieres decir?

—Poco después de que naciera tu padre, vino su abuela a visitarla, y trajo con ella un conjunto de joyas. Anillos, creo. Y una pulsera. Isabella no se lo dijo nunca a nadie.

—¿Qué hizo con ellas?

—Las escondió. —Hyacinth ya estaba prácticamente saltando en el sofá—. Las escondió en la casa Saint Clair, aquí, en Londres. En el diario escribe que a tu abuelo no le gustaba mucho Londres, así que en la casa de aquí había menos posibilidades de que las descubriera.

Entonces empezó a infiltrarse en él una parte del entusiasmo de Hyacinth. No mucho; no debía permitirse entusiasmarse demasiado por algo que tal vez resultaría ser una búsqueda inútil. Pero el entusiasmo de ella era contagioso, y antes de darse cuenta, estaba inclinado hacia ella, con el corazón latiéndole un poco más rápido.

—¿Qué quieres decir? —preguntó.

—Quiero decir —contestó ella, como si fuera a repetir algo que ya había dicho unas cinco veces de todas las maneras posibles— que es muy probable que esas joyas sigan ahí. ¡Oh! —se interrumpió y lo miró a los ojos tan de repente que lo desconcertó—. A no ser que tú ya lo sepas. ¿Tu padre ya las tiene en su poder?

No, creo que no —dijo Gareth, pensativo—. Al menos no que me lo haya dicho.

—¿Lo ves? Podemos...

—Pero rara vez me dice algo —interrumpió él—. Mi padre nunca me ha considerado su confidente íntimo.

Por los ojos de ella pasó una expresión compasiva, que al instante dio paso a una de entusiasmo casi pirático.

—Entonces siguen ahí —dijo, excitada—. O por lo menos hay buenas posibilidades de que sigan. Tenemos que encontrarlas.

¡Ay, no!

—Qué... ¿tenemos? —dijo él, recalcando el «tenemos».

Pero Hyacinth estaba tan absorta en su entusiasmo que no notó el énfasis de él.

—Piénsalo, Gareth —dijo, ya claramente cómoda con el tuteo—, esto sería la solución de todos tus problemas económicos.

Él se enderezó.

—¿Qué te hace pensar que tengo problemas económicos?

—¡Ah, vamos, por favor! —bufó ella—. Todo el mundo sabe que tienes problemas económicos. O que si no los tienes, los tendrás. Tu padre ha acumulado deudas de aquí a Nottinghamshire, de ida y vuelta. —Hizo una pausa, tal vez para respirar—. Clair Hall está en Nottinghamshire, ¿verdad?

—Sí, claro, pero...

—Muy bien. Bueno. Vas a heredar todas esas deudas, ¿sabes?

—Lo sé.

—Entonces, ¿qué mejor manera de asegurarte tu solvencia que apoderándote de las joyas de tu abuela antes de que lord Saint Clair las encuentre? Porque los dos sabemos que lo único que hará él será venderlas y gastarse lo que saque.

—Parece que sabes mucho acerca de mi padre —dijo Gareth en voz baja.

—Tonterías —repuso ella, enérgicamente—. No sé nada de él, aparte de que te odia.

Gareth sonrió, y eso lo sorprendió. Ese no era un tema que le inspirara muy buen humor. Pero claro, hasta ese momento, nadie se había atrevido jamás a mencionar el tema con tanta franqueza.

—No puedo hablar por ti —continuó Hyacinth, encogiéndose de hombros—, pero si yo detestara a alguien, puedes estar seguro de que me desviviría por asegurarme de que él no se apoderara de joyas que valen un tesoro.

—¡Qué buena cristiana eres! —musitó Gareth.

Ella arqueó una ceja.

—Jamás he dicho que sea un modelo de bondad y luz.

—No —dijo él, sin poder evitar una sonrisa—. No, no lo has dicho.

Hyacinth dio unas palmadas y luego apoyó las palmas en la falda. Lo miró expectante.

—Bueno, pues —dijo, cuando se le hizo evidente que él no iba a decir nada más—, ¿cuándo vamos?

—¿Vamos? —repitió él.

—A buscar los diamantes —dijo ella, impaciente—. ¿No has escuchado nada de lo que he dicho?

De pronto Gareth tuvo una aterradora visión de lo que debía tener pensado ella. Vestida toda de negro y, ¡buen Dios!, casi seguro, con ropa de hombre también. Probablemente insistiría en descolgarse por la ventana de su dormitorio mediante sábanas anudadas.

—No vamos a ir a ninguna parte —dijo, firmemente.

—Sí que iremos. Debes coger esas joyas. No puedes permitir que las coja tu padre.

—Iré yo.

—No me vas a apartar —dijo ella.

Eso era una afirmación, no una pregunta. Aunque él no habría esperado otra cosa de ella.

—Si intento entrar a escondidas en la casa Saint Clair —dijo—, y este «si» es bastante grande, tendré que hacerlo en la oscuridad de la noche.

—Bueno, por supuesto.

¡Buen Dios!, ¿es que la mujer no paraba de hablar jamás? Guardó silencio, esperando a estar seguro de que ella no diría nada más. Finalmente, haciendo gran alarde de paciencia, continuó:

—No te voy a arrastrar, a medianoche, por la ciudad. Olvida, por un momento, lo del peligro, del cual, te lo aseguro, hay muchísimo. Si nos sorprendieran, me exigirían casarme contigo, y solo puedo suponer que tu deseo de ese resultado es idéntico al mío.

El discurso le salió hinchado, y el tono algo pomposo y remilgado, pero tuvo el efecto deseado: la obligó a estar con la boca cerrada el tiempo suficiente para ordenar las frases, complicadas por los incisos.

Pero entonces ella volvió a abrir la boca y dijo:

—Bueno, no tendrás que arrastrarme.

Gareth pensó que la cabeza podría explotarle.

—¡Buen Dios, mujer!, ¿has escuchado algo de lo que he dicho?

—Claro que he escuchado. Tengo cuatro hermanos mayores. Sé reconocer a un hombre arrogante cuando veo uno.

—¡Vamos, por el amor de...!

—Tú, señor Saint Clair, no piensas con claridad. —Se inclinó hacia él, arqueando una ceja de una manera desconcertantemente confiada—. Me necesitas.

—Como necesito un furúnculo —masculló él.

—Voy a simular que no he oído eso —dijo ella, entre dientes—. Porque si no, no me sentiría inclinada a ayudarte en tu empresa. Y si no te ayudara...

—¿Tienes alguna «utilidad»?

Ella lo miró fríamente.

—No eres ni de cerca una persona tan sensata como yo te creía.

—Curiosamente, tú eres exactamente tan sensata como yo te creía.

—Voy a simular que no he oído eso tampoco —dijo ella, apuntándolo con el índice de una manera muy impropia de una señorita—. Parece que has olvidado que de los dos, soy yo la que entiende el italiano. Y no veo cómo vas a encontrar las joyas sin mi ayuda.

Él entreabrió los labios, y cuando habló, lo hizo con voz grave, casi aterradoramente monótona:

—¿Me vas a ocultar información?

—No, claro que no —contestó ella, puesto que no logró decidirse a mentirle, aunque se lo merecía—. Tengo cierto honor. Simplemente quería explicarte que me necesitas ahí, en la casa. Mi conocimiento del idioma no es perfecto. Hay algunas palabras que se prestan a diferentes interpretaciones, y podría necesitar ver la habitación para saber exactamente de qué habla tu abuela.

Él la miró con los ojos entrecerrados.

—¡Es cierto, te lo juro! —exclamó ella. Cogió el diario, pasó una página, luego otra, y volvió a la primera—. Aquí está, ¿ves? *Armadio*. En general, «armario», pero eso puede ser muchas cosas. Podría significar «buró». O podría significar «ropero». O... —se interrumpió, y tragó saliva. Detestaba reconocer que no sabía bien de qué hablaba, aun cuando esa deficiencia era lo único que le aseguraría un lugar al lado de él cuando fuera a buscar las joyas—. Si has de saberlo —dijo, sin poder disimular la irritación—. No sé qué significa exactamente. Es decir, «exactamente» —añadió, porque en realidad tenía bastante idea del significado.

Y simplemente no estaba en su carácter reconocer defectos que no tenía. ¡Buen Dios!, ya le costaba bastante reconocer los que tenía.

—¿Por qué no buscas la palabra en tu diccionario?

—No aparece —mintió.

Aunque en realidad no era una mentira tan grande. El diccionario ofrecía varias traducciones posibles, justamente las suficientes para poder afirmar, sin mentir, que era imposible entender el significado exacto.

Esperó que él dijera algo, tal vez no todo el tiempo que debería haber esperado, pero igual le pareció una eternidad. Y, sencillamente, no logró continuar callada.

—Podría, si quieres, escribirle a mi antigua institutriz para pedirle una definición más exacta, aunque no me puedo fiar de que conteste muy pronto.

—¿Es decir?

—Quiero decir que no le he escrito desde hace tres años, aunque estoy bastante segura de que ahora me ayudaría. Lo que pasa es que no sé si estará muy ocupada, si encontrará el tiempo para contestarme; la última vez que supe de ella, había dado a luz un par de gemelos...

—¿Por qué será que eso no me sorprende?

—Es cierto, y solo Dios sabe cuánto tiempo tardaría en contestarme. Los gemelos dan una increíble cantidad de trabajo, al menos eso me han dicho, y... —había ido bajando el volumen de la voz al darse cuenta de que él no la estaba escuchando. Le miró disimuladamente la cara, y continuó de todas maneras, principalmente porque ya tenía pensadas las palabras y no tenía ningún sentido no decirlas—: Bueno, no creo que tenga los medios para pagarle a una niñera. —El final le salió apenas en un murmullo.

Gareth estuvo en silencio un largo rato, que a ella le pareció interminable, y finalmente dijo:

—Si lo que dices es correcto, y las joyas siguen escondidas, aunque no tengamos la certeza, puesto que las escondió... —dejó vagar brevemente los ojos, haciendo el cálculo— hace más de sesenta años, podemos suponer que continuarán donde están hasta que recibamos una traducción exacta de tu institutriz.

—¿Podrías esperar? —preguntó ella, adelantando e inclinando la cabeza por la incredulidad—. ¿De verdad podrías esperar?

—¿Por qué no?

—Porque están ahí. Porque...

No continuó, incapaz de hacer otra cosa que mirarlo como si estuviera loco. Sabía que a las personas les funciona la mente de diferente manera; y hacía muchísimo tiempo que había comprendido que a casi nadie le funcionaba la mente igual que a ella. Pero no lograba imaginarse que alguien pudiera esperar estando ante una situación similar.

¡Santo cielo!, si dependiera de ella, escalarían la pared de la casa Saint Clair esa misma noche.

—Piensa en esto —dijo, inclinándose hacia él—. Si él localiza esas joyas antes de que encuentres el tiempo para ir a buscarlas, no te lo perdonarás jamás.

Él no dijo nada, pero ella vio que por fin le llegaban sus palabras.

—Por no decir —continuó— que yo no te perdonaría jamás si ocurriera eso.

Lo miró disimuladamente de reojo. Al parecer ese tajante argumento no lo conmovió.

Esperó en silencio mientras él pensaba y sopesaba lo que debía hacer. El silencio le resultó horroroso. Mientras trabajaba en el diario había logrado olvidar que él la había besado, que ella lo había disfrutado y que al parecer él no. Había pensado que su próximo encuentro con él sería incómodo, difícil, pero tener un objetivo y una misión le había permitido recuperarse, volver a sentirse ella misma; y eso debía agradecérselo a Isabella, aun en el caso de que él no la llevara con él a buscar los diamantes.

Pero de todos modos, pensaba que se moriría si él la dejaba atrás. O eso, o lo mataría.

Se cogió fuertemente las manos y las ocultó entre los pliegues de la falda. Eso era un gesto nervioso y el solo hecho de hacerlo la puso más nerviosa aún. Detestaba sentirse nerviosa, detestaba que él la pusiera nerviosa, detestaba estar sentada ahí sin decir una palabra mientras él sopesaba sus opciones. Pero, contrariamente a la creencia popular, de vez en cuando sí sabía tener la boca cerrada cuando convenía, y estaba claro que ya no podía decir nada que pudiera inclinarlo en uno u otro sentido. A no ser, tal vez...

No, ni siquiera ella estaba tan loca para amenazar con ir sola.

—¿Qué ibas a decir? —preguntó Gareth.

—¿Perdón?

Él se inclinó hacia ella y sus ojos azules la traspasaron.

—¿Qué ibas a decir?

—¿Qué te hace pensar que iba a decir algo?

—Lo vi en tu cara.

Ella ladeó la cabeza.

—¿Tan bien me conoces?

—Por terrible que pueda parecer, creo que sí.

Diciendo eso se enderezó y se echó atrás, reclinándose en el respaldo del sillón. Ella lo observó. Al ver sus movimientos para acomodarse en un sillón tan pequeño, recordó a sus hermanos; vivían quejándose de que la sala de estar de su madre estaba amueblada para mujeres diminutas. Pero ahí acababa el parecido. Ninguno de sus hermanos se había atrevido jamás a llevar el pelo recogido en esa garbosa coleta, y ninguno la había mirado jamás con esa intensidad que la hacía olvidar su nombre.

Él parecía estar escrutándole la cara en busca de algo. O tal vez simplemente quería obligarla a bajar los ojos, esperando que ella se rompiera bajo esa presión.

Se mordió el labio inferior; no tenía la fuerza para mantener la imagen perfecta de la serenidad. Pero sí consiguió mantener derecha la espalda y el mentón en alto, y, tal vez más importante aún, la boca cerrada, mientras él sopesaba sus opciones.

Pasó todo un minuto. Bueno, tal vez no fueron más de diez segundos, pero a ella le pareció un minuto. Y entonces, porque ya no lograba soportarlo, dijo (pero muy bajito):

—Me necesitas.

Él bajó la vista a la alfombra y pasado un momento volvió a mirarla a la cara.

—Si te llevo...

—¡Ah, gracias! —exclamó ella, resistiendo apenas el impulso de levantarse de un salto.

—He dicho «si» te llevo —dijo él, en tono insólitamente severo.

Hyacinth se calló al instante, y lo miró con una expresión adecuadamente sumisa.

—Si te llevo —repitió él, traspasándola con la mirada—, espero que acates mis órdenes.

—Por supuesto.

—Vamos a proceder como yo considere conveniente.

Ella vaciló.

—Hyacinth.

—Sí, claro —dijo ella, porque tuvo la impresión de que si no decía eso él lo anularía todo ahí mismo—. Pero si tengo alguna buena idea...

—Hyacinth.

—Solo en lo relativo a que yo entiendo el italiano y tú no —se apresuró a añadir ella.

Él le dirigió una mirada severa, que también revelaba agotamiento.

—No tienes por qué hacer lo que yo sugiera —dijo ella, entonces—, solo escucharme.

—Muy bien —suspiró él—. Iremos la noche del lunes.

Hyacinth mostró su sorpresa. Con todas las pegas que había puesto él, no había esperado que eligiera un día tan próximo. Pero no se iba a quejar, lógicamente.

No veía el momento.

9

Es la noche del lunes. Nuestro héroe, que ha pasado gran parte de su vida en temerario desenfreno, va a experimentar por primera vez la muy extraña sensación de ser el miembro más sensato de un dúo.

Había un buen número de razones para poner en duda su cordura, iba pensando Gareth, caminando sigilosamente hacia la parte de atrás de la casa de Hyacinth.

Una: Era pasada la medianoche.

Dos: Estarían totalmente solos.

Tres: Irían a la casa del barón a...

Cuatro: Cometer latrocinio.

En cuanto a malas ideas, esta se llevaba el premio.

Pero no, ella se las había arreglado para convencerlo, por lo que ahí estaba él, dispuesto a sacar de su casa a una señorita decente, para llevarla a la oscuridad de la noche y, muy posiblemente, al peligro.

Por no decir que si alguien se enteraba de esa temeridad, los Bridgerton lo tendrían delante de un cura antes que él lograra recuperar el aliento, y quedarían encadenados de por vida.

Se estremeció. La idea de Hyacinth Bridgerton como su compañera de toda la vida... Paró en seco, y se quedó inmóvil un momento, pestañeando sorprendido. Bueno, no encontraba horrible la idea, en realidad, pero al mismo tiempo lo hacía sentirse un hombre muy, muy inquieto.

Ella creía, por cierto, que lo había convencido de hacer lo que iban a hacer, y sí, tal vez había influido hasta cierto punto en su decisión, pero la verdad era que un hombre en su situación no podía desaprovechar una oportunidad como esa. Lo sorprendió un poco la franca evaluación de Hyacinth de su situación económica; eso sin tomar en cuenta que esos asuntos no se consideraban tema para conversación educada (en todo caso, él no habría esperado que ella se adhiriera a esas ideas normales sobre el decoro). Pero no tenía idea de que sus asuntos fueran tan de conocimiento público.

Eso, la verdad, lo desconcertaba.

Pero el motivo más irresistible, lo que verdaderamente lo incitaba a ir a buscar las joyas ya, en lugar de esperar a que Hyacinth consiguiera una traducción mejor del diario, era la deliciosa idea de que podría apoderarse de las joyas bajo las mismas narices de su padre.

Sí que era difícil dejar pasar una oportunidad como esa.

Llegó a la pared de atrás de la casa y continuó caminando hasta la entrada para los criados. Habían acordado encontrarse ahí exactamente a la una y media, y no le cabía duda de que ella ya estaría ahí esperándolo, vestida como él le había ordenado, toda de negro.

Y, cómo no, ahí estaba, con la puerta entreabierta unos dedos, mirando por la abertura.

—Has llegado a la hora —dijo, saliendo.

Él la contempló, incrédulo. Había seguido su orden al pie de la letra; estaba vestida toda de implacable negro; aunque no había falda agitándose alrededor de sus pies. Llevaba pantalones y chaleco.

Pero él ya sabía que se iba a vestir así. Lo sabía, y de todos modos, no pudo contener su sorpresa.

—Esto me pareció más sensato que un vestido —explicó ella, interpretando correctamente su silencio—. Además, no tengo nada que sea totalmente negro. Por suerte, nunca he tenido que llevar luto.

Gareth se limitó a mirarla. Había un motivo, comenzaba a comprender, para que las mujeres no usaran pantalones. No sabía de dónde había sacado ella ese pantalón; probablemente perteneció a uno de sus hermanos cuando era muy joven. Se le ceñía al cuerpo del modo más escandaloso, marcándole las curvas de una manera que él habría preferido no ver.

No deseaba saber que Hyacinth Bridgerton tenía un cuerpo delicioso. No deseaba saber que tenía las piernas muy largas en proporción a su altura, algo bajita, ni que sus caderas eran suavemente redondeadas y se le movían de una manera como para embobar cuando no las llevaba escondidas bajo los pliegues de una falda.

Ya estaba mal que la hubiera besado. No le hacía ninguna falta volver a desear hacerlo.

—No puedo creer que esté haciendo esto —masculló, agitando la cabeza.

¡Santo cielo!, se estaba pareciendo a un miedica, a todos esos amigos sosos y prudentes a los que arrastraba a hacer diabluras de niño.

Empezaba a creer que ellos sabían de qué hablaban.

Hyacinth lo miró con ojos acusadores.

—No puedes echarte atrás ahora.

—Ni lo soñaría —dijo él, suspirando; probablemente ella lo perseguiría con un garrote si se rajaba—. Venga, vámonos, antes de que alguien nos sorprenda aquí.

Ella asintió y lo siguió hasta Barlow Place, por donde continuaron. La casa Saint Clair estaba bastante cerca, a menos de cuatro manzanas si estas fueran normales, por lo tanto, él se había trazado la ruta para ir a pie siguiendo, siempre que fuera posible, las tranquilas calles laterales, en las que había menos posibilidades de que pasara algún miembro de la aristocracia en coche, de regreso a su casa de una fiesta, y los viera.

—¿Cómo sabías que tu padre no estaría en casa esta noche? —le preguntó Hyacinth cuando iban llegando a la esquina.

Él se asomó a la esquina para asegurarse de que no había moros en la costa.

—¿Perdón?

—¿Cómo sabías que tu padre no estaría en casa? —repitió ella—. Me cuesta mucho imaginarme que él te comunique su programa de actividades.

Gareth apretó los dientes, sorprendido por la irritación que le produjo la pregunta.

—No sé cómo —contestó—. Simplemente lo sé.

En realidad le fastidiaba tremendamente estar siempre al tanto de los movimientos de su padre, aunque por lo menos encontraba cierta satisfacción en saber que el barón tenía una obsesión similar por lo que hacía él.

—¡Ah! —dijo Hyacinth.

Y no dijo nada más. Y eso fue agradable. Raro, pero agradable.

Gareth le indicó que lo siguiera por la corta calle Hay Hill, y finalmente se encontraron en Dover Street, por donde llegaron al callejón que llevaba a la parte de atrás de la casa Saint Clair.

—¿Cuándo fue la última vez que estuviste aquí? —le preguntó Hyacinth cuando iban caminando sigilosos, pegados a la pared de atrás.

—¿Dentro? —preguntó él abruptamente—. Hace diez años. Pero si tenemos suerte, esa ventana —apuntó hacia una ventana de la planta baja, que no quedaba mucho más arriba de donde estaban— todavía tendrá roto el pasador.

Ella asintió, apreciativa.

—Estaba pensando cómo íbamos a entrar.

Los dos guardaron silencio mirando la ventana.

—¿Está más alta de lo que recuerdas? —preguntó entonces ella, pero, lógicamente, sin esperar a que él contestara, añadió—: Es una suerte que me hayas traído. Puedes levantarme hasta ahí.

Gareth la miró y luego a la ventana y luego nuevamente a ella. Le parecía mal hacerla entrar a ella primero en la casa. Pero no había tomado en cuenta eso cuando hizo los planes para entrar.

—Yo no voy a levantarte a ti —dijo ella, impaciente—, así que a menos que tengas un cajón escondido en alguna parte, o tal vez una escalera...

—Venga, sube —dijo él casi gruñendo, avanzando con las manos listas para que ella pusiera el pie.

Había hecho eso antes, muchísimas veces. Pero era muy diferente sentir a Hyacinth Bridgerton rozándole el cuerpo a sentir a uno de sus amiguetes del colegio.

—¿Llegas? —preguntó, sujetándola en alto.

—Mmm...

Él miró hacia arriba, justo su trasero. Decidió disfrutar de la vista mientras ella no tuviera idea de que se la ofrecía.

—Solo me falta meter los dedos por el borde —susurró ella.

—Venga, adelante —dijo él, sonriendo por primera vez en toda esa noche.

Al instante ella se giró a mirarlo.

—¿Por qué de repente estás tan afable? —le preguntó, desconfiada.

—Una simple apreciación de tu utilidad.

Ella frunció los labios.

—Mmm... ¿Sabes?, creo que no me fío de ti.

—Y no debes, por nada del mundo.

Ella volvió a su tarea, y él la observó manipular la ventana hasta que esta se abrió.

—¡Lo conseguí! —dijo ella, en tono triunfal, aun cuando solo fue un susurro.

Él asintió, expresándole su admiración. Hyacinth era bastante insoportable, pero es de justicia reconocerle el mérito a quien le corresponde.

—Ahora te voy a empujar —dijo—. Tendrías que poder...

Pero ella ya estaba dentro. Gareth no pudo dejar de retroceder un paso, admirado. Estaba claro: Hyacinth Bridgerton era una atleta innata.

O eso, o una ladrona experta en entrar por los balcones.

Ella asomó la cara por la ventana.

—Creo que no nos ha oído nadie —susurró—. ¿Puedes subir solo?

Él asintió.

—Con la ventana abierta, no es ningún problema.

Había hecho eso varias veces, cuando era escolar y estaba de vacaciones en casa. La pared era de piedra, por lo que había lugares rugosos y salientes lo bastante anchos para afirmar el pie. A eso se sumaba la saliente puntiaguda que podía coger con la mano...

Tardó menos de veinte segundos en estar dentro.

—Estoy admirada —comentó Hyacinth, asomándose a mirar por la ventana.

—Admiras cosas raras —dijo él, limpiándose el polvo.

—Cualquiera puede traer flores —dijo ella, encogiéndose de hombros.

—¿Quieres decir que lo único que necesita hacer un hombre para conquistar tu corazón es escalar una casa?

Ella volvió a mirar por la ventana hacia el suelo.

—Bueno, tendría que ser algo más alto que esto. Hasta la primera planta, como mínimo.

Él agitó la cabeza, pero no pudo dejar de sonreír.

—¿Dijiste que el diario hablaba de una habitación pintada en tonos verdes?

Ella asintió.

—No estoy totalmente segura del significado. Podría ser un salón. O tal vez un despacho. Pero habla de una ventana redonda pequeña.

—El despacho de la baronesa —decidió él—. Está en la primera planta, contiguo al dormitorio.

—¡Claro! —susurró ella, pero en un susurro vibrante de entusiasmo—. Eso tendría una lógica perfecta. Sobre todo dado que deseaba ocultarlas de su marido. Escribe que él nunca visitaba sus aposentos.

—Subiremos por la escalera principal —dijo él en voz baja—. Por ahí hay menos posibilidades de que nos oigan. La escalera de atrás está demasiado cerca de los cuartos de los criados.

Ella asintió y echaron a andar sigilosamente por la casa. Estaba silenciosa, tal como había supuesto Gareth. El barón vivía solo, y cuando salía, los criados se iban a acostar temprano.

Con la excepción de uno. Se detuvo en seco; debía tomarse un momento para reevaluar la situación. El mayordomo estaría despierto; jamás se iba a acostar cuando se esperaba que lord Saint Clair volviera, pues podría necesitar atención.

—Por aquí —dijo a Hyacinth, solo modulando las palabras, y giró para tomar otra ruta.

Subirían por la escalera principal, pero darían toda una vuelta para llegar a ella.

Hyacinth lo siguió y un minuto después ya iban subiendo la escalera. Gareth la empujó hacia un lado; los peldaños siempre crujían en el centro, y dudaba de que su padre hubiera tenido los fondos para repararlos.

Cuando llegaron al corredor de la primera planta, la condujo hasta el despacho de la baronesa. Era un simpático cuarto pequeño, rectangular, con una ventana y tres puertas: una daba al corredor, otra al dormitorio de la baronesa y la otra a un pequeño vestidor, que se usaba más para guardar cosas, pues había un vestidor más cómodo contiguo al dormitorio.

Gareth hizo un gesto a Hyacinth indicándole que ella entrara primero. Después entró él y cerró la puerta con sumo cuidado, sin soltar el pomo hasta que terminó de girarse.

El pestillo entró sin hacer el menor ruido. Entonces él soltó el aliento.

—Dime exactamente qué escribió —le susurró, descorriendo las cortinas para que entrara la luz de la luna.

—Dice que está en un *armadio*. Probablemente es un armario con cajones, o un buró. O podría ser una cómoda. O... —sus ojos se posaron en un curioso mueble, una combinación de armario y buró, alto, pero estrecho, de forma triangular. Ocupaba uno de los rincones del fondo, de la pared opuesta a la ventana. Era de madera oscura, de un color fuerte, sostenido por tres patas delgadas, que lo elevaban unos tres palmos del suelo.

—Ese es —susurró, extasiada—. Tiene que ser.

Ya había atravesado la sala antes de que él hiciera amago de moverse, y cuando él llegó al mueble ella tenía abierto uno de los cajones y lo estaba revisando.

—Vacío —dijo. Se arrodilló y abrió el último cajón de abajo. Tampoco había nada. Levantó la cabeza para mirarlo—. ¿Crees que alguien sacó sus pertenencias después de que muriera?

—No tengo idea —respondió él.

Cogió el pomo de la puerta del armario y con un suave tirón la abrió. Tampoco había nada dentro.

Hyacinth se incorporó y, con las manos en las caderas, contempló el mueble, pensativa.

—No me imagino qué otra cosa...

Dejó de hablar al pasar los dedos por los adornos tallados en la madera cerca del borde superior.

—Tal vez el escritorio —sugirió Gareth, y en dos pasos cruzó la distancia hasta el escritorio.

Pero Hyacinth estaba negando con la cabeza.

—No lo creo. No habría llamado *armadio* a un escritorio. Habría sido *scrivania*.

—Pero tiene cajones —dijo él, abriéndolos e inspeccionándolos.

—Hay algo especial en este mueble —musitó Hyacinth—. Tiene el aspecto de ser mediterráneo, ¿no te parece?

Gareth lo miró.

—Sí —dijo al fin, incorporándose.

—Si lo hubiera traído de Italia —susurró Hyacinth, ladeando ligeramente la cabeza, observando el armario— o se lo hubiera traído su abuela cuando vino a visitarla...

—La conclusión lógica sería que ella sabría si tiene un compartimento secreto —terminó Gareth.

—Y su marido, no —dijo Hyacinth, con los ojos brillantes de entusiasmo.

Gareth cerró rápidamente los cajones del escritorio y volvió al curioso buró.

—Apártate —ordenó.

Acto seguido, pasó las manos por debajo del mueble para separarlo de las paredes. Pero era pesado, mucho más pesado de lo que parecía, y solo logró moverlo unos pocos centímetros, aunque lo suficiente para poder pasar la mano por detrás.

—¿Palpas algo?

Él negó con la cabeza. No podía bajar mucho la mano, por lo que se arrodilló y trató de palpar la madera de atrás por abajo.

—¿Hay algo?

Él volvió a negar con la cabeza.

—Nada. Solo necesito...

Se quedó inmóvil porque sus dedos tocaron una pequeña protuberancia en la madera, de forma rectangular.

—¿Qué es?

—No lo sé —dijo él, subiendo el brazo un poco más—. Es una especie de pomo, o algo así, o tal vez una palanca.

—¿Lo puedes mover?

—Eso intento —dijo él, casi resollando.

No lograba llegar del todo al pequeño pomo, y tenía que doblarse y contorsionarse solo para tocarlo entre dos dedos. Además, tenía enterrado dolorosamente el borde delantero del buró en los músculos del brazo, cerca del hombro, y la cabeza girada, con la mejilla pegada a la puerta.

Resumen, no era la más airosa ni cómoda de las posturas.

—¿Y si lo hago yo? —dijo Hyacinth, metiéndose por un lado del mueble deslizando el brazo por detrás. No tardó en encontrar el saliente.

Al instante Gareth dejó de intentarlo y sacó el brazo.

—No te preocupes —dijo ella, en tono algo compasivo—, no podrías haber metido el brazo aquí. No hay mucho espacio.

—No me importa cuál de los dos llega a ese pomo.

—¿No? ¡Ah! —Se encogió de hombros—. Bueno, a mí sí me importaría.

—Lo sé.

—No es que importe, en realidad, pero...

—¿Notas algo? —interrumpió él.

Ella negó con la cabeza.

—Parece que no se mueve. Lo he empujado hacia arriba y hacia abajo, y de lado a lado.

—Trata de hundirlo.

—Tampoco se hunde. A no ser que... —retuvo el aliento.

—¿Qué?

Ella lo miró con los ojos brillantes, a la tenue luz de la luna.

—Giró. Y sentí sonar algo.

—¿Hay un cajón? ¿Puedes tirarlo hacia fuera?

Hyacinth negó con la cabeza, con los labios fruncidos en expresión de concentración, deslizando la mano a lo ancho y largo de la madera. No encontró ninguna grieta ni corte. Fue bajando lentamente, flexionando las rodillas hasta que llegó al borde de abajo. Entonces miró, y vio un trocito de papel en el suelo.

—¿Estaba esto aquí antes? —preguntó, cogiéndolo.

Pero la pregunta le había salido por reflejo; sabía que no estaba antes.

Gareth se arrodilló a su lado.

—¿Qué es?

—Esto —contestó ella, desdoblando el papel con las manos temblorosas por los nervios—. Creo que cayó de alguna parte cuando yo giré ese pomo.

Sin incorporarse, avanzó a gatas algo más de medio metro hasta que pudo poner el papel bajo un rayo de luz de luna que entraba por la ventana. Mientras ella alisaba el frágil papel, Gareth se acuclilló a su lado, casi tocándola con su cuerpo cálido, duro, avasallador.

—¿Qué dice? —le preguntó, acercando la cabeza, y ella sintió su aliento en la nuca.

—No lo sé. —Pestañeó, obligándose a centrar la atención en las palabras.

La letra era sin duda la de Isabella, pero el papel tenía desgastados los bordes por donde había estado doblado y vuelto a doblar, varias veces, lo que hacía difícil leer.

—Está en italiano —dijo—. Creo que esto podría ser otra pista.

Gareth movió la cabeza de lado a lado.

—Típico de Isabella convertir esto en una búsqueda de fantasía.

—¿Era muy ingeniosa?

—No, pero extraordinariamente aficionada a los juegos. —Se giró a mirar el buró—. No me sorprende que tuviera un mueble como este, con un compartimento secreto.

Hyacinth lo observó pasar la mano por la base del mueble.

—Ahí está —dijo él, admirado.

Ella se arrastró hasta quedar a su lado.

—¿Dónde?

Él le cogió la mano y se la guio por la base hacia un lugar en la parte de atrás. Daba la impresión de que hubiera rotado un trocito de madera, lo suficiente para dejar pasar un papel doblado para que cayera al suelo.

—¿Lo sientes? —preguntó él.

Ella asintió, aunque no sabía si se refería a la madera o al calor de su mano sobre la de ella. Él tenía la piel cálida y algo áspera, como si hubiera estado buen tiempo al aire libre sin guantes. Pero, principalmente, su mano era grande y le cubría totalmente la de ella.

Hyacinth se sentía envuelta, tragada entera.

Y, ¡santo Dios!, solo era su mano.

—Tendríamos que volver esto a su sitio —se apresuró a decir, impaciente por hacer algo que la obligara a centrar la atención en otra cosa.

Liberando la mano de la de él, giró el trozo de madera para dejarlo tal como estaba. Era improbable que alguien notara el cambio en la base del armario, sobre todo dado que el compartimento secreto no había sido detectado durante más de sesenta años, pero de todos modos, le parecía prudente dejarlo todo tal como lo encontraron.

Gareth asintió, manifestando su acuerdo. Haciéndole un gesto para que se hiciera a un lado, empujó el mueble hasta dejarlo adosado a la pared.

—¿Encontraste algo útil en la nota? —preguntó.

—¿La nota? ¡Ah, la nota! —dijo ella, sintiéndose absolutamente idiota—. Todavía no. No logro leer nada con solo la luz de la luna. ¿Crees que sería arriesgado encender una...?

Se interrumpió. No le quedó más remedio. Gareth le había puesto la mano sobre la boca, con fuerza.

Con los ojos agrandados, le miró la cara. Él tenía un dedo en los labios, y movió la cabeza hacia la puerta.

Entonces Hyacinth lo oyó. Se oían pasos en el corredor.

—¿Tu padre? —preguntó, cuando él le quitó la mano de la boca.

Pero él no la estaba mirando.

Gareth se incorporó y con el mayor sigilo caminó hasta la puerta. Colocó el oído en la madera y al instante retrocedió, moviendo la cabeza hacia la izquierda.

Hyacinth no tardó ni un segundo en estar a su lado, y antes de que se diera cuenta, él ya la había hecho entrar por una puerta en un lugar que parecía ser un inmenso armario empotrado lleno de ropa. Estaba oscuro como boca de lobo, y había poco espacio para moverse. Quedó con la espalda apoyada en algo blando, que parecía ser un vestido de brocado y con la espalda de Gareth apoyada en ella.

No sabía si lograría respirar.

Él le acercó los labios al oído y sintió más que oyó su susurro:

—No digas ni una sola palabra.

Se oyó el clic al abrirse la puerta del despacho que daba al corredor y luego se oyeron pisadas de pies pesados.

Hyacinth retuvo el aliento. ¿Sería el padre de Gareth?

—Esto es raro —dijo una voz masculina.

A ella le pareció que la voz venía de cerca de la ventana y...

¡Ay, no! Habían dejado abiertas las cortinas.

Le cogió la mano a Gareth y se la apretó fuertemente, como si así pudiera comunicarle eso.

Quien fuera el que estaba en la habitación, avanzó unos pasos y se detuvo.

Aterrada por la idea de que los sorprendieran, Hyacinth, movió cautelosamente la mano por detrás, tratando de calcular el fondo del armario. Al no encontrar una pared, se metió por entre dos de los vestidos y se colocó detrás de ellos, y antes de soltarle la mano a Gareth le dio un tirón, para indicarle que hiciera lo mismo. Sin duda sus pies seguían visibles por debajo de los vestidos, pero por lo menos, si el hombre abría la puerta del armario, no se encontraría con su cara al nivel de sus ojos.

Oyó abrirse y cerrarse una puerta y luego sonaron nuevamente los pasos por la alfombra. Era evidente que el hombre se había asomado al dormitorio de la baronesa, que Gareth le había dicho que comunicaba con el pequeño despacho.

Tragó saliva. Si el hombre se tomó el tiempo para asomarse al dormitorio, la siguiente puerta que abriría sería la de ese armario. Retrocedió otro poco hasta que tocó la pared con el hombro. Gareth estaba a su lado, y de pronto la atrajo hacia él, la movió hasta dejarla pegada a la esquina y cubrió su cuerpo con el de él.

Quería protegerla. La cubría con su cuerpo para que, en el caso de que el hombre abriera la puerta, solo lo viera a él.

Oyó acercarse los pasos. El pomo de la puerta estaba suelto y rechinaba, y rechinó cuando una mano lo cogió.

Se aferró a Gareth, cerrando las manos en los costados de su chaqueta. Él estaba casi pegado a ella, escandalosamente pegado, con la espalda apoyada en ella con tanta fuerza que sentía su cuerpo a todo lo largo del de ella, desde las rodillas a los hombros.

Y todo lo demás entre medio.

Se obligó a respirar parejo y en silencio. Sentía algo especial por su posición, mezclado con la circunstancia en que se encontraba; era miedo combinado con una percepción especial, y la caliente proximidad del cuerpo de él. Se sentía rara, casi como si estuviera suspendida en el tiempo, lista para elevar los pies y alejarse flotando.

Sintió el extrañísimo deseo de apretarse más a él, de arquear las caderas y acunarlo. Estaba en un armario empotrado, el armario de una persona desconocida, y a medianoche, y sin embargo, aun cuando estaba paralizada de terror, no podía dejar de sentir algo más, algo más potente que el miedo. Era una especie de excitación, una emoción, algo embriagador y nuevo, que le aceleraba el corazón, le hacía vibrar la sangre y...

Y otra cosa también. Algo que no estaba del todo preparada para analizar o identificar.

Se mordió el labio.

Oyó girar el pomo.

Se le abrieron los labios.

Se abrió la puerta.

Y entonces, asombrosamente, volvió a cerrarse. Se le relajó todo el cuerpo, apoyada en la pared, y notó que Gareth se relajaba apoyado en ella. No comprendía cómo fue que no los descubrieron; tal vez Gareth estaba mejor oculto por la ropa de lo que ella había creído. O tal vez la luz era demasiado tenue, o al hombre no se le ocurrió mirar hacia abajo, y no vio los pies que sobresalían por debajo de los vestidos. O tal vez era miope, o tal vez...

O tal vez simplemente tenían una condenada suerte.

Esperaron en silencio hasta que se hizo evidente que el hombre había salido del despacho de la baronesa, y luego esperaron otros cinco minutos más, para estar seguros. Pero finalmente Gareth se apartó de ella y se abrió paso por entre los vestidos hasta la puerta del armario. Ella continuó atrás, hasta que lo oyó susurrar:

—Vámonos.

Lo siguió en silencio, caminando sigilosamente por la casa, hasta llegar a la ventana con el pasador roto. Gareth saltó fuera primero y entonces levantó las manos para afirmarla y equilibrarla mientras ella, apoyada en la pared, cerraba la ventana para luego saltar al suelo.

—Sígueme —dijo él, cogiéndole la mano y echando a correr.

Y así continuaron, ella corriendo y tropezando detrás de él por las calles de Mayfair. Y a medida que avanzaban, con cada paso que daba, una astillita del miedo que la atenazara en el armario iba siendo reemplazada por entusiasmo.

Por euforia.

Cuando llegaron al final de Hay Hill, se sentía como si fuera a reventar de risa, hasta que tuvo que enterrar los talones en el suelo para decir:

—¡Para! No puedo respirar.

Gareth se detuvo, pero giró la cabeza y la miró con ojos severos.

—Tengo que llevarte a casa.

—Lo sé, lo sé, lo que pasa es...

Él agrandó los ojos.

—¿Te estás riendo?

—¡No! O sea sí. Es decir... —sonrió sin poder evitarlo—, podría.

—Estás loca.

—Eso creo —dijo ella, asintiendo, todavía sonriendo como una tonta.

Entonces él se giró del todo, con las manos en las caderas.

—¿Es que no tienes ni una pizca de sensatez? Podrían habernos sorprendido ahí. Ese era el mayordomo de mi padre y, créeme, jamás ha tenido ni un asomo de sentido del humor. Si nos hubiera descubierto, mi padre nos habría enviado a la cárcel y tu hermano nos habría llevado derechos a una iglesia.

—Lo sé —dijo Hyacinth, tratando de parecer adecuadamente solemne. Fracasó.

Horrorosamente.

Finalmente renunció y dijo:

—Pero, ¿verdad que fue divertido?

Por un momento pensó que él no contestaría. Por un momento le pareció que de lo único que era capaz él era de mirarla con una expresión sombría, estupefacta. Pero entonces oyó su voz, grave, incrédula:

—¿Divertido?

Ella asintió.

—Un poquito al menos.

Apretó los labios, tratando de curvar hacia abajo las comisuras, para lograr algún gesto, el que fuera, que le impidiera echarse a reír como una loca.

—Estás loca —dijo él, mirándola con expresión severa, escandalizada y (¡Dios la amparara!) dulce al mismo tiempo—. Estás total y absolutamente loca. Todos me lo decían pero yo no lo creía del todo...

—¿Alguien te ha dicho que estoy loca? —interrumpió ella.

—Que eres excéntrica.

—¡Ah! —Frunció los labios—. Bueno, eso es cierto, supongo.

—Demasiado trabajo para un hombre cuerdo.

—¿Eso es lo que dicen? —preguntó ella, comenzando a sentirse ligeramente menos halagada.

—Todo eso y más —confirmó él.

Ella pensó en eso un momento y finalmente se encogió de hombros.

—Bueno, no tienen ni una pizca de sentido común esas personas.

—¡Buen Dios!, hablas exactamente igual que mi abuela.

—Ya me lo has dicho —dijo ella. Y entonces no pudo resistirse; tenía que preguntárselo—: Pero dime —se le acercó un poquito—, sinceramente, ¿no sentiste un poquito de euforia? Una vez que pasó el miedo a que nos descubrieran y viste que no nos detectaron, ¿no lo encontraste aunque fuera un poquito maravilloso? —terminó con un suspiro.

Él la miró y ella no supo si fue efecto de la luz de la luna o su fantasiosa imaginación, pero creyó ver destellar algo en sus ojos, algo suave, algo un poquitín indulgente.

—Un poquito —dijo él entonces—. Pero solo un poquito.

Ella sonrió.

—Sabía que no eres apocado.

Entonces él la miró con una expresión que no podía ser otra cosa que irritación; nadie lo había acusado jamás de ser un soso y un aburrido.

—¿Apocado? —repitió, disgustado.

—Un miedica.

—Entendí lo que quisiste decir.

—¿Entonces por qué lo preguntas?

—Porque tú, señorita Bridgerton...

Y así continuaron, todo el resto del camino a la casa de ella.

10

Ya es la mañana siguiente. Hyacinth continúa de excelente humor. Por desgracia, su madre comentó tantas veces eso durante el desayuno que finalmente se vio obligada a correr a encerrarse en su dormitorio.

Violet Bridgerton es una mujer excepcionalmente astuta, después de todo, y si alguien es capaz de adivinar que Hyacinth se está enamorando, sería ella.

Posiblemente antes que Hyacinth incluso.

Hyacinth estaba canturreando para sus adentros, sentada ante el pequeño escritorio de su dormitorio, tamborileando los dedos sobre el papel secante. Había traducido y vuelto a traducir la nota que encontraron esa noche en el pequeño despacho verde, y seguía sin satisfacerla del todo el resultado. Pero ni siquiera eso podía apagarle el buen ánimo.

Sí que se había llevado una pequeña decepción al no haber encontrado los diamantes esa noche, pero la nota que cayó del curioso buró parecía indicar que las joyas seguían en su escondite a disposición de ellos. Por lo menos era seguro que nadie había seguido las pistas dejadas por Isabella.

Jamás se sentía más feliz que cuando tenía una tarea, un objetivo, algún tipo de búsqueda. Le encantaba el reto de resolver un rompecabezas, de analizar una pista. E Isabella Marinzoli Saint Clair había convertido lo que sin duda habría sido una temporada aburrida y vulgar en la primavera más excitante de su vida.

Fijó los ojos en la nota, torciendo la boca para obligarse a volver la atención a la tarea que tenía entre manos. Solo tenía el setenta por ciento de la traducción, según su optimista cálculo, pero creía haber traducido lo suficiente para justificar otro intento. Estaba casi segura de que la siguiente pista, o los diamantes, si tenían suerte, estaba en la biblioteca.

—En un libro, me imagino —musitó, mirando por la ventana sin ver nada.

Pensó en la biblioteca Bridgerton, de la casa de su hermano en Grosvenor Square. La sala en sí no era enorme, pero las estanterías cubrían las paredes del suelo al cielo raso.

Y los estantes estaban llenos de libros; hasta el último trocito.

—Es posible que los Saint Clair no sean muy aficionados a la lectura —se dijo, volviendo nuevamente la atención a la nota de Isabella.

Seguro que en esas crípticas palabras tenía que haber algo que indicara qué libro había elegido como escondite. Tenía que ser un libro científico, de eso estaba bastante segura. Isabella había subrayado unas palabras, lo que la llevaba a pensar que tal vez estas formaban el título de un libro, puesto que en el contexto no tenía sentido subrayarlas para dar énfasis. Y entre las palabras subrayadas estaban el agua y «cosas que se mueven», lo cual parecía indicar que trataba de física. No era que ella hubiera estudiado física alguna vez, lógicamente, pero tenía cuatro hermanos que fueron a la Universidad, y los había oído hablar de sus estudios lo suficiente para tener un vago conocimiento, si no de la asignatura en sí, al menos de lo que significaba el nombre o más o menos de lo que trataba el tema.

De todos modos, no estaba tan segura de su traducción como habría querido, ni del significado de las palabras. Tal vez si le enseñaba a Gareth lo que ya tenía traducido, él vería algo que ella no veía. Al fin y al cabo él estaba más familiarizado que ella con la casa y su contenido. Podría saber de algún libro raro o interesante, algo único, especial, o fuera de lo común.

Gareth.

Al pensar en él sonrió, con una sonrisa tonta, de chiflada, una sonrisa que moriría antes que permitir que alguien se la viera.

Esa noche había ocurrido algo. Algo especial.

Algo importante.

Ella le gustaba. Le gustaba de verdad. Habían reído y parloteado todo el camino de vuelta a casa. Y cuando la dejó en la puerta de servicio, la miró con los ojos entornados, con esa mirada algo penetrante de él. Y le sonrió también, curvando la comisura de la boca como si tuviera un secreto.

Se estremeció. En realidad no supo qué decir, como si se hubiera olvidado de hablar. Y pensó si él volvería a besarla, lo que él no hizo, claro, pero tal vez...

Tal vez pronto...

No le cabía duda de que seguía sacándolo un poco de quicio. Pero al parecer sacaba de quicio a todo el mundo, así que decidió no darle demasiada importancia a eso.

Pero ella le caía bien. Además, él respetaba su inteligencia también. Y si se resistía a demostrarle eso con la frecuencia que a ella le gustaría, bueno, tenía cuatro hermanos. Ya hacía tiempo que sabía que hace falta un verdadero milagro para lograr que reconozcan que una mujer puede ser más inteligente que un hombre en cualquier cosa que no sean telas, jabones perfumados y té.

Giró la cabeza para mirar el reloj que tenía sobre la repisa de su pequeño hogar. Ya era pasado el mediodía. Gareth le había prometido que la visitaría esa tarde para ver cómo le iba en la traducción de la nota. Probablemente eso no significaba antes de las dos, pero, técnicamente, ya era la tarde, y...

Alertó los oídos. Le pareció oír movimientos de alguien fuera de la puerta. Su habitación daba a la fachada de la casa, por lo que generalmente oía cuando alguien entraba o salía. Se levantó y fue hasta la ventana. Miró ocultándose tras las cortinas, por si lograba ver si había alguien en la escalinata de entrada.

Nadie.

Fue hasta la puerta y la entreabrió lo justo para escuchar.

Nada.

Salió al corredor, con el corazón retumbante de expectación. La verdad, no había ningún motivo para ponerse nerviosa, pero no había podido dejar de pensar en Gareth, los diamantes y...

—Eh, Hyacinth, ¿qué estás haciendo?

Pegó un salto tan brusco que casi se salió de la piel.

—Lo siento —dijo su hermano Gregory, sin parecer sentirlo en absoluto.

Estaba detrás de ella, o mejor dicho, había estado antes de que ella se girara sorprendida. Se veía ligeramente desaliñado, con su pelo castaño cobrizo todo revuelto por el viento, y algo más largo de lo que estaba de moda.

—No hagas nunca eso —dijo, poniéndose la mano en el corazón, como si así pudiera calmarlo.

Él se cruzó de brazos y apoyó el hombro en la pared.

—Es lo que hago mejor —dijo, sonriendo.

—No es algo de lo que yo alardearía —replicó ella.

Él se desentendió del insulto, dedicado a quitar una hilacha imaginaria de la manga de su chaqueta de montar.

—¿Qué estabas haciendo tan escondida?

—No estoy escondida.

—Pues claro que lo estás. Es lo que haces mejor.

Ella lo miró enfurruñada, pero al instante pensó que eso era una tontería. Gregory era dos años y medio mayor que ella, y vivía para fastidiarla; siempre, toda la vida. Los dos estaban algo separados del resto de la familia por la edad. Gregory era casi cuatro años menor que Francesca y diez años menor que Colin, el tercero de los hermanos. Por lo tanto, siempre habían estado los dos solos, formando una especie de dúo.

Un dúo de altercados y pinchazos, como sapos en el agua, pero dúo de todos modos, y aunque las peores travesuras ya habían pasado a la historia del pasado, ninguno de los dos era capaz de resistirse a pinchar al otro.

—Me pareció oír entrar a alguien —dijo Hyacinth.

—Fui yo —dijo él, sonriendo levemente.

—Ahora ya lo sé —dijo ella, poniendo la mano en el pomo de la puerta y abriéndola—. Si me disculpas...

—Te veo agitada hoy.

—No estoy agitada.

—Lo estás. Eso es...

—No es lo que hago mejor. Es...

—Sí que estás agitada —dijo él, sonriendo de oreja a oreja.

—Estoy... —cerró firmemente la boca; no se iba a rebajar a portarse como una niñita de tres años—. Ahora tengo que volver a mi habitación. Tengo un libro por leer.

Pero antes de que ella diera un paso para entrar, él dijo a su espalda:

—Te vi con Gareth Saint Clair la otra noche.

Hyacinth se quedó inmóvil. Él no podía saberlo, seguro. Nadie los había visto. De eso estaba segura.

—En la casa Bridgerton —continuó él—. Apartados, en un rincón del salón de baile.

Hyacinth espiró lentamente y se giró a mirarlo.

Gregory la estaba mirando con su habitual sonrisa despreocupada, pero ella vio algo más en su expresión, un cierto destello ladino en sus ojos.

Aunque su comportamiento diera a entender lo contrario, su hermano no era ningún estúpido. Y al parecer creía que su papel en la vida era vigilar a su hermana menor. Tal vez porque era el penúltimo y ella era la única con la que podía adoptar un papel de superior. Los demás no lo tolerarían.

—Soy amiga de su abuela —explicó, pues eso le pareció agradablemente neutro y soso—. Lo sabes.

—Los dos estabais muy absortos en una conversación acerca de algo.

—No era de nada que te pueda interesar a ti.

Él arqueó una molesta ceja.

—Podría sorprenderte.

—Rara vez me sorprendes.

—¿Te has propuesto conquistarlo?

—Eso no es asunto tuyo.

Él sonrió triunfante.

—Eso quiere decir que sí.

Hyacinth alzó el mentón, mirándolo francamente a los ojos.

—No lo sé —dijo, porque a pesar de sus constantes altercados, él la conocía mejor que nadie en el mundo.

Y seguro que se daría cuenta si le mentía.

O la torturaría hasta que ella le dijera la verdad.

Las cejas de Gregory desaparecieron bajo un mechón de pelo, que llevaba demasiado largo y continuamente le caía sobre los ojos.

—¿Sí? Bueno, eso sí que es una noticia.

—Solo para tus oídos —le advirtió ella—, y en realidad no es una noticia. Todavía no lo he decidido.

—Todavía.

—Lo digo en serio, Gregory. No me hagas lamentar haber confiado en ti.

—Mujer de poca fe.

A ella la inquietó su falta de seriedad. Poniéndose las manos en las caderas, le dijo:

—Solo te lo he dicho porque muy de vez en cuando no eres un idiota absoluto, y porque, en contra de lo que dictaría el sentido común, te quiero.

Él se puso serio, y ella recordó que a pesar de los estúpidos (en su opinión) intentos de parecer un alegre irresponsable, era en realidad muy inteligente y tenía un corazón de oro.

Un «retorcido» corazón de oro.

—Y no olvides —añadió, pues le pareció necesario— que dije «tal vez».

Él frunció el entrecejo.

—¿Lo dijiste?

—Si no lo dije, lo quise decir.

Él hizo un gesto de magnanimidad con la mano.

—Si hay algo que yo pueda hacer...

—Nada —dijo ella, firmemente, mientras por su cabeza pasaban flotando horribles imágenes de Gregory entrometiéndose—. Absolutamente nada. Por favor.

—Un decidido desperdicio de mis talentos.

—¡Gregory!

—Bueno —dijo él, exhalando un exagerado suspiro—, tienes mi aprobación, por lo menos.

—¿Por qué? —preguntó ella, desconfiada.

—Sería un matrimonio excelente —dijo él—. Si no en otra cosa, piensa en los hijos.

Sabiendo que lo lamentaría, ella cedió a la necesidad de preguntar:

—¿Qué hijos?

Él sonrió de oreja a oreja.

—Todos los lindos y ceceantes hijitos que podríais tener. Imagínate: Garezz y Hyacinzz. Hyacinz y Garez. Y los zublimes críoz Zanclair.

Hyacinth lo miró como si fuera un idiota. Porque era un idiota. De eso estaba segura.

Movió la cabeza de lado a lado.

—Cómo se las arregló mi madre para dar a luz a siete hijos perfectamente normales y a un fenómeno es algo que escapa a mi comprensión.

—Por aquí ze va a la zala de los niñoz —rio Gregory mientras ella entraba en su habitación—, donde veremoz a los monízimoz Zarah y Zamuel Zanclair. Y, ah, zí, no olvidemoz a la pequeñina Zuzannah.

Hyacinth le cerró la puerta en la cara, pero esta no era tan gruesa para bloquear el disparo de despedida:

—Eres un blanco muy fácil, Hy. Y no te olvides de bajar a tomar el té.

Ha transcurrido una hora. Gareth está a punto de enterarse de lo que significa pertenecer a una familia numerosa.

Para bien o para mal.

—La señorita Bridgerton está tomando el té —dijo el mayordomo, haciendo pasar a Gareth al vestíbulo de la casa Número Cinco.

Gareth lo siguió por el vestíbulo hasta el mismo salón rosa y crema en el que estuvo con Hyacinth la semana anterior.

¡Buen Dios!, ¿solo hacía una semana? Le parecía toda una vida.

Pero claro, andar a escondidas por la noche, infringir la ley y estar muy cerca de arruinar la reputación de una damita decente tiende a envejecer prematuramente a un hombre.

El mayordomo entró en la sala, entonó su nombre y se hizo a un lado para dejarlo entrar.

—¡Señor Saint Clair!

Sorprendido, se giró a mirar a la madre de Hyacinth, que estaba sentada en un sofá a rayas, dejando la taza de té en el platillo. No sabía por qué lo sorprendía ver a Violet Bridgerton; era lógico que estuviera en su casa a esa hora de la tarde. Pero, por lo que fuera, durante el trayecto solo se había imaginado a Hyacinth.

—Lady Bridgerton —saludó, haciéndole una cortés venia—. ¡Qué placer verla!

—¿Conoce a mi hijo? —preguntó ella.

¿Hijo? Él no se había dado cuenta de que hubiera otra persona en el salón.

—Mi hermano Gregory —dijo la voz de Hyacinth.

Estaba sentada frente a su madre, en un sofá idéntico; ladeó la cabeza hacia la ventana, donde estaba Gregory Bridgerton, examinándolo con una temible sonrisa sesgada.

La sonrisa satisfecha de un hermano mayor, comprendió Gareth. Tal vez era la misma sonrisa que él tendría en la cara si tuviera una hermana menor para torturar y proteger.

—Nos conocemos —dijo Gregory.

Gareth asintió. Se habían cruzado de tanto en tanto en la ciudad y habían sido alumnos en Eton al mismo tiempo. Pero él era varios años mayor, por lo que nunca se habían conocido bien.

—Bridgerton —musitó, saludándolo con una inclinación de la cabeza.

Gregory se apartó de la ventana y fue a dejarse caer al lado de Hyacinth.

—Me alegra verte —dijo en dirección a Gareth—. Hyacinth dice que eres su amigo especial.

—¡Gregory! —exclamó Hyacinth. Volviéndose hacia Gareth, se apresuró a decir—: No he dicho eso.

—Se me ha roto el corazón —dijo Gareth.

Hyacinth lo miró con una expresión algo malhumorada y siseó a su hermano:

—Basta.

—¿No le apetece una taza de té, señor Saint Clair? —le ofreció lady Bridgerton, pasando por alto la riña entre sus hijos como si no estuviera ocurriendo—. Es una mezcla especial que me gusta especialmente.

—Encantado.

Fue a sentarse en el mismo sillón donde se sentó cuando estuvo con Hyacinth, principalmente porque así dejaba más distancia entre él y Gregory, aunque en realidad no sabía cuál Bridgerton tenía más probabilidades de derramarle té caliente en los muslos.

Pero quedó en una posición rara. Estaba en el extremo más corto de la mesa baja del centro, y estando los Bridgerton sentados en los sofás, daba la impresión de que estaba sentado en la cabecera.

—¿Leche? —preguntó lady Bridgerton.

—Sí, gracias —contestó Gareth—. Azúcar no, por favor.

—Hyacinth se lo toma con tres cucharadas —comentó Gregory cogiendo una galleta.

—¿Y qué le puede importar eso a él? —dijo Hyacinth, entre dientes.

—Bueno —repuso Gregory, tomando un bocado y masticando—, es tu amigo especial.

—No es... —miró a Gareth—. No le haga caso.

Gareth encontraba bastante molesto que un hombre menor que él lo tratara con esa especie de superioridad, pero al mismo tiempo, Gregory lo estaba haciendo muy bien fastidiando a Hyacinth, empresa que él solo podía aprobar.

Así que decidió mantenerse fuera de la contienda, por lo que se giró hacia lady Bridgerton, que, daba la casualidad, era la persona que tenía más cerca.

—¿Y cómo se encuentra esta tarde? —le preguntó.

Lady Bridgerton le obsequió con una leve sonrisa, pasándole la taza de té.

—Hombre listo —musitó.

—Solo es el instinto de autoconservación —dijo, evasivo.

Oyó una suave exclamación. Cuando miró a Hyacinth, ella lo estaba mirando indignada, como si quisiera apuñalarlo con la mirada. Su hermano estaba sonriendo de oreja a oreja.

—Lo siento —dijo, más que nada porque le pareció que era lo apropiado. No lo dijo en serio, lógicamente.

—No pertenece a una familia numerosa, ¿verdad, señor Saint Clair?

—No —dijo él tranquilamente, bebiendo un poco de té, que era de una calidad excelente, por cierto—. Solo tuve un hermano. —Guardó silencio, luchando, para contener la tristeza que lo embargaba cada vez que pensaba en su hermano, y concluyó—: Murió el año pasado.

—¡Oh! —dijo lady Bridgerton, cubriéndose la boca con una mano—. ¡Cuánto lo siento! Lo había olvidado totalmente. Perdóneme, por favor. Y acepte mis más sinceras condolencias.

La disculpa fue tan natural y la condolencia tan sincera que Gareth casi sintió la necesidad de consolarla. La miró, directamente a los ojos, y comprendió que ella lo entendía.

La mayoría de las personas no entendían. Todos sus amigos le dieron una palmada en la espalda, incómodos, diciendo que lo sentían, pero no entendieron. Tal vez la abuela Danbury, sí; ella también lamentó la muerte de George. Pero eso era distinto, porque él y su abuela estaban muy unidos. Lady Bridgerton era prácticamente una desconocida y, sin embargo, le importaba.

Eso lo encontró conmovedor y, hasta cierto punto, desconcertante. No logró recordar ninguna ocasión en que alguien le hubiera dicho algo así en serio.

A excepción de Hyacinth, claro; ella siempre decía en serio lo que fuera que dijera. Pero de todos modos, nunca se mostraba del todo, nunca se permitía mostrar vulnerabilidad.

La miró. Estaba sentada con la espalda muy derecha y las manos cogidas en la falda, observándolo con expresión de curiosidad.

No podía criticarla por eso. Él era exactamente igual.

—Gracias —dijo a lady Bridgerton—. George fue un hermano excepcional, y el mundo quedó más pobre por perderlo.

Lady Bridgerton guardó silencio un momento y luego, como si le hubiera leído los pensamientos, le sonrió y dijo:

—Pero usted no desea seguir hablando de eso ahora. Hablemos de otra cosa.

Gareth miró a Hyacinth. Estaba muy quieta, pero él vio cómo le subía y bajaba el pecho, con la respiración agitada por la impaciencia. Había avanzado en la traducción, de eso no le cabía duda, y seguro que deseaba contarle de qué se había enterado.

Tuvo buen cuidado de reprimir una sonrisa. Estaba seguro de que Hyacinth fingiría estar muerta si con eso lograba una entrevista a solas con él.

—Lady Danbury habla muy bien de usted —dijo lady Bridgerton.

Él la miró.

—Tengo suerte de ser su nieto.

—Siempre me ha caído bien su abuela —continuó lady Bridgerton, bebiendo un poco de té—. Sé que asusta a la mitad de Londres...

—Ah, a mucho más de la mitad —dijo él, afablemente.

—Eso querría ella —rio lady Bridgerton.

—Muy cierto.

—Yo, en cambio, siempre la he encontrado muy encantadora. Como una ráfaga de aire fresco, en realidad. Y, por supuesto, muy astuta y sensata para juzgar el carácter.

—Se lo diré.

—Habla muy bien de usted.

Vaya, eso era una repetición. No supo si lo hacía adrede o no, pero de todos modos, no podría haber hablado más claro si lo hubiera llevado a un lado y ofrecido dinero para que le propusiera matrimonio a su hija.

Claro que ella no sabía que su padre no era lord Saint Clair, ni que él no sabía quién era su padre. Por encantadora y generosa que fuera la madre de Hyacinth, dudaba mucho de que se esforzara tanto en elogiarlo si supiera que era muy probable que llevara la sangre de un lacayo.

—Mi abuela también habla muy bien de usted —le dijo—. Lo cual es todo un cumplido, puesto que rara vez habla bien de alguien.

—Con la excepción de Hyacinth —terció Gregory.

Gareth lo miró. Casi había olvidado la presencia del joven.

—Sí —dijo tranquilamente—. Mi abuela adora a tu hermana.

—¿Sigues yendo a leerle todos los miércoles? —preguntó Gregory a Hyacinth.

—Los martes.

—Ah, lo ziento.

Gareth pestañeó. ¿Ceceaba el hermano de Hyacinth?

—Señor Saint Clair —dijo Hyacinth, después de darle un codazo en las costillas a su hermano, que él vio claramente.

—¿Sí? —dijo, simplemente por ser amable.

Ella se había quedado callada y él tuvo la impresión de que había dicho su apellido sin pensar antes en algo para decirle.

—Tengo entendido que es usted un muy buen espadachín —dijo ella entonces.

Él la miró curioso. ¿Adónde quería llegar?

—Me gusta la esgrima, sí —contestó.

—Siempre he deseado aprender.

—¡Santo Dios! —gruñó Gregory.

—Sería muy buena para la esgrima —protestó ella.

—No me cabe duda —contestó Gregory—. Justamente por eso no se te debería permitir jamás estar a menos de doce pasos de una espada. Es diabólica —explicó a Gareth.

—Sí, lo he notado —musitó Gareth, pensando que tal vez el hermano de Hyacinth era más inteligente de que había creído.

Gregory se encogió de hombros y se inclinó para coger otra galleta.

—Probablemente por eso no conseguimos casarla —dijo.

—¡Gregory! —exclamó Hyacinth, pero solo porque lady Bridgerton se había disculpado y seguido a un lacayo hasta el vestíbulo.

—¡Pero si es un cumplido! —protestó Gregory—. ¿No has esperado toda tu vida que yo esté de acuerdo en que eres más inteligente que cualquiera de los pobres tontos que han intentado cortejarte?

—Tal vez te cueste creerlo —replicó Hyacinth—, pero no me voy a la cama cada noche pensando «Ay, ojalá mi hermano me dijera algo que en su retorcida mente pase por un cumplido».

Gareth se atragantó con el té.

—¿Ves por qué la llamo «diabólica»? —preguntó Gregory a Gareth.

—Sin comentarios —dijo Gareth.

—¡Mirad quién está aquí! —exclamó lady Bridgerton desde la puerta.

Y justo a tiempo, pensó Gareth. Diez segundos más y Hyacinth habría asesinado alegremente a su hermano.

Miró hacia la puerta y al instante se levantó. Detrás de lady Bridgerton estaba una de las hermanas mayores de Hyacinth, la casada con un duque. Al menos le pareció que era ella. Todas se parecían tan fastidiosamente que no podía estar seguro.

—¡Daphne! —exclamó Hyacinth—, ven a sentarte a mi lado.

—No hay espacio a tu lado —dijo Daphne, pestañeando desconcertada.

—Lo habrá, tan pronto como Gregory salga de aquí —dijo Hyacinth, con alegre malignidad.

Gregory se levantó, haciendo todo un alarde de ofrecerle el asiento a su hermana.

—Hijos —dijo lady Bridgerton suspirando mientras volvía a sentarse—. Nunca sé muy bien si me alegra haberlos tenido.

Pero nadie habría confundido el humor que se detectaba en su voz con algo que no fuera cariño. Gareth se sintió encantado. El hermano de Hyacinth era un poco pelma, por lo menos cuando estaba con Hyacinth, y las pocas veces que había oído conversar a más de dos Bridgerton, se interrumpían hablando al mismo tiempo y rara vez resistían el impulso de intercambiar pullas y pinchazos.

Pero se querían. Eso estaba clarísimo.

—Me alegra verla, excelencia —dijo a la joven duquesa, cuando ella ya estaba sentada al lado de Hyacinth.

—Por favor, llámeme Daphne —dijo ella, sonriendo alegremente—. No hay ninguna necesidad de formalismos si es amigo de Hyacinth. Además —añadió, cogiendo una taza y sirviéndose té ella misma—, no puedo sentirme duquesa en la sala de estar de mi madre.

—¿Qué se siente, entonces?

—Mmm... —bebió un trago de té—. Simplemente Daphne Bridgerton, supongo. Es difícil desprenderse del apellido en este clan. En espíritu, quiero decir.

—Espero que eso sea un cumplido —dijo lady Bridgerton.

Daphne le sonrió.

—Jamás escaparé de ti, me parece. No hay nada como la propia familia para hacerte sentir que no has crecido —comentó a Gareth.

Recordando su último encuentro con el barón, Gareth dijo, tal vez con más sentimiento del que debiera expresar:

—Sé exactamente qué quiere decir.

—Sí —dijo la duquesa—, me lo imagino.

Gareth no dijo nada. Estaba claro que su distanciamiento del barón era de conocimiento público, aun cuando el motivo no lo fuera.

—¿Cómo están los niños, Daphne? —preguntó lady Bridgerton.

—Traviesos, como siempre. David quiere un cachorro, de preferencia uno que crezca hasta el tamaño de un poni pequeño, y Caroline está desesperada por volver a casa de Benedict. —Bebió un trago de té y miró a Gareth—. Mi hija pasó tres semanas con mi hermano y su familia el mes pasado. Él le ha estado dando clases de dibujo.

—Es un excelente pintor, ¿verdad?

—Tiene dos cuadros expuestos en la National Gallery —dijo lady Bridgerton, sonriendo de orgullo.

—Pero rara vez viene a la ciudad —terció Hyacinth.

—Prefieren el silencio y la tranquilidad del campo —dijo su madre.

Pero Gareth detectó un leve filo en su voz. Una firmeza que indicaba claramente que no quería seguir hablando de ese tema.

Al menos no delante de él.

Hizo un rápido repaso en su memoria, por si había oído comentar algo acerca de algún tipo de escándalo en que hubiera estado involucrado Benedict Bridgerton. No recordó nada, pero claro, Benedict era por lo menos diez años mayor que él, y si había algo adverso en su pasado, lo más probable era que hubiera ocurrido antes de que él viniera a vivir en la ciudad.

Miró a Hyacinth, para ver su reacción a las palabras de su madre. No había sido exactamente una reprimenda, pero estaba claro que impidió a Hyacinth decir algo más.

Pero si Hyacinth estaba ofendida, no lo demostraba. Había vuelto su atención a la ventana, y estaba mirando hacia fuera, con el entrecejo ligeramente fruncido, y pestañeando.

—¿Hace calor fuera? —preguntó a su hermana—. Parece que el día está soleado.

—Mucho —dijo Daphne, con la taza junto a la boca—. Vine a pie desde la casa Hastings.

—Me encantaría salir a caminar —declaró Hyacinth.

A Gareth solo le llevó un segundo captar la indirecta.

—Sería un placer para mí acompañarla, señorita Bridgerton—dijo.

—¿Sí? —dijo Hyacinth, con una radiante sonrisa.

—Yo salí a dar mi paseo esta mañana —dijo lady Bridgerton—. Los crocus están florecidos en el parque. Un poco más allá de la Guard House.

Gareth casi sonrió. El cuartel de los guardias estaba al final de Hyde Park. Les llevaría toda la tarde ir y volver.

Se levantó y le ofreció el brazo.

—¿Vamos a ver los crocus entonces?

—Ah, sería delicioso —dijo Hyacinth, levantándose—. Solo tengo que ir a buscar a mi doncella para que nos acompañe.

Gregory se apartó del alféizar de la ventana, donde había estado apoyado.

—Tal vez yo podría ir también.

Hyacinth le lanzó una mirada disuasoria.

—O tal vez no —musitó él.

—Yo te necesito aquí, en todo caso —dijo lady Bridgerton.

—¿Sí? —preguntó Gregory, sonriendo con la mayor inocencia—. ¿Por qué?

—Porque te necesito —repuso ella, entre dientes.

—Tu hermana estará segura conmigo —dijo Gareth a Gregory—. Te lo prometo.

—Ah, no tengo la menor preocupación respecto a eso —dijo Gregory, con su apacible sonrisa—. La verdadera pregunta es: ¿estarás tú seguro con ella?

Fue una suerte, pensó Gareth después, que Hyacinth ya hubiera salido del salón a buscar su chaqueta y a su doncella, porque lo más probable era que hubiera asesinado a su hermano ahí mismo.

11

Ha transcurrido un cuarto de hora. Hyacinth no tiene la menor idea de que su vida está a punto de cambiar.

Tan pronto como estuvieron en la acera, delante de la casa Número Cinco, Gareth preguntó a Hyacinth:

—¿Es discreta tu doncella?

—Ah, no te preocupes por Frances —dijo ella, terminando de ponerse los guantes—. Tenemos un pacto.

Él arqueó las cejas.

—¿Por qué será que esas palabras, salidas de tus labios, producen terror en mi alma?

—Ah, pues no lo sé —repuso ella alegremente—, pero sí puedo asegurarte que no nos seguirá a menos de doce pasos mientras caminemos. Solo tenemos que pararnos a darle un bote de caramelos de menta.

—¿De menta?

—Es muy fácil de sobornar —explicó Hyacinth, girándose a mirar a Frances, que ya venía caminando detrás de ellos a la distancia requerida, y tenía cara de estar muy aburrida—. Todas las mejores doncellas lo son.

—No lo sabía —musitó Gareth.

—Eso sí lo encuentro difícil de creer —dijo ella.

No le cabía duda de que él había sobornado a doncellas de todo Londres. No lograba imaginarse que él hubiera llegado a su edad, con su reputación, sin haber tenido una aventura con una mujer que deseara mantener en secreto.

Él sonrió con expresión inescrutable.

—Un caballero no habla de esas cosas.

Hyacinth decidió no continuar con el tema, no porque no estuviera muerta de curiosidad, sino porque le pareció que él hablaba en serio y no le iba a revelar ningún secreto, por delicioso que fuera.

Y, la verdad, ¿para qué gastar energía si no iba a llegar a ninguna parte?

—Creí que no escaparíamos jamás —dijo, cuando iban llegando al final de la calle—. Tengo muchísimo que decirte.

Él giró la cabeza para mirarla con evidente interés.

—¿Pudiste traducir la nota?

Hyacinth miró disimuladamente hacia atrás. Sí, había dicho que Frances se mantendría a cierta distancia, pero nunca estaba de más comprobarlo, puesto que a Gregory no le era desconocido el concepto de soborno.

—Sí —dijo, cuando ya había comprobado que no la oirían—. Bueno, la mayor parte por lo menos. Lo suficiente para saber que tenemos que centrar nuestra búsqueda en la biblioteca.

Gareth se rio.

—¿Qué es tan divertido?

—Isabella era mucho más lista de lo que dejaba ver. Si quería elegir una sala en la que era más probable que su marido no entrara, no pudo hacer mejor elección: la biblioteca. Bueno, además del dormitorio, supongo, pero —la miró con esa molesta expresión de superioridad— ese no es un tema para tus oídos.

—Hombre antipático —masculló ella.

—No es esa una acusación que me hagan con frecuencia —dijo él, con una sonrisa levemente divertida—, pero está claro que tú haces aflorar lo mejor de mí.

El sarcasmo era tan evidente que ella solo pudo fruncir el ceño.

—La biblioteca has dicho —musitó él, después de tomarse un momento para disfrutar del fastidio de ella—. Tiene perfecta lógica. Mi abuelo paterno no era un intelectual.

—Espero que eso signifique que no tenía muchos libros —dijo ella, ceñuda—. Sospecho que ella dejó otra pista metida en uno.

—No tenemos esa suerte —dijo él, haciendo un mal gesto—. Puede que mi abuelo no fuera aficionado a los libros, pero sí le importaban muchísimo las apariencias, y ningún barón que se respete tendría una casa sin una biblioteca, o con una biblioteca sin libros.

A Hyacinth se le escapó un gemido.

—Llevará toda una noche revisar los libros de una biblioteca.

Él le sonrió compasivo y a ella le revoloteó algo en el estómago. Abrió la boca para hablar, pero lo único que hizo fue inspirar aire, y no pudo quitarse de encima la extrañísima sensación de que estaba sorprendida.

Pero de qué, no tenía idea.

—Tal vez una vez que veas lo que hay, algo adquirirá sentido de repente —dijo Gareth. Se encogió de hombros en el momento en que iban dando la vuelta a la esquina para entrar en Park Lane—. Ese tipo de cosas me ocurre a mí todo el tiempo. Generalmente cuando menos lo espero.

Hyacinth asintió, todavía algo inquieta por esa extraña sensación, como de mareo, que la había invadido.

—Eso es exactamente lo que he deseado que pudiera ocurrir —dijo, obligándose a reenfocar la atención en el asunto que tenían entre manos—. Pero Isabella es algo críptica para escribir. O..., no sé, tal vez no lo hizo con intención y yo solo pienso eso porque no sé traducir todas las palabras. Pero sí creo que podemos suponer que no encontraremos los diamantes, sino otra pista.

—¿Eso por qué?

—Estoy casi segura —dijo ella, moviendo de arriba abajo la cabeza, pensativa— de que debemos buscar en la biblioteca, concretamente en un libro. Y no veo cómo ella podría haber metido diamantes entre las páginas.

—Podría haber ahuecado un libro, sacándole páginas, creando un escondite.

Ella retuvo el aliento.

—Eso no se me había ocurrido —exclamó, con los ojos agrandados por el entusiasmo—. Tendremos que redoblar los esfuerzos. Creo, aunque no estoy segura, que el libro será uno sobre un tema científico.

—Eso reducirá las posibilidades —dijo él, asintiendo—. Hace tiempo que no he estado en la biblioteca de la casa Saint Clair, pero no recuerdo que hubiera muchos tratados científicos.

Hyacinth frunció ligeramente los labios, tratando de recordar las palabras exactas de la pista.

—Es algo que tiene que ver con agua, pero no creo que sea de Biología.

—Excelente trabajo —dijo él—, y si aún no te lo he dicho, gracias.

Hyacinth estuvo a punto de tropezar, por ese cumplido tan inesperado.

—De nada —dijo, una vez recuperada de la sorpresa—. Me encanta hacerlo. Para ser franca, no sé qué haré cuando todo esto haya acabado. El diario es realmente una agradable distracción.

—¿De qué necesitas distraerte? —preguntó él.

Hyacinth pensó un momento.

—No lo sé —dijo al final. Lo miró y se le frunció el ceño cuando sus ojos encontraron los de él—. ¿No es triste eso?

Él negó con la cabeza y sonrió, y esta vez su sonrisa no fue de superioridad, y ni siquiera irónica; fue simplemente una sonrisa—. Supongo que eso es bastante normal.

Pero ella no estaba muy convencida de eso. Antes de que entrara en su vida el entusiasmo por el diario y la búsqueda de las joyas, no se había dado cuenta de lo mucho que su tiempo estaba metido en un molde. Siempre las mismas cosas, las mismas personas, la misma comida, las mismas vistas.

No se había dado cuenta de lo mucho que deseaba un cambio.

Tal vez esa era otra maldición que podía atribuir a Isabella Marinzoli Saint Clair. Tal vez ni siquiera había deseado un cambio antes de comenzar a traducir el diario. O tal vez no sabía que deseaba un cambio.

Pero ahora..., después de eso...

Tenía la sensación de que nada volvería a ser igual.

—¿Cuándo volveremos a la casa Saint Clair? —preguntó, deseosa de cambiar el tema.

Él suspiró. O tal vez gimió.

—Supongo que no te lo tomarías bien si te dijera que voy a ir solo.

—Muy mal me lo tomaría —confirmó ella.

—Me lo imaginaba. —La miró de reojo—. ¿Todos son tan obstinados como tú en tu familia?

—No —repuso ella francamente—, aunque se acercan bastante. Mi hermana Eloise, en especial. No la conoces. Y Gregory. —Puso los ojos en blanco—. Es una bestia.

—¿Por qué sospecho que sea lo que sea lo que te ha hecho, tú le has devuelto el golpe y luego le has hecho pagar diez veces más?

Ella ladeó la cabeza tratando de parecer muy irónica y sofisticada:

—¿Quieres decir que no me crees capaz de poner la otra mejilla?

—Ni por un segundo.

—Muy bien, es cierto —dijo ella, encogiéndose de hombros; no sería capaz de mantener la farsa mucho tiempo, en todo caso—. Tampoco puedo estarme quieta durante un sermón.

—Yo tampoco —dijo él sonriendo.

—Mentiroso. Ni siquiera lo intentas. Sé de muy buena tinta que jamás vas a la iglesia.

—¿Me tienen vigilado esas personas de tan buena tinta? ¡Qué tranquilizador!

—Tu abuela.

—Ah, eso lo explica. ¿Creerías que mi alma ya no es redimible?

—Por supuesto, pero eso no es motivo para hacernos sufrir al resto.

Él la miró con un destello de picardía en los ojos.

—¿Tan terrible es la tortura de estar en la iglesia sin mi calmante presencia?

—Sabes lo que quiero decir. No es justo que yo tenga que asistir a los servicios religiosos y tú no.

—¿Desde cuándo formamos una pareja que tenga que ajustar cuentas por esas cosas?

La pregunta la desconcertó.

Y le quedó claro que él no pudo resistirse a seguir embromándola, porque dijo:

—Tu familia no fue nada sutil al respecto.

—Ah, eso —dijo ella, reprimiendo a duras penas un gemido.

—¿Eso?

—Ellos.

—No son tan terribles —dijo él.

—No, pero tienen gustos tradicionales. Supongo que debo pedirte disculpas.

—No es necesario —musitó él, aunque sospechó que solo fue una respuesta automática.

Hyacinth exhaló un suspiro. Ya estaba acostumbrada a los intentos, muchas veces desesperados, de su familia por casarla, pero veía cómo eso podía ser inquietante para el pobre hombre así atacado.

—Si te hace sentir mejor —dijo, mirándolo compasiva—, no eres el primer caballero que ha tratado de encajarme.

—¡Qué manera más encantadora de expresarlo!

—Aunque si lo piensas —continuó ella—, en realidad es una ventaja para nosotros si creen que podríamos formar pareja.

—¿Cómo es eso?

Ella pensó rápidamente. Todavía no sabía si deseaba intentar conquistarlo, pero sí sabía muy bien que no quería que él pensara que lo deseaba. Porque si se enteraba, y luego la rechazaba, bueno, nada podría ser más terrible.

Ni doloroso.

—Bueno —dijo, improvisando—, vamos a tener que pasar mucho tiempo en mutua compañía, al menos hasta que terminemos lo del diario. Si mi familia piensa que podría haber un altar al final del viaje, hay muchas menos posibilidades de que pongan objeciones.

Él pareció considerar eso. Pero, ante la sorpresa de ella, no dijo nada, lo cual significaba que tenía que hablar ella.

—La verdad es —dijo entonces, tratando de parecer muy natural y despreocupada— que están locos por librarse de mí.

—Me parece que no eres justa con tu familia —dijo él, en voz baja.

Ella quedó boquiabierta de asombro. Había detectado un matiz en su voz, algo serio, inesperado.

—¡Ah! —dijo, pestañeando, tratando de encontrar un comentario adecuado—. Bueno...

Él se giró a mirarla, con una luz extraña, intensa, en sus ojos.

—Tienes mucha suerte por tener esa familia —dijo.

De repente ella se sintió incómoda. Gareth la estaba mirando con una intensidad..., como si el mundo se estuviera derrumbando alrededor, y solo estaban en Hyde Park, ¡por el amor de Dios!, hablando de su familia.

—Bueno, sí —dijo.

—Solo lo hacen porque te quieren y desean lo mejor para ti.

—¿Quieres decir que tú eres lo mejor para mí? —bromeó ella.

Porque tenía que bromear; no sabía de qué otra manera reaccionar ante el extraño humor de él. Cualquier otra cosa que dijera revelaría demasiado. Y tal vez su broma lo obligaría a revelar algo de él.

—No es eso lo que quise decir, y lo sabes —dijo él, acalorado.

—Perdona —dijo, retrocediendo un paso, desconcertada por su reacción.

Pero él no había acabado. La miró con los ojos relampagueantes, como nunca la había visto.

—Deberías agradecer que perteneces a una familia numerosa y amorosa.

—Y lo agradezco. Yo...

—¿Sabes a cuántas personas tengo yo en este mundo? —interrumpió él. Avanzó, acercándosele tanto que ella se sintió incómoda—. ¿Lo sabes? A una, solo a una —continuó, sin esperar respuesta—. Mi abuela. Y daría mi vida por ella.

Hyacinth no había visto nunca esa exaltación en él, ni siquiera soñaba que podría sentirla. Normalmente era muy tranquilo, calmado, imperturbable. Incluso esa noche en la casa Bridgerton, cuando él estaba alterado por el encuentro con su padre, seguía teniendo un cierto aire de frivolidad. Y entonces comprendió qué era lo que había en él que lo hacía diferente. Nunca estaba del todo serio.

Hasta ese momento.

No podía apartar los ojos de su cara, ni siquiera cuando él se giró y solo tuvo a la vista su perfil. Él estaba contemplando un punto lejano en el horizonte, algún árbol o un arbusto que tal vez ni siquiera sabía identificar.

—¿Sabes lo que significa estar solo? —le preguntó entonces, en voz baja, sin mirarla—. No una hora, ni una tarde, sino saber, saber absolutamente que dentro de unos años no tendrás a nadie.

Ella abrió la boca para decir no, por supuesto que no, pero entonces cayó en la cuenta de que no era una pregunta, que él no hizo la entonación de interrogación al final de la frase.

Esperó, porque no sabía qué decir. Y luego porque comprendió que si decía algo, si trataba de insinuar que sí lo entendía, acabaría ese momento y nunca sabría lo que él estaba pensando.

Y en ese momento, cuando le estaba mirando la cara mientras él estaba sumido en sus pensamientos, comprendió que deseaba angustiosamente saber qué estaba pensando.

—¿Señor Saint Clair? —susurró al fin, cuando ya había pasado todo un minuto—. ¿Gareth?

Lo vio mover los labios antes de oír su voz. Sonreía burlonamente, y ella tuvo la extrañísima sensación de que él había aceptado su mala suerte, que estaba dispuesto no solo a aceptarla, sino también a abrazarla y a deleitarse en ella, porque si intentaba combatirla simplemente se le rompería el corazón. Ese era su destino en este mundo.

—Daría cualquier cosa por tener a una persona más por la cual ofrecer mi vida —dijo él.

Y entonces Hyacinth se enteró de que ciertas cosas llegan como un relámpago, y que algunas simplemente se saben sin tener la capacidad para explicarlas.

Porque en ese momento supo que se casaría con ese hombre.

Era el candidato ideal.

Gareth Saint Clair sabía lo que era importante. Era divertido, era irónico, sarcástico, sabía ser arrogantemente burlón, pero sabía qué era lo importante.

Y hasta ese momento ella nunca había comprendido lo importante que era eso para ella.

Deseó decir algo, hacer algo. Por fin había comprendido lo que deseaba en la vida, y pensó que debería saltar con los dos pies, trabajar hacia su objetivo y hacer todo lo que estuviera en su poder para conseguirlo.

Pero estaba paralizada, muda, contemplando el perfil de Gareth. Notó algo en la manera como él tenía apretadas las mandíbulas. Se veía triste, atormentado. Y entonces sintió el avasallador impulso de levantar la mano y acariciarlo, de rozarle la mejilla, de alisarle el pelo rubio oscuro ahí donde la coleta caía sobre el cuello de su chaqueta.

Pero no lo hizo. No era tan valiente.

De pronto él se volvió hacia ella y la miró a los ojos con una intensidad y claridad que la dejó sin aliento. Y tuvo la extraña impresión de que solo en ese momento veía al hombre que había debajo de la superficie.

—¿Volvemos? —dijo él, en tono alegre, con su voz ya decepcionantemente normal.

Lo que fuera que había ocurrido entre ellos, había pasado.

—Sí, claro —aceptó; no era ese el momento para presionarlo—. Vamos.

Se interrumpió. Él se había puesto rígido y estaba mirando fijamente algo por encima del hombro de ella.

Hyacinth se giró para ver qué le había captado la atención.

Experimentó un sobresalto. El padre de él venía caminando por el sendero, directo hacia ellos.

Miró alrededor. Estaban en la parte menos concurrida del parque, y por lo tanto, no había muchas personas. Vio a unos cuantos aristócratas al otro lado del claro, pero ninguno tan cerca que pudiera oír una conversación, eso si Gareth y su padre eran capaces de tratarse con cortesía.

Nuevamente miró de un caballero Saint Clair al otro y cayó en la cuenta de que esa era la primera vez que los veía juntos.

Una mitad de ella deseó llevar a Gareth hacia un lado para evitar una escena, mientras su otra mitad se moría de curiosidad. Si continuaban así y ella por fin podía estar presente en una conversación, tal vez se enteraría de la causa de su distanciamiento.

Pero eso no dependía de ella; tenía que ser decisión de Gareth.

—¿Quieres que nos marchemos? —le preguntó en voz baja.

Él entreabrió los labios y alzó un poquito el mentón.

—No —dijo, y su voz le pareció a ella curiosamente meditabunda—. Este es un parque público.

Miró de Gareth a su padre y nuevamente a Gareth, sin duda moviendo la cabeza como una pelota de tenis mal lanzada.

—¿Estás seguro? —preguntó, pero él no la oyó.

Él no habría oído el estruendo de un cañón que hubiera disparado junto a su oreja, tan concentrado estaba en el hombre que seguía caminando hacia ellos despreocupadamente.

—Padre —dijo Gareth, obsequiándolo con una untuosa sonrisa—, ¡qué alegría verte!

Por la cara de lord Saint Clair pasó una expresión de repugnancia que se apresuró a reprimir.

—Gareth —dijo, con la voz pareja, correcta y, en opinión de Hyacinth, absolutamente sosa—. ¡Qué... extraño... verte aquí con la señorita Bridgerton!

Hyacinth levantó bruscamente la cabeza, sorprendida. Él había dicho su apellido de una manera rara, como muy intencionada. No había supuesto que la meterían en la batalla, pero al parecer ya estaba metida.

—¿Conoces a mi padre? —preguntó Gareth, con la voz arrastrada, hablándole a ella, pero sin apartar los ojos de la cara del barón.

—Nos han presentado —contestó Hyacinth.

—Efectivamente —dijo lord Saint Clair, cogiéndole la mano enguantada e inclinándose a besarle el dorso—. Está encantadora como siempre, señorita Bridgerton.

Eso le demostró a ella que ellos hablaban de otra cosa, porque sabía muy bien que no siempre era encantadora.

—¿Disfruta de la compañía de mi hijo? —le preguntó lord Saint Clair, y ella observó que, otra vez, alguien le hacía una pregunta sin mirarla.

—Por supuesto —contestó, mirando del uno al otro—. Es un acompañante muy ameno. —Y entonces añadió, simplemente porque no pudo resistirse—: Usted debe de sentirse muy orgulloso de él.

Eso captó la atención del barón. La miró, moviendo los ojos con una expresión que no era exactamente humor.

—Orgulloso —musitó, curvando los labios en una leve sonrisa, que ella encontró bastante parecida a la de Gareth—. Interesante adjetivo.

—Bastante claro, diría yo —dijo Hyacinth, fríamente.

—Nada es nunca claro para mi padre —dijo Gareth.

Al barón se le endureció la mirada.

—Lo que quiere decir mi hijo es que soy capaz de ver el matiz en una situación... cuando existe uno. A veces, mi querida señorita Bridgerton, las cosas que tenemos entre manos están muy claramente en blanco y negro.

Ella entreabrió los labios, y miró a Gareth y luego a su padre. ¿De qué diablos estaban hablando?

Notó que Gareth aumentaba la presión en su brazo, pero cuando él habló, lo hizo con voz alegre y despreocupada; demasiado despreocupada.

—Por una vez, mi padre y yo estamos en total acuerdo. Con mucha frecuencia uno puede ver el mundo con absoluta claridad.

—¿En este momento, tal vez? —dijo el barón.

«Pues no», deseó gritar Hyacinth. Por lo que a ella se refería, esa era la conversación más abstracta y turbia que había oído en toda su vida. Pero se quedó callada. En parte porque no le correspondía hablar, pero también en parte porque no quería hacer nada que impidiera el desarrollo de la escena.

Miró a Gareth. Él estaba sonriendo, pero tenía los ojos fríos.

—Creo que mis opiniones en este momento son claras —dijo, tranquilamente.

De repente el barón centró su atención en ella.

—¿Y usted, señorita Bridgerton? ¿Ve las cosas en blanco y negro, o su mundo está pintado en matices de gris?

—Eso depende —contestó ella, alzando el mentón hasta poder mirarlo a los ojos.

Lord Saint Clair era un hombre tan alto como Gareth, y se veía sano y en buena forma. Su cara era agradable y sorprendentemente juvenil. Tenía ojos azules y pómulos altos y anchos.

Pero a ella le cayó mal a primera vista. Detectaba rabia en él, algo solapado y cruel.

Y no le gustaba lo que hacía sentir a Gareth.

Él jamás le había dicho nada, pero estaba claro como el agua en su cara, en su voz, y en su forma de levantar el mentón.

—Una respuesta muy educada y evasiva, señorita Bridgerton —dijo el barón, haciéndole una ligera venia.

—¡Qué raro! —dijo ella—, no suelo ser evasiva.

—¿No, verdad? Tiene fama de ser más bien franca.

—Es bien merecida —dijo ella, con los ojos entrecerrados.

El barón se echó a reír.

—Simplemente procure estar en posesión de toda la información antes de formar sus opiniones, señorita Bridgerton. O —movió ligeramente la cabeza de modo que quedó mirándole la cara de una manera rara, ladina— antes de tomar cualquier decisión.

Hyacinth se dispuso a darle una respuesta hiriente, la misma que esperaba improvisar mientras hablara, porque no tenía idea de sobre qué había querido advertirla. Pero antes de que pudiera hablar, Gareth le apretó el brazo, tan fuerte que le dolió.

—Es hora de irnos —dijo él—. Tu familia te estará esperando.

—Deles mis recuerdos —dijo lord Saint Clair, haciendo una elegante venia—. Son buenos aristócratas en su familia. Estoy seguro de que desean lo mejor para usted.

Hyacinth se limitó a mirarlo. Ignoraba los sobrentendidos, pero era obvio que no tenía todos los datos. Y detestaba que la dejaran en la ignorancia.

Gareth le tironeó el brazo, fuerte, y entonces cayó en la cuenta de que él ya iba caminando. Tropezó en un bache del camino y casi de un salto se puso a su lado.

—¿De qué iba todo eso? —preguntó, resollando por intentar seguirle el paso.

Él iba caminando a largas zancadas, a una velocidad que sus piernas más cortas simplemente no podían igualar.

—De nada —contestó él, entre dientes.

—No era de nada.

Miró atrás por encima del hombro, para ver si lord Saint Clair seguía detrás de ellos. No estaba, pero el movimiento la hizo perder el equilibrio y cayó sobre Gareth, el que por lo visto no sentía ninguna inclinación a tratarla con especial ternura o solicitud. Pero se detuvo, solo el tiempo suficiente para que ella recuperara el equilibrio y continuara andando.

—No fue nada —le dijo, y ella notó su voz dura y seca, y otras cien cosas más que jamás se había imaginado oiría en su voz.

No debería haber dicho nada más. Sabía que no debía decir nada más, pero no siempre hacía caso de sus propias advertencias, de modo que mientras él la tironeaba, casi arrastrándola hacia Mayfair, le preguntó:

—¿Qué vamos a hacer?

Él se detuvo tan de repente que casi chocó con él.

—¿Hacer? ¿Nosotros?

—Nosotros —confirmó ella, aunque la voz no le salió tan firme como habría querido.

—No «vamos» a hacer nada —dijo él, en tono más afilado a medida que hablaba—. «Vamos» a caminar hasta tu casa, donde vamos a depositarte en tu puerta y luego «vamos» a volver a mi pequeño y estrecho apartamento para beber una copa.

—¿Por qué lo odias tanto? —le preguntó ella, con la voz suave pero muy franca.

Él no contestó. No contestó y luego a ella le quedó muy claro que no iba a contestar. No era asunto de ella, pero, ¡ay!, cuánto le habría gustado que lo fuera.

—¿Te acompaño hasta tu casa o deseas caminar con tu doncella? —le preguntó él al fin.

Hyacinth miró atrás por encima del hombro. Frances seguía detrás de ellos, estaba cerca de un enorme olmo. No se veía en absoluto aburrida.

Exhaló un suspiro. Esta vez iba a necesitar muchísimos caramelos de menta.

12

Veinte minutos más tarde, después de una larga y silenciosa caminata.

Era extraordinario, iba pensando Gareth, fastidiado consigo mismo, odiándose, cómo un encuentro con el barón podía estropear un día perfecto.

Y ni siquiera era tanto el barón. No lo soportaba, cierto, pero no era eso lo que lo fastidiaba, lo que lo tenía despierto por la noche, regañándose, rumiando su estupidez.

Detestaba lo que le hacía el barón, cómo una conversación con él lo convertía en un desconocido. Y si no en un desconocido, en un facsímil asombrosamente bueno de Gareth William Saint Clair a los quince años. ¡Por el amor de Dios!, ya era un adulto, un hombre de veintiocho años. Se había marchado de casa y, era de esperar, había crecido. Debería ser capaz de portarse como un adulto cuando se encontraba con el barón. No debería sentirse así.

No debería sentir nada. Nada.

Pero le ocurría cada vez. Se enfadaba. Y explotaba. Y decía cosas simplemente para provocar. Eso era grosero, inmaduro, y no sabía qué hacer para evitarlo.

Y esta vez ocurrió delante de Hyacinth.

La había acompañado a su casa en silencio. Se daba cuenta de que ella quería hablar. ¡Demonios!, aunque no se lo hubiera visto en la cara, habría sabido que deseaba hablar. Hyacinth siempre deseaba hablar. Pero por lo visto sabía cuándo debía dejar las cosas en paz, porque guardó silencio durante toda la caminata por Hyde Park y Mayfair. Y ya estaban ahí, delante de la casa de ella, y Frances, la doncella, seguía a doce pasos detrás de ellos.

—Lamento la escena en el parque —se apresuró a decir, puesto que debía presentar algún tipo de disculpa.

—Creo que nadie la vio —contestó ella— o, por lo menos, creo que nadie oyó nada. Y no fue culpa tuya.

Él no pudo dejar de sonreír. Una sonrisa irónica, puesto que era el único tipo de sonrisa que era capaz de esbozar en ese momento. Sí, era culpa de él. Tal vez su padre lo provocaba, pero ya era hora de que él aprendiera a no hacerle caso.

—¿Vas a entrar? —le preguntó Hyacinth.

—Mejor que no —repuso él, negando con la cabeza.

Ella lo miró, con sus ojos insólitamente serios.

—Me gustaría que entraras.

Fue una simple declaración, tan llana y sin adornos que él comprendió que no podía negarse. Asintió, y juntos subieron la escalinata. Los demás Bridgerton se habían dispersado, de modo que cuando entraron en el salón rosa y crema ya no había nadie ahí. Hyacinth esperó junto a la puerta mientras él se disponía a tomar asiento, y después cerró la puerta. Totalmente.

Él arqueó las cejas, interrogante. En ciertos círculos, bastaba una puerta cerrada para exigir matrimonio.

—Yo creía —dijo ella, pasado un momento— que lo único que habría hecho mejor mi vida era tener un padre.

Él guardó silencio.

—Siempre que me enfadaba con mi madre —continuó ella, sin moverse de la puerta—, o con uno de mis hermanos o hermanas, pensaba «Ojalá tuviera padre. Todo sería perfecto, y seguro que él se pondría de mi parte». —Lo miró, con los labios curvados en una encantadora sonrisa sesgada—. Claro que él no se habría puesto de mi parte, puesto que la mayoría de las veces yo estaba equivocada, pero me consolaba muchísimo pensarlo.

Gareth continuó guardando silencio. Lo único que podía hacer era imaginarse que era un Bridgerton; imaginarse con todos esos hermanos, todas esas risas. Y no pudo contestar, porque le dolía demasiado pensar que ella lo tenía todo y todavía quería más.

—Siempre sentía envidia de las personas que tenían padre —continuó ella—. Pero ahora ya no.

Él se volvió bruscamente y la miró a los ojos. Ella le sostuvo la mirada con igual franqueza, y él comprendió que no podía apartar la vista. No debía, ni podía.

—Es mejor no tener padre que tener uno como el tuyo, Gareth —dijo ella en voz baja—. Lo siento mucho.

Eso lo desarmó. Esa era una chica que lo tenía todo, al menos todo lo que él pensaba que habría deseado, y lo entendía.

—Yo tengo recuerdos, por lo menos —continuó ella, sonriendo tristemente—. O mejor dicho recuerdos de cosas que me han contado otros. Sé cómo era mi padre, y sé que era un hombre bueno. Me habría querido si hubiera vivido. Me habría amado sin reservas ni condiciones.

Le temblaron los labios, en una expresión que él nunca le había visto. Era una expresión rara, como si se desaprobara a sí misma. Una expresión increíble en Hyacinth, y justamente por eso, pasmosa.

—Y sé que muchas veces es bastante difícil quererme —continuó ella, dejando salir el aliento de modo entrecortado, como cuando la persona no logra creerse del todo lo que está diciendo.

Y de repente Gareth se enteró de que algunas cosas llegan como un relámpago; y que hay ciertas cosas que uno simplemente las sabe sin ser capaz de explicarlas. Porque mientras la miraba, lo único que podía pensar era «no».

No.

Sería bastante fácil amar a Hyacinth Bridgerton.

No supo de dónde le vino ese pensamiento, ni en qué extraño recoveco de su mente llegó a esa conclusión, porque estaba muy seguro de que sería casi imposible «vivir» con ella, pero, en cierto modo, sabía que no sería en absoluto difícil quererla.

—Hablo demasiado —dijo ella.

Él había estado sumido en sus pensamientos. ¿Qué dijo?

—Soy muy terca para discutir.

Eso era cierto, pero lo que...

—Y puedo ser muy desagradable cuando no me salgo con la mía, aunque me gustaría pensar que la mayor parte del tiempo soy bastante razonable...

Gareth se echó a reír. ¡Buen Dios!, estaba enumerando todas las causas de que fuera difícil amarla. Tenía razón, claro, en todas, pero ninguna de ellas tenía mayor importancia. Al menos no en ese momento.

—¿Qué? —preguntó ella, desconfiada.

—Cállate —dijo él, cruzando la distancia que los separaba.

—¿Por qué?

—Simplemente calla.

—Pero...

Él le puso un dedo en los labios.

—Hazme un favor —le dijo dulcemente—. No digas ni una sola palabra.

Sorprendentemente, ella se quedó en silencio.

Él estuvo un momento simplemente mirándola. Era muy raro que estuviera quieta, que no se le estuviera moviendo algo en la cara, que no estuviera hablando o expresando una opinión con solo arrugar la nariz. La contempló, memorizando la forma en que se le arqueaban las cejas, formando delicadas alitas, y se le agrandaban los ojos por el esfuerzo de continuar callada. Saboreó el calor de su aliento en el dedo, y el raro sonido que hacía en el fondo de la garganta sin darse cuenta.

Y entonces no pudo evitarlo. La besó.

Le enmarcó la cara entre las manos y bajó la boca hacia la de ella. La vez anterior estaba furioso, y la vio poco más que como una fruta prohibida, la chica que su padre pensaba que él no podía tener.

Pero esta vez lo haría bien. Ese sería el primer beso.

Y sería memorable, inolvidable.

Le rozó los labios con los suyos, suave, tiernamente. Esperó que ella suspirara, que se le ablandara el cuerpo, apretándolo al de él. No haría más hasta que ella le dejara claro que estaba dispuesta a dar.

Y entonces se ofrecería él.

Deslizó la boca sobre la de ella, con una ligera fricción, para sentir la textura de sus labios, para sentir el calor de su cuerpo. Le rozó los labios con la lengua, tierno y dulce, hasta que ella los entreabrió.

Entonces la saboreó. Era dulce, cálida, y le correspondía el beso con una endemoniada mezcla de inocencia y experiencia, que él no se habría imaginado jamás. Inocencia, porque estaba claro que ella no sabía lo que hacía; y experiencia porque, a pesar de eso, lo volvía loco.

La besó más profundo, deslizando las manos a lo largo de su espalda, hasta dejar una apoyada en su cintura y la otra en la elevación de sus nalgas. La estrechó fuertemente, apretándola a su cuerpo, haciéndola sentir la dura y evidente prueba de su deseo. Eso era una locura. Una locura. Estaban en el salón de su madre, a unos pocos palmos de la puerta, que podría abrir en cualquier momento un hermano que no sentiría el menor escrúpulo en descuartizarlo ahí mismo.

Pero no podía parar.

La deseaba. La deseaba toda entera.

¡Dios lo amparara! La deseaba en ese mismo momento, ahí.

—¿Te gusta esto? —musitó, deslizando los labios por su oreja.

La sintió afirmar con la cabeza, oyó su suave exclamación. Eso lo envalentonó. Lo encendió.

—¿Y esto? —susurró, deslizando una mano hasta rodearle un pecho.

Ella volvió a asentir, susurrando un «¡sí!».

Él no pudo evitar sonreír, ni pudo dejar de meter la mano por debajo de su chaqueta para que lo único que quedara entre su mano y el cuerpo de ella fuera la delgada tela del vestido.

—Esto te gustará más —dijo, pícaramente, moviendo la palma sobre su pecho hasta que sintió endurecerse el pezón.

Ella emitió un gemido y entonces él se permitió más libertades; le tomó el pezón entre los dedos, se lo movió, girándolo un poco y estirándoselo hasta que ella volvió a gemir y le apretó fuertemente los hombros.

Sería estupenda en la cama, comprendió, sintiendo una primitiva satisfacción. No sabría qué hacer, pero eso no importaría. No tardaría en aprender, y él tenía todo el tiempo de su vida para enseñarle.

Y ella sería de él.

De él.

Y entonces, cuando volvió a besarla en los labios, mientras le introducía la lengua en la boca, reclamándola como suya, pensó «¿Por qué no?»

¿Por qué no casarse con ella? ¿Por qué no...?

Interrumpió el beso y se apartó, aunque siguió enmarcándole la cara entre las manos. Ciertas cosas exigen considerarlas con la mente despejada, y Dios sabía que no tenía la cabeza despejada cuando estaba besando a Hyacinth.

—¿Hice algo mal? —susurró ella.

Él negó con la cabeza, sin poder hacer otra cosa que mirarla.

—Entonces ¿por qué...?

Él la silenció poniéndole un dedo en los labios.

¿Por qué no casarse con ella? Al parecer todos deseaban eso. Su abuela llevaba más de un año insinuándoselo, y los familiares de ella eran tan sutiles como una almádena. Además, realmente le gustaba Hyacinth, lo cual era mucho más de lo que podía decir de la mayoría de las mujeres que había conocido en sus años de soltero. Sí que la mitad del tiempo lo sacaba de quicio, pero a pesar de eso, le gustaba.

Además, cada vez le resultaba más claro que no sería capaz de mantener alejadas las manos de ella mucho tiempo más. Otra tarde como esa y la deshonraría.

Se lo imaginó, lo vio en la mente. No solo a los dos, sino también a todas las personas de sus vidas, la familia de ella, su abuela.

Su padre.

Casi se echó a reír. ¡Qué beneficio! Podía casarse con Hyacinth, lo que en su mente iba cobrando forma como una empresa extraordinariamente placentera, y al mismo tiempo dejar totalmente en ridículo al barón.

Eso lo mataría. Lo mataría, ciertamente.

Pero, pensó, rozándole tiernamente el mentón al quitar las manos de su cara, debía hacer eso bien. No siempre había vivido su vida ciñéndose al decoro y la corrección, pero hay ciertas cosas que un hombre tiene que hacer como un caballero.

Hyacinth se merecía eso.

—Tengo que irme —musitó, tomándole una mano y levantándosela hasta los labios, en un cortés gesto de despedida.

—¿Adónde? —preguntó ella, todavía con los ojos nublados por la pasión.

Eso le gustó. Le gustó eso de haberla atontado, de haberla dejado sin su famoso autodominio.

—Hay unas cuantas cosas que debo pensar —dijo—, y otras cuantas que debo hacer.

—Pero... ¿qué?

Él le sonrió.

—Muy pronto lo sabrás.

—¿Cuándo?

Él fue hasta la puerta y la abrió.

—Eres un mar de preguntas esta tarde, ¿eh?

—No tendría por qué serlo —replicó ella, habiendo recuperado el aplomo— si dijeras algo con fundamento.

—Hasta la próxima vez, señorita Bridgerton —dijo él, saliendo al vestíbulo.

—¿Pero cuándo? —la oyó decir, exasperada.

Gareth rio.

Una hora después, Gareth se encuentra en el vestíbulo de la casa Bridgerton. Por lo visto, nuestro héroe no pierde el tiempo.

—El vizconde le recibirá ahora, señor Saint Clair.

Gareth siguió al mayordomo de lord Bridgerton por el corredor hasta la parte privada de la casa, una parte que él no había visto nunca en las ocasiones que había estado como invitado en la casa Bridgerton.

—Está en su despacho —explicó el mayordomo.

Gareth asintió. Ese le parecía el lugar ideal para la entrevista. Lord Bridgerton desearía sentirse al mando, y esa sensación se la reforzaría el hecho de estar en su refugio particular.

Cuando golpeó la puerta de la casa Bridgerton, hacía cinco minutos, no le dio ninguna explicación al mayordomo respecto al objetivo que lo llevaba allí ese día, pero no le cabía duda que el hermano mayor de Hyacinth, el casi temiblemente poderoso vizconde Bridgerton, conocía muy bien sus intenciones.

¿Para qué otra cosa iba a visitarlo? Jamás había tenido ningún motivo. Y después de conocer a la familia de Hyacinth, a algunos familiares por lo menos, no le cabía duda de que su madre ya había hablado con su hijo mayor sobre la posibilidad de matrimonio.

—Señor Saint Clair —dijo el vizconde, levantándose detrás de su escritorio cuando él entró.

Eso era prometedor. La etiqueta no exigía que el vizconde se pusiera de pie, y era una muestra de respeto que lo hiciera.

—Lord Bridgerton —dijo, haciéndole una venia.

El hermano mayor de Hyacinth tenía el pelo castaño oscuro como ella, aunque comenzaba a blanquear en las sienes. Esa leve señal de edad no lo disminuía en absoluto. Era un hombre alto, tal vez unos doce años mayor que él, pero se veía en muy buena forma física y potente. No le gustaría nada enfrentarse a él en un cuadrilátero de boxeo. Ni en un campo de duelo.

El vizconde le indicó un enorme sillón al otro lado del macizo escritorio.

—Tome asiento, por favor.

Gareth se sentó, y se esforzó por mantenerse quieto y no tamborilear nervioso con los dedos en el brazo del sillón. Jamás en su vida había pedido la mano de nadie, y que lo colgaran si no era ese un asunto inquietante. Debía parecer tranquilo, sereno, y tener los pensamientos ordenados. No creía que le fueran a rechazar la proposición, pero quería pasar por la experiencia con una cierta dignidad. Si se casaba con Hyacinth vería al vizconde todo el resto de su vida, y no le hacía ninguna falta que el cabeza de la familia lo creyera un idiota.

—Me imagino que sabe a qué he venido —dijo.

El vizconde, que se había vuelto a sentar tras su escritorio, ladeó ligeramente la cabeza. Tenía los codos apoyados sobre el escritorio y las manos juntas, formando un triángulo, golpeteándose las yemas de los dedos.

—Tal vez, para ahorrarnos un posible azoramiento, podría decir claramente sus intenciones —dijo.

Gareth hizo una inspiración. El hermano de Hyacinth no se lo ponía nada fácil. Pero qué más daba. Se había prometido hacer bien las cosas y no se acobardaría.

Levantó la vista y miró los oscuros ojos del vizconde con decidida finalidad.

—Quiero casarme con Hyacinth —dijo. Y puesto que el vizconde no decía nada, y ni siquiera se movió, añadió—: Esto... Si ella me acepta.

Entonces ocurrieron ocho cosas al mismo tiempo. O tal vez solo fueron dos o tres y simplemente le parecieron ocho, porque todo fue muy inesperado.

Primero, el vizconde expulsó el aliento en un resoplido, aunque eso no lo disminuyó en nada. En realidad fue más un suspiro, un suspiro cansino, largo, muy sentido, con el que dio la impresión de que se desinflaba. Y eso fue muy asombroso. Gareth lo había visto en muchas ocasiones y conocía muy bien su fama. Ese no era un hombre que se desmoronara ni gimiera.

Además, le pareció que movía los labios, y si él hubiera sido un hombre más fantasioso, habría pensado que musitó en voz baja «Gracias, Señor».

Si a eso sumaba el movimiento de sus ojos hacia el cielo, parecía ser una interpretación muy probable.

Y entonces, justo cuando Gareth estaba asimilando eso, lord Bridgerton apoyó las palmas en el escritorio con sorprendente fuerza y lo miró a los ojos.

—Ah, le aceptará. Sin duda le aceptará.

Eso no era exactamente lo que Gareth había esperado.

—¿Perdón? —dijo, pues eso fue lo único que se le ocurrió.

—Necesito una copa —dijo el vizconde, levantándose—. Esto se merece una celebración, ¿no le parece?

—Eh... ¿sí?

Lord Bridgerton fue hasta una librería del otro extremo del despacho y sacó un decantador de cristal tallado de uno de los estantes.

—No —dijo, como hablando consigo mismo, dejando el decantador en su lugar—, creo que tiene que ser del bueno. —Se volvió hacia Gareth, con los ojos iluminados por una luz extraña, casi deslumbrante—. Del bueno, ¿no le parece?

Gareth no supo cómo interpretar eso.

—Eh...

—Del bueno —dijo el vizconde firmemente. Apartó unos cuantos libros y de atrás sacó una botella que parecía ser de coñac muy añejo—. Tengo que tenerlo escondido —explicó, llenando dos copas.

—¿De los criados? —preguntó Gareth.

—De los hermanos —contestó el vizconde pasándole una copa—. Bienvenido a la familia.

Gareth cogió la copa, bastante desconcertado por lo fácil que había resultado todo. No le habría extrañado que el vizconde hubiera hecho aparecer una licencia especial y un cura ahí mismo.

—Gracias, lord Bridgerton, yo...

—Deberías tutearme, llamarme Anthony —interrumpió el vizconde—. Después de todo vamos a ser hermanos.

—Anthony —repitió Gareth—. Solo quería...

—Este es un día maravilloso —dijo Anthony, como hablando consigo mismo—. Un día maravilloso—. Entonces lo miró fijamente—. No tienes hermanas, ¿verdad?

—No —confirmó Gareth.

—Yo tengo cuatro —dijo Anthony, bebiéndose un tercio del contenido de su copa—. Cuatro. Y ahora todas están fuera de mis manos. He terminado —añadió, con el aspecto de que podría ponerse a bailar una jiga en cualquier momento—. Estoy libre.

—Tienes hijas, ¿verdad? —dijo Gareth, sin poder resistirse.

—Una y solo tiene tres años. Faltan muchos años para que tenga que volver a pasar por esto. Si tengo suerte, se convertirá al catolicismo y se hará monja.

Gareth se atragantó con el coñac.

—Es bueno, ¿verdad? —dijo Anthony, mirando la botella—. De veinticuatro años.

—Creo que jamás había bebido algo tan añejo —musitó Gareth.

—Ahora bien —dijo Anthony, apoyándose en el borde del escritorio—. Sin duda querrás hablar de las estipulaciones del contrato.

En realidad, Gareth ni siquiera había pensado en un contrato, por extraño que pudiera ser eso en un hombre que poseía tan pocos fondos. Lo había sorprendido tanto su repentina decisión de casarse con Hyacinth que su mente no había ni tocado los aspectos prácticos de dicha unión.

—Es de conocimiento público que le aumenté la dote el año pasado —dijo Anthony, poniéndose más serio—. Me atendré a eso, aunque esperaría que no sea ese tu principal motivo para casarte con ella.

—No, por supuesto que no —dijo Gareth, erizándose.

—No lo creía, pero uno tiene que preguntarlo.

—No creo que ningún hombre lo reconociera ante ti, si fuera ese el caso.

Anthony lo miró fijamente.

—Me gusta pensar que sé leer la cara de un hombre lo suficientemente bien para saber si está mintiendo.

—Claro —dijo Gareth, volviendo a reclinarse en el sillón.

Pero le pareció que el vizconde no se había ofendido.

—Muy bien, entonces —dijo el vizconde—. Su dote es de...

Gareth observó bastante confundido cuando Anthony movió de lado a lado la cabeza y dejó en suspenso la frase.

—¿Milord? —musitó.

—Mis disculpas —dijo Anthony, volviendo a la tierra—. Me siento algo raro, te lo aseguro.

—Sí, por supuesto —dijo Gareth, puesto que manifestar acuerdo era lo único aceptable en ese momento.

—Nunca pensé que llegaría este día —continuó el vizconde—. Hemos tenido proposiciones, por supuesto, pero ninguna que yo estuviera dispuesto a considerar, y ninguna últimamente. —Exhaló un largo suspiro—. Había empezado a desesperar de que algún hombre de mérito deseara casarse con ella.

—Parece que tienes a tu hermana en una estima desfavorablemente baja —dijo Gareth, fríamente.

Anthony lo miró y sonrió. Más o menos.

—No, en absoluto. Pero no soy ciego a..., eh..., sus cualidades únicas.

Se incorporó y al instante Gareth comprendió que lord Bridgerton quería utilizar su altura para intimidar. También comprendió que no debía interpretar mal su inicial despliegue de frivolidad y alivio. Era un hombre peligroso, o podía serlo si quería, y él haría bien en no olvidar eso.

—Mi hermana Hyacinth —dijo el vizconde finalmente, caminando hacia la ventana— es un premio. Debes tener presente eso, y si valoras tu piel, la tratarás como al tesoro que es.

Gareth guardó silencio. No le pareció el momento correcto para decir algo.

—Pero si bien Hyacinth es un premio —continuó Anthony, devolviéndose, con los pasos lentos de un hombre que conoce muy bien su poder—, no es fácil. Soy el primero en reconocer eso. No hay muchos hombres capaces de igualar su ingenio, y si se ve atrapada en un matrimonio con un hombre que no valora su... singular personalidad, será muy desgraciada.

Gareth continuó en silencio, pero sin desviar los ojos de la cara del vizconde.

Y Anthony le correspondió el gesto.

—Te doy mi permiso para casarte con ella —dijo—, pero deberás pensar largo y tendido antes de proponérselo.

—¿Qué quieres decir? —preguntó Gareth, desconfiado, levantándose.

—No le diré nada de esta entrevista. De ti depende decidir si deseas dar el paso definitivo. Y si decides no darlo... —se encogió de hombros, en un extraño gesto—. En ese caso —continuó, en un tono casi perturbadoramente calmado—, ella no lo sabrá nunca.

¿A cuántos hombres habría ahuyentado el vizconde de esa manera?, pensó Gareth. ¡Buen Dios!, ¿a eso se debería que Hyacinth continuara soltera tanto tiempo? Debería agradecer eso, claro, puesto que la dejaba libre para casarse con él, pero de todos modos, ¿sabría ella que su hermano estaba «loco de atar»?

—Si no haces feliz a mi hermana —continuó Anthony Bridgerton, mirándolo con una intensidad y fijeza que simplemente le confirmó las sospechas acerca de su cordura—, tú no serás feliz. Yo me encargaré de eso.

Gareth abrió la boca para darle una réplica mordaz; al diablo eso de tratarlo con guantes de seda y andar de puntillas alrededor de su elevación y poderío. Pero justo cuando estaba a punto de insultar a su futuro cuñado de un modo tal vez irreversible, por la boca le salió otro pensamiento repentino:

—La quieres, ¿verdad?

Anthony emitió un bufido de impaciencia.

—Por supuesto que la quiero. Es mi hermana.

—Yo quería a mi hermano —dijo Gareth en voz baja—. Aparte de mi abuela, era la única persona que tenía en este mundo.

—No tienes intención de enmendar el distanciamiento con tu padre, entonces.

—No.

Anthony no hizo ninguna pregunta; simplemente asintió y dijo:

—Si te casas con mi hermana, nos tendrás a todos nosotros.

Gareth intentó hablar, pero no le salió la voz. Tampoco encontró palabras. No existían palabras para expresar la emoción que lo embargó.

—Para bien o para mal —añadió el vizconde, emitiendo una risita como burlándose de sí mismo—. Y te aseguro que muchas veces desearás que Hyacinth fuera una niñita abandonada que dejaron en la puerta de la casa, sin ninguna relación con su apellido.

—No —dijo Gareth, con dulce convicción—. Eso no se lo desearía a nadie.

Estuvieron un rato en silencio, y de pronto el vizconde le preguntó:

—¿Hay algo que desees contarme de él?

Gareth empezó a sentir correr la inquietud por las venas.

—¿De quién?

—De tu padre.

—No.

Anthony guardó silencio un momento, al parecer considerando eso, y al fin preguntó:

—¿Creará algún problema?

—¿A mí?

—A Hyacinth.

Gareth no pudo mentir.

—Podría.

Y eso era lo peor de todo. Eso era lo que no le permitiría dormir por la noche. No tenía idea de qué podría hacer el barón. Ni qué podría decir.

Tampoco sabía cómo se sentirían los Bridgerton si se enteraban de la verdad.

Y en ese instante comprendió que necesitaba hacer dos cosas. La primera, debía casarse con Hyacinth tan pronto como fuera posible. Era probable que ella y su madre desearan una de esas bodas absurdamente complicadas y pomposas que hacían necesario planearla durante meses, pero él tendría que ponerse firme e insistir en que la boda se celebrara pronto.

Y lo segundo, a modo de una especie de seguro, tendría que hacer algo para hacerle imposible a Hyacinth echarse atrás, aun en el caso de que el barón presentara pruebas de que no era su padre.

Tendría que comprometerla, tan pronto como fuera posible. Estaba todavía el asunto del diario de Isabella. Podría ser que ella se hubiera enterado de la verdad, y si había escrito eso en su diario, Hyacinth se enteraría de sus secretos incluso sin la intervención del barón.

Y si bien no le importaba mucho que Hyacinth se enterara de la verdad acerca de su nacimiento, era esencial que eso no ocurriera hasta después de la boda.

Y después de que él se hubiera asegurado la boda seduciéndola.

No le gustaba nada sentirse arrinconado. Tampoco le agradaba especialmente tener que hacer algo.

Pero eso...

Eso, decidió, sería puro placer.

13

Solo ha transcurrido una hora. Como hemos observado, cuando nues-
tro héroe se propone algo...
    ¿Y habíamos dicho que es martes?

—¿Eh? —chilló lady Danbury—. ¡Lees en voz muy baja!

Hyacinth cerró el libro, dejando el índice metido para marcar la página.

—¿Por qué me parece que he oído eso antes? —dijo, como si estuviera pensando en voz alta.

—Lo has oído. Nunca lees en voz lo bastante alta.

—Es curioso, mi madre nunca se queja de eso.

—Los oídos de tu madre no son de la misma añada de los míos —dijo lady Danbury, bufando—. ¿Y dónde está mi bastón?

Desde que viera a Gareth en acción, Hyacinth se sentía envalentonada en sus encuentros con el bastón de lady Danbury.

—Lo escondí —contestó, esbozando una sonrisa pícara.

Lady Danbury se echó hacia atrás.

—Hyacinth Bridgerton, gata ladina.

—¿Gata?

—No me gustan los perros —dijo lady Danbury, haciendo un gesto despectivo con la mano—. Ni los zorros, si es por eso.

Hyacinth decidió tomar eso por un cumplido; eso era siempre lo mejor cuando lady Danbury hablaba sin ninguna lógica. Volvió la atención a *La señorita Butterworth y el barón loco*, capítulo diecisiete.

—Veamos dónde estábamos...

—¿Dónde lo escondiste?

—No seguiría escondido si se lo dijera, ¿verdad? —contestó, sin siquiera levantar la vista.

—Me siento atrapada en este sillón sin él. No querrías privar a una anciana de su único medio de transporte, ¿verdad?

—Ah, pues sí, de todas maneras —dijo Hyacinth, sin dejar de mirar el libro.

—Has pasado demasiado tiempo con mi nieto —masculló la condesa.

Hyacinth mantuvo la atención fija en el libro, pero sabía que no lograba poner totalmente seria la cara. Se mordió los labios y luego los frunció, como hacía siempre que intentaba no mirar a alguien a los ojos, y si podía juzgar por la temperatura de sus mejillas, estaba ruborizada.

¡Santo Dios!

Lección Número Uno en el trato con lady Danbury: Nunca reveles debilidad.

Lección Número Dos (lógicamente): En caso de duda, ve a la Lección Número Uno.

—Hyacinth Bridgerton —dijo lady Danbury, con tanta lentitud que era seguro que estaba tramando una travesura de lo más retorcida—, ¿tienes sonrojadas las mejillas?

Hyacinth la miró con una expresión de lo más indiferente.

—No me veo las mejillas.

—Están sonrojadas.

—Si usted lo dice.

Pasó una página con más fuerza de la que habría sido necesaria, y miró consternada la pequeña rajita que se hizo en la página cerca del lomo. ¡Ay, Dios! Bueno, ya no se podía hacer nada al respecto, y, por cierto, Priscilla Butterworth había sobrevivido a cosas peores.

—¿Por qué estás ruborizada? —preguntó lady Danbury.

—No estoy ruborizada.

—Yo creo que sí.

—No estoy... —se interrumpió, no fuera que empezaran a pelear como un par de crías—. Estoy acalorada —dijo al fin, en un tono que le pareció un admirable despliegue de dignidad y recato.

—La temperatura está muy agradable aquí —dijo lady Danbury al instante—. ¿Por qué estás ruborizada?

Hyacinth la miró enfadada.

—¿Quiere que siga leyendo o no?

—No —contestó la anciana, resuelta—. Prefiero saber por qué estás ruborizada.

—¡No estoy ruborizada! —exclamó Hyacinth, casi gritando.

Lady Danbury sonrió, con una expresión que en cualquier otra persona habría sido agradable, pero en ella era diabólica.

—Si tengo las mejillas rojas —dijo Hyacinth entre dientes— es por enfado.

—¿Conmigo? —preguntó lady Danbury, poniéndose una mano en el corazón, con la mayor inocencia.

—Voy a continuar leyendo —declaró Hyacinth.

—Sí debes —suspiró lady Danbury. Solo dejó pasar un segundo y añadió—: Creo que la señorita Butterworth iba subiendo por la ladera de la colina.

Resueltamente Hyacinth centró la atención en el libro.

—¿Y bien? —preguntó lady Danbury.

—Tengo que encontrar el lugar.

Pasó la vista por la página, tratando de encontrar a la señorita Butterworth y la colina correcta (había varias, y las había subido todas), pero las palabras bailaban ante sus ojos y lo único que veía era a Gareth.

Gareth, con esos ojos pícaros y esos labios perfectos. Gareth, con un hoyuelo, que seguro que él negaría si ella se lo señalaba. Gareth...

Que la hacía pensar como la señorita Butterworth. ¿Por qué iba a negar que tenía un hoyuelo?

En realidad...

Volvió atrás pasando varias páginas. Sí, ahí estaba, justo a la mitad del capítulo dieciséis:

Tenía los ojos pícaros y los labios perfectamente modelados. Y se le formaba un hoyuelo, justo encima de la comisura izquierda de la boca, el que seguro que él negaría si ella tenía alguna vez la osadía de señalárselo.

—¡Buen Dios! —masculló Hyacinth. No, no recordaba que Gareth tuviera ni un solo hoyuelo.

—No nos hemos perdido tanto, ¿verdad? —dijo lady Danbury—. Has vuelto atrás tres capítulos por lo menos.

—Estoy buscando —contestó.

Se estaba volviendo loca. Eso tenía que ser. Estaba claro que había perdido la chaveta, si citaba inconscientemente párrafos de *La señorita Butterworth*.

Pero claro...

Él la había besado.

Y besado de verdad. La primera vez, en el vestíbulo lateral de la casa Bridgerton, eso fue otra cosa muy distinta. Se tocaron los labios, sí, y en realidad otras partes del cuerpo también, pero no fue un beso.

No como el otro.

Suspiró.

—¿Por qué bufas? —preguntó lady Danbury.

—Por nada.

Lady Danbury apretó los labios en una firme línea.

—No eres tú misma esta tarde, señorita Bridgerton. No eres tú en absoluto.

Ese era un punto que Hyacinth no tenía el menor deseo de discutir.

—«La señorita Butterworth —leyó, con voz más fuerte de lo que era necesario— iba subiendo a gatas por la ladera, enterrando más y más los dedos en la tierra con cada paso».

—¿Dan pasos los dedos? —preguntó lady Danbury.

—En este libro, sí. —Hyacinth se aclaró la garganta y continuó—: «Lo oía avanzar detrás de ella. Estaba acortando la distancia entre ellos y muy pronto le daría alcance. ¿Pero con qué fin? ¿Bueno o malo?».

—Malo, espero. Eso mantiene interesantes las cosas.

—Totalmente de acuerdo —dijo Hyacinth, y continuó leyendo—: «¿Cómo saberlo? ¿Cómo saberlo? ¿Cómo "podría" saberlo?». —Levantó la vista—. El «podría» es añadido mío.

—Permitido.

—«Y entonces recordó el consejo que le diera su madre, antes de que la buena señora se fuera a recoger su recompensa, muriendo a causa de picotazos de palomas».

—¡Eso no puede ser real!

—No, claro que no. Es una novela. Pero se lo juro, dice exactamente eso, aquí, en la página ciento noventa y tres.

—¡Déjame ver eso!

Hyacinth agrandó los ojos. Lady Danbury la acusaba con frecuencia de embellecer las historias, pero esa era la primera vez que exigía verificarlo. Se levantó y fue a enseñarle la página, señalando el párrafo.

—Bueno, así será —dijo la condesa—. A la pobre señora la mataron las palomas. —Agitó la cabeza—. No es así como me gustaría irme.

—No creo que necesite preocuparse por eso —dijo Hyacinth, volviendo a su asiento.

Lady Danbury alargó la mano para coger su bastón, y miró enfurruñada al ver que no estaba.

—¡Continúa! —ladró.

—Muy bien —dijo Hyacinth para sí misma, mirando la página—. Veamos. Ah, sí... «fuera a recoger su recompensa, muriendo a causa de picotazos de palomas.» —Levantó la vista y dijo a borbotones—: Perdone, no puedo leer esto sin reírme.

—Simplemente lee.

Hyacinth carraspeó varias veces, y continuó:

—«Solo tenía doce años, era demasiado niña para una conversación así, pero tal vez su madre ya preveía su prematura muerte». Lo siento, pero, ¿cómo puede alguien prever una cosa así?

—Como has dicho, es una novela —dijo lady Danbury, sarcástica.

Hyacinth hizo una inspiración, y continuó:

—«Su madre le cogió la mano y, mirándola con sus ojos tristes y solitarios, le dijo: Mi queridísima Priscilla, cariño, no hay nada en este mundo más precioso que el amor».

Hyacinth miró disimuladamente a lady Danbury, que suponía estaría bufando de fastidio, pero, ante su gran asombro, vio que estaba embelesada, pendiente de cada palabra. Volviendo rápidamente la atención al libro, continuó leyendo:

—«Pero hay personas engañosas, mi querida Priscilla, y hay hombres que intentarán aprovecharse de ti sin que haya un verdadero encuentro de los corazones».

—Eso es cierto —comentó lady Danbury.

Hyacinth la miró y al instante vio que lady Danbury no se había dado cuenta de que había hablado en voz alta.

—Bueno, pues, lo es —dijo la condesa a la defensiva, al darse cuenta de que Hyacinth la estaba mirando.

No queriendo azorar más a la condesa, Hyacinth volvió la atención a la página, se aclaró la garganta, y continuó:

—«Deberás fiarte de tus instintos, mi queridísima Priscilla, pero te voy a dar un consejo. Guárdalo en tu corazón y recuérdalo siempre, porque te juro que es cierto».

Hyacinth volvió la página, un poco avergonzada al comprender que estaba más interesada que nunca por el libro.

—«Priscilla se acercó más a su madre y le acarició la pálida mejilla. ¿Cuál es el consejo, mamá?, preguntó. Si deseas saber si un caballero te ama, dijo su madre, solo hay una manera de estar segura».

Lady Danbury se inclinó. Incluso Hyacinth se inclinó, y eso que tenía el libro entre las manos.

—«Está en cómo te besa, susurró su madre. Todo está ahí, en su beso».

Hyacinth entreabrió los labios y, sin darse cuenta, se los tocó con una mano.

—Bueno, no era eso lo que esperaba —declaró lady Danbury.

«Está en cómo te besa», pensó Hyacinth. ¿Sería cierto eso?

—Yo diría —continuó lady Danbury solícitamente— que está en sus actos o en sus obras, pero supongo que eso no lo habría encontrado tan romántico la señorita Butterworth.

—Ni al barón loco —musitó Hyacinth.

—¡Exactamente! ¿Quién en su sano juicio querría un loco?

—Está en cómo te besa —repitió Hyacinth para sí misma en un susurro.

—¿Eh? —chilló lady Danbury—. No te oí.

—No he dicho nada —se apresuró a decir Hyacinth, sacudiendo la cabeza para volver la atención a la condesa—. Estaba en la luna.

—¿Meditando los dogmas intelectuales que expone la Madre Butterworth?

—No. —Tosió—. ¿Leemos un poco más?

—Más vale —gruñó la condesa—. Cuanto antes terminemos esta, antes podremos comenzar otra.

—No es necesario que terminemos esta —dijo Hyacinth, aunque si no la terminaban tendría que llevársela a escondidas a casa para terminarla sola.

—No seas tonta. No podemos no terminar esta. Pagué buen dinero por esta tontería. Además —añadió, aparentando vergüenza lo mejor que pudo, aunque la expresión no era muy avergonzada—, deseo saber cómo acaba.

Hyacinth le sonrió. Esa era una expresión lo más cercana a ternura que se podía esperar ver en la cara de lady Danbury, y le pareció que debía alentársela.

—Muy bien —dijo—. Si me permite encontrar el lugar otra vez...

—Lady Danbury —dijo la voz grave y monótona del mayordomo, que había entrado en el salón pisando silenciosamente—. El señor Saint Clair solicita una audiencia.

—¿Y la ha pedido? —preguntó la condesa—. Normalmente entra sin preámbulos.

El mayordomo arqueó una ceja. Esa era otra expresión nueva para Hyacinth; jamás había visto arquear una ceja a un mayordomo.

—Ha solicitado una audiencia con la señorita Bridgerton —dijo él.

—¿Conmigo? —graznó Hyacinth.

Lady Danbury estaba boquiabierta.

—¡Con Hyacinth! —farfulló—. ¿En mi salón?

—Eso fue lo que dijo, milady.

—Bien —declaró lady Danbury, mirando alrededor, aunque no había nadie aparte de Hyacinth y el mayordomo—. Bien.

—¿Le hago pasar? —preguntó el mayordomo.

—Por supuesto, pero yo no me voy a ir a ninguna parte. Lo que sea que tenga que decirle a la señorita Bridgerton, lo puede decir en mi presencia.

—¿Qué? —preguntó Hyacinth, apartando finalmente la mirada del mayordomo y volviéndose hacia lady Danbury—. Creo que no...

—Este es «mi» salón, y él es «mi» nieto. Y tú eres... —cerró la boca y miró a Hyacinth, parando la diatriba—. Bueno, tú eres tú —concluyó—. ¡Vaya!

—Señorita Bridgerton —dijo Gareth, apareciendo en la puerta y llenándola, por citar a la señorita Butterworth, con su maravillosa presencia. Miró a lady Danbury—. Abuela.

—Sea lo que sea que tengas que decirle a la señorita Bridgerton se lo puedes decir delante de mí.

—Casi me tienta hacerlo —musitó él.

—¿Pasa algo? —preguntó Hyacinth, sentada en el borde del sillón. Al fin y al cabo se habían separado hacía apenas dos horas.

—No, nada —contestó Gareth.

Atravesó el salón hasta quedar al lado de ella, o por lo menos todo lo cerca que permitían los muebles. Su abuela lo estaba mirando con no disimulado interés, y a él empezaban a asaltarlo dudas de que hubiera sido prudente venir directo ahí desde la casa Bridgerton.

Pero al salir de la casa, solo había llegado a la acera cuando cayó en la cuenta de que era martes. Y eso le pareció buen augurio. Todo había comenzado un martes... ¡Santo cielo!, ¿solo hacía dos semanas?

Los martes eran los días en que Hyacinth iba a leerle a su abuela; todos los martes, sin falta, a la misma hora, en el mismo lugar. Cuando iba caminando por la calle, pensando en la nueva dirección que iba a tomar su vida, comprendió que sabía exactamente dónde estaba Hyacinth en ese momento. Y que si deseaba pedirle que se casara con él, solo tenía que caminar la corta distancia por Mayfair hasta la casa Danbury.

Tal vez habría sido más juicioso haber esperado. Tal vez debería haber elegido un momento y un lugar más románticos, algo que la enamorara y la dejara jadeante pidiendo más. Pero ya había tomado su decisión y no deseaba esperar. Además, después de todo lo que había hecho su abuela por él a lo largo de los años, se merecía ser la primera en saberlo.

Pero no se había imaginado que tendría que formularle su petición en presencia de la anciana.

La miró.

—¿Qué pasa? —inquirió ella.

Debería pedirle que saliera. De verdad, debería, aunque...

¡Ah, demonios! Ella no saldría del salón ni que se lo suplicara de rodillas. Por no decir que a Hyacinth le costaría muchísimo rechazarlo en presencia de lady Danbury.

En realidad no creía que ella lo fuera a rechazar, pero sí tenía lógica barajar las cartas a su favor.

—¿Gareth? —dijo Hyacinth en voz baja.

Él la miró, pensando cuánto tiempo llevaría ahí sopesando sus opciones.

—Hyacinth —dijo.

Ella lo miró expectante.

—Hyacinth —repitió, esta vez con más seguridad. Le sonrió, fusionando los ojos con los de ella—. Hyacinth.

—El nombre es conocido —terció su abuela.

Sin hacerle caso, él apartó la mesa de centro para poder hincar una rodilla en el suelo.

—Hyacinth —dijo, y le encantó su exclamación ahogada cuando le cogió una mano—, ¿me harías el muy gran honor de ser mi esposa?

A ella se le agrandaron los ojos, luego se le empañaron, y empezaron a temblarle los labios, esos labios que había besado tan deliciosamente solo unas horas antes.

—Esto...

Era tan impropio de ella quedarse sin palabras que él lo disfrutó, en especial viendo la emoción que expresaba su cara.

—Esto...

—¡Sí! —gritó su abuela finalmente—. ¡Se casará contigo!

—Ella sabe hablar.

—No —dijo lady Danbury—. No sabe. Eso es evidente.

—Sí —dijo Hyacinth, sorbiendo por la nariz—. Sí, me casaré contigo.

Él le levantó la mano y se la llevó a los labios.

—Estupendo.

—Bien —declaró su abuela—. Bien. Necesito mi bastón —masculló entonces.

—Está detrás del reloj —dijo Hyacinth, sin apartar los ojos de los de Gareth.

Lady Danbury pestañeó sorprendida, luego se levantó y fue a buscarlo.

—¿Por qué? —preguntó Hyacinth.

—¿Por qué qué? —dijo él, sonriendo.

—¿Por qué me pides que me case contigo?

—Yo diría que eso es evidente.

—¡Díselo! —aulló lady Danbury, golpeando la alfombra con su bastón. Luego miró el bastón con visible afecto—. Esto está mucho mejor.

Gareth y Hyacinth se giraron a mirarla, Hyacinth algo impaciente y Gareth con esa mirada sosa que insinuaba superioridad sin refregársela en la cara a la persona receptora.

—¡Ah, muy bien! —gruñó lady Danbury—. Supongo que queréis un poco de intimidad.

Ni Gareth ni Hyacinth dijeron una palabra.

—Me voy, me voy —dijo lady Danbury, caminando con movimientos sospechosamente menos ágiles que cuando atravesó la sala para ir a buscar su bastón—. Pero no creáis —añadió desde la puerta— que os dejaré solos mucho rato. Te conozco —apuntó a Gareth con el bastón—, y si crees que te voy a confiar su virtud...

—Soy tu nieto.

—Eso no te hace un santo —declaró ella, saliendo y cerrando la puerta.

Él miró la puerta perplejo.

—Creo que en realidad desea que te comprometa —musitó—. Si no, no habría cerrado totalmente la puerta.

—No seas tonto —dijo Hyacinth, intentando hacer un alarde de osadía para disimular su rubor, que sentía subir caliente por las mejillas.

—No, yo creo que lo desea —dijo él, cogiéndole las dos manos y llevándoselas a los labios—. Desea tenerte como nieta, tal vez más de lo que me desea a mí por nieto, y es lo bastante astuta y solapada para facilitar tu deshonra con el fin de asegurar el resultado.

—Yo no me echaría atrás —balbuceó ella, desconcertada por su cercanía—. Te di mi palabra.

Él le cogió un dedo y se puso la punta entre los labios.

—Me la diste, ¿verdad?

Ella asintió, paralizada al ver su dedo metido en la boca de él.

—No has contestado mi pregunta —musitó.

Él le buscó con la lengua la delicada hendidura de la primera articulación del dedo y se la lamió frotándosela.

—¿Me hiciste una pregunta?

Ella asintió. Le costaba pensar mientras él la estaba seduciendo; encontraba pasmoso que él pudiera producirle esa agitación con solo un dedo entre sus labios.

Él la acercó al sofá, la hizo sentarse y se sentó a su lado, sin soltarle la mano.

—¡Qué hermosa! —musitó—, y pronto será mía.

Le giró la mano, dejando la palma hacia arriba. Hyacinth vio que se la observaba y lo observó inclinarse sobre su regazo a besarle el interior de la muñeca. Sentía resonar demasiado fuerte su respiración en el silencio del salón, y pensó en cuál sería la causa de su agitación, si la sensación de su boca sobre su piel o verlo seduciéndola solo con un beso.

—Me gustan tus brazos —dijo él, sosteniéndole uno como si fuera un tesoro precioso que era necesario examinar tanto como proteger—. En primer lugar la piel, creo —continuó, deslizando suavemente las yemas de los dedos por su piel más arriba de la muñeca.

Ese día estaba caluroso y ella solo llevaba un vestido de verano bajo el capote; las mangas del capote simplemente le cubrían los brazos, anchas, sin puño, por lo que él continuó su exploración hasta el hombro, lo que la hizo retener el aliento y pensar si no se derretiría ahí mismo sobre el sofá.

—Pero me gusta su forma también —dijo él, mirándole el brazo como si fuera un objeto para maravillarse—. Delgado pero al mismo tiempo bien redondeado y fuerte. —La miró, con perezoso humor en los ojos—. Parece que eres una mujer bastante aficionada al ejercicio físico, ¿eh?

Ella asintió.

Él esbozó su sonrisa sesgada.

—Eso lo veo en tu manera de andar, en tu manera de moverte. Incluso —le acarició nuevamente el brazo hasta dejar la mano apoyada en su muñeca— en la forma de tu brazo.

Se le acercó hasta dejar la cara muy cerca de la de ella, y ella se sintió besada por su aliento cuando habló:

—Te mueves de manera distinta a otras mujeres —le dijo en voz baja—. Eso me hace pensar...

—¿Qué?

De pronto él tenía la mano en su cadera, y luego en su pierna, curvada sobre el muslo, no acariciándola exactamente, sino solo haciéndole sentir el calor y el peso de la mano.

—Creo que lo sabes —musitó.

Hyacinth sintió pasar una oleada de calor por todo el cuerpo mientras por su mente pasaban imágenes no invitadas. Sabía lo que ocurría entre un hombre y una mujer; hacía tiempo que le había sonsacado la verdad a sus hermanas mayores. Y una vez encontró un escandaloso libro con imágenes eróticas en la habitación de Gregory, ilustraciones de Oriente que le produjeron sensaciones muy extrañas por dentro.

Pero nada la había preparado para la oleada de deseo que le produjeron las palabras susurradas de Gareth. No pudo dejar de imaginárselo acariciándola, besándola.

Eso la debilitaba.

La hacía desearlo.

—¿No te lo preguntas? —susurró él, quemándole el oído con sus palabras.

Ella asintió. No podía mentir. En ese momento se sentía desnuda, con el alma abierta a su suave asalto.

—¿Qué piensas? —insistió él.

Ella tragó saliva, tratando de no fijarse en cómo el aire parecía llenarle el pecho de modo diferente.

—No sabría decirlo —logró decir finalmente.

—No, no sabrías, ¿verdad? —dijo él, sonriendo como si lo supiera—. Pero eso no tiene importancia. —Entonces la besó, largamente, en los labios—. Pronto lo sabrás —añadió, levantándose—. Creo que debo marcharme, antes de que mi abuela intente espiarnos desde la casa del frente.

Hyacinth miró hacia la ventana, horrorizada.

—No te preocupes —dijo él, riendo—. Su vista no es tan buena.

—Tiene un telescopio —dijo Hyacinth, sin dejar de mirar la ventana, desconfiada.

—¿Por qué será que eso no me sorprende? —dijo Gareth, caminando hacia la puerta.

Hyacinth se giró a observarlo atravesar el salón. Siempre la había hecho pensar en un león. Seguía recordándole un león, aunque ahora era un león de ella, para domarlo.

—Te iré a visitar mañana —dijo Gareth, honrándola con una leve venia.

Ella asintió y él salió. Entonces, cuando él ya no estaba, giró el cuerpo y quedó nuevamente mirando al frente.

—¡Ay, Dios...!

—¿Qué dijo? —preguntó lady Danbury, entrando en el salón apenas treinta segundos después de que saliera Gareth.

Hyacinth la miró sin entender.

—Le preguntaste por qué te pidió que te casaras con él —le recordó la anciana—. ¿Qué dijo?

Hyacinth abrió la boca para contestar y en ese momento cayó en la cuenta de que él no le había contestado la pregunta.

—Dijo que no podría no casarse conmigo —mintió.

Eso era lo que deseaba que hubiera dicho; bien podría ser lo que lady Danbury pensaba que había ocurrido.

—¡Ah! —suspiró lady Danbury, juntando las manos en el pecho—. ¡Qué bonito!

Hyacinth la miró, valorándola de una manera nueva.

—Es una romántica —dijo.

—Siempre —contestó lady Danbury, esbozando una sonrisa secreta, que Hyacinth estaba segura de que no dejaba ver con mucha frecuencia—. Siempre.

14

Han transcurrido dos semanas. Ya todo Londres sabe que Hyacinth se va a convertir en la señora Saint Clair. Gareth disfruta de su nueva posición como Bridgerton honorario, pero de todos modos no puede dejar de temer que en cualquier momento se le derrumbe todo.

Es medianoche; el escenario es el lugar directamente debajo de la ventana del dormitorio de Hyacinth.

Lo tenía todo planeado, pensado hasta el último detalle. Lo había ensayado mentalmente, todo a excepción de las palabras que diría, porque esas le vendrían solas con el ardor del momento.

Sería algo bello.

Sería todo pasión.

Sería esa noche.

Esa noche, pensó Gareth, sintiendo una extraña mezcla de placer y premeditación, seduciría a Hyacinth.

Lo asaltaron unas cuantas vagas punzadas de remordimiento al pensar hasta qué punto había tramado con todos sus detalles la caída de ella, pero se apresuró a descartarlas. No era que quisiera deshonrarla y dejarla abandonada a los lobos. Pensaba casarse con ella, ¡por el amor de Dios!

Y nadie lo sabría. Nadie, aparte de él y Hyacinth.

Y, lo más importante, lo sabría la conciencia de ella, que no le permitiría romper el compromiso habiéndose entregado ya a su prometido.

Tenían preparado el plan para ir esa noche a la casa Saint Clair a hacer la búsqueda. Hyacinth había querido ir la semana anterior, pero él la convenció de aplazarlo; aún era demasiado pronto para poner en práctica su plan, así que inventó la historia de que su padre tenía invitados en casa.

Al fin y al cabo, el sentido común dictaminaba que hicieran la visita a la casa cuando corrieran el riesgo mínimo de ser descubiertos.

Siendo una chica práctica, Hyacinth aceptó inmediatamente.

Pero esa noche sería perfecto. Era casi seguro que su padre estaría en el baile de los Mottram, por si se daba el caso de que fueran realmente a la casa Saint Clair a realizar la búsqueda. Y, lo más importante, Hyacinth ya estaba preparada.

Él se había encargado de prepararla.

Esas dos semanas pasadas habían sido asombrosamente placenteras. Se había visto obligado a asistir a un número increíble de fiestas y bailes. Había estado en la ópera y en el teatro. Pero todo eso lo había hecho con Hyacinth a su lado, y si había tenido alguna duda sobre la prudencia de casarse con ella, esta ya había desaparecido. A veces era fastidiosa, y de vez en cuando enloquecedora, pero siempre era amena, entretenida.

Sería una excelente esposa; no para cualquier hombre, claro, pero sí para él, y eso era lo único que importaba.

Pero primero tenía que asegurarse de que ella no pudiera echarse atrás. Tenía que hacer permanente el acuerdo.

Había comenzado poco a poco la seducción, tentándola con miradas, caricias y besos furtivos. La hacía desearlo, atormentándola, siempre insinuando algo de lo que podría ocurrir después. La dejaba sin aliento, jadeante; ¡demonios!, él se quedaba jadeante.

Eso lo comenzó hacía dos semanas, desde el día que le pidió que se casara con él, siempre consciente de que el tiempo de compromiso debía ser corto. Lo comenzó con un beso, un solo beso, un beso corto, suave.

Esa noche le demostraría cómo podía ser un beso.

En general, todo había ido bastante bien, iba pensando Hyacinth subiendo a toda prisa la escalera en dirección a su dormitorio.

Esa noche habría preferido quedarse en casa, con más tiempo para prepararse para la salida a la casa Saint Clair, pero Gareth le hizo notar que si él iba a presentar disculpas a los Mottram declinando la invitación al baile, ella debía asistir. Si no, darían pie a curiosidad y elucubraciones respecto a sus respectivos paraderos. Pero cuando ya llevaba tres horas charlando, riendo y bailando, localizó a su madre y, pretextando dolor de cabeza, le dijo que deseaba marcharse a casa. Violet lo estaba pasando muy bien en la fiesta y no deseaba marcharse, cosa que ella sabía, lógicamente, así que no puso ningún problema para que volviera sola a casa en el coche.

Perfecto, perfecto. Todo estaba resultando perfecto. El coche no encontró ningún atasco de tráfico en el trayecto, y solo era cerca de la medianoche, lo que significaba que tenía quince minutos para vestirse adecuadamente y bajar por la escalera de atrás a esperar a Gareth.

No veía el momento de entrar en la casa Saint Clair.

No tenía la seguridad de que encontrarían las joyas esa noche; no la sorprendería si Isabella hubiera dejado otra pista en lugar de las joyas. Pero estarían un paso más cerca del objetivo.

Y sería una aventura.

¿Siempre habría tenido esa vena temeraria?, pensó. ¿Siempre la había fascinado el peligro? ¿Habría estado esperando simplemente la oportunidad para desmadrarse?

Avanzó sigilosamente por el corredor de la primera planta en dirección a la puerta de su habitación. La casa estaba silenciosa y no quería despertar a ningún criado. Cogió el pomo bien lubricado, lo giró, empujó suavemente la puerta y entró.

Por fin.

Lo único que le quedaba por hacer era...

—Hyacinth.

Pegó un salto y estuvo a punto de chillar.

—¿Gareth? —exclamó, con los ojos casi desorbitados.

¡Buen Dios!, estaba recostado en su cama.

—Te estaba esperando —dijo él, sonriente.

Ella miró rápidamente toda la habitación. ¿Cómo entró?

—¿Qué haces aquí? —susurró, angustiada por los nervios.

—Llegué temprano —dijo él en tono perezoso, pero sus ojos brillaban de intensidad—. Se me ocurrió esperarte.

—¿Aquí?

Él se encogió de hombros, sonriendo.

—Hacía frío fuera.

Eso no era cierto. Hacía un calor excepcional para la estación. Todos lo habían estado comentando.

—¿Cómo entraste?

¡Buen Dios!, ¿lo sabrían los criados? ¿Lo habría visto alguien?

—Escalé la pared.

—Escalaste la... ¿Qué? —Corrió hasta la ventana y se asomó—. ¿Cómo hiciste para...?

Pero él ya se había levantado y estaba detrás de ella, rodeándola con los brazos y susurrándole al oído:

—Soy muy, muy ingenioso.

—O en parte gato —dijo ella, riendo nerviosa.

Lo sintió sonreír.

—Eso también —musitó él, y pasado un momento, añadió—: Te he echado de menos.

—Yo...

Deseó decirle que ella también lo había echado de menos, pero él estaba demasiado cerca, y se sentía muy acalorada, y no le salió la voz.

Él deslizó los labios hasta detrás de la oreja y la acarició, tan suave que ella no supo si era un beso.

—¿Lo pasaste bien esta noche? —le preguntó entonces.

—Sí. No. Estaba muy... —tragó saliva, sin poder dejar de reaccionar al contacto de sus labios— nerviosa.

Él la hizo girar, le cogió las dos manos y le besó una y luego la otra.

—¿Nerviosa? ¿Por qué?

—Las joyas —dijo ella.

¡Cielo santo!, ¿es que todas las mujeres tenían tanta dificultad para respirar cuando estaban tan cerca de un hombre guapo?

—Ah, sí —dijo él. Pasándole una mano por la cintura, la atrajo hacia él—. Las joyas.

—¿No quieres...?

—Ah, sí que quiero —susurró él, pegándose escandalosamente a ella—. Muchísimo.

—Gareth —exclamó en un resuello.

Sentía las manos de él en el trasero y sus labios en el cuello.

Y no sabía cuánto tiempo más sería capaz de continuar de pie.

Él le hacía experimentar cosas. La hacía sentir cosas que le eran desconocidas. La hacía suspirar, jadear y gemir, y lo único que sabía era que deseaba más.

—Pienso en ti todas las noches —susurró él, con la boca pegada a su cuello.

—¿Sí?

—Mmm, mmm. —Su voz, casi un ronroneo, le vibró a ella en la garganta—. Paso horas despierto en la cama, deseando que estés a mi lado.

Ella ya tenía que recurrir a todas sus fuerzas para poder respirar. Sin embargo, una pequeña parte de ella, un rincón de su alma perverso y muy lujurioso, la incitó a preguntar:

—¿En qué piensas?

Él se rio, sin duda muy complacido por su pregunta.

—Pienso en hacerte esto —murmuró, presionando la mano que ya tenía ahuecada en sus nalgas, haciéndole sentir la dura prueba de su deseo.

Ella emitió un sonido; tal vez el nombre de él.

—Y pienso muchísimo en hacer esto —continuó él, soltando con dedos expertos uno de los botones de la espalda del vestido.

Hyacinth tragó saliva. Y volvió a tragar al darse cuenta de que él había desabotonado otros tres en el tiempo que a ella le llevó inspirar.

—Pero más que nada —dijo él, con la voz ronca y dulce—, pienso en hacer esto.

La levantó en los brazos; la falda se le arremolinó alrededor de las piernas y el corpiño se le deslizó hacia abajo quedando el escote sujeto precariamente sobre la parte más elevada de sus pechos. Ella se agarró de sus hombros y aunque se los apretó, le fue imposible hundir los dedos en sus duros músculos; deseó decir algo, cualquier cosa que la hiciera parecer más sofisticada, más mundana de lo que era, pero lo único que logró fue emitir un sorprendido «¡Oh!». Y se sintió ingrávida, como si estuviera flotando, hasta que él la depositó en la cama.

Él se tumbó a su lado, de costado, y comenzó a acariciarle con una mano la piel desnuda del lugar del esternón.

—¡Qué suave! —musitó.

—¿Qué vas a hacer? —preguntó ella en un susurro.

Él sonrió, una sonrisa perezosa, como un gato.

—¿A ti?

Ella asintió.

—Eso depende. —Se inclinó sobre ella y empezó pasar la lengua por el lugar donde acababa de estar su mano—. ¿Cómo te hace sentir esto?

—No sé.

Él se rio, con una risa ronca y suave, cuyo sonido le calentó extrañamente el corazón.

—Eso es bueno —dijo él, agarrando la parte del corpiño suelto—. Muy bueno.

Lo bajó de un tirón y ella retuvo el aliento; estaba desnuda al aire, a la noche.

A él.

—Muy bonita —musitó él, sonriéndole.

Ella pensó si una caricia de él podría dejarla tan sin aliento como su mirada. No hacía otra cosa que mirarla y ya estaba tensa.

Deseosa, impaciente.

—Eres muy hermosa —dijo él, y entonces la acarició, deslizando la palma por encima de un pezón, con un roce tan ligero que igual podría haber sido la brisa.

Ah, pues sí, su caricia le producía más placer que su mirada.

La sintió en el vientre, la sintió en la entrepierna. La sintió en las puntas de los dedos de los pies, y no pudo hacer otra cosa que arquear la espalda, para sentirlo más, para hacer más intensa la caricia.

—Creí que serías perfecta —dijo él, trasladando la tortura al otro pecho—. No sabía, simplemente no sabía.

—¿Qué?

Él la miró a los ojos.

—Que eres mejor. Mejor que perfecta.

—Eso no es posible. No puedes... ¡Oh!

Él le había hecho otra cosa, algo más escandaloso aún, y si eso era una batalla para su juicio, la estaba perdiendo irremisiblemente.

—¿Qué no puedo hacer? —preguntó él, en un tono de lo más inocente, apretando y moviendo el pezón entre los dedos, sintiéndolo endurecerse hasta que quedó duro, duro como un pequeño botón.

—No puedes hacer algo... No puedes hacer algo...

—¿No? —dijo él, sonriendo pícaro, probando sus artes en el otro pezón—. Creo que puedo. Creo que acabo de hacerlo.

—No —resolló ella—. No puedes hacer algo mejor que perfecto. Eso no existe.

Entonces él se quedó inmóvil, totalmente inmóvil, sorprendiéndola. Pero su mirada seguía ardiente, mirándola, mirando sus pechos. Ella sintió su mirada; no habría sabido explicarlo, simplemente sabía que la sentía.

—Eso es lo que yo creía —musitó él—. La perfección es absoluta, ¿verdad? Uno no puede ser ligeramente único, no se puede ser más que perfecto. Pero, no sé..., tú lo eres.

—¿Ligeramente única?

A él se le extendió la sonrisa por la cara.

—Mejor que perfecta.

Ella levantó la mano y le acarició la mejilla; luego le echó hacia atrás un mechón y se lo metió detrás de la oreja. La luz de la luna se reflejaba en su pelo, haciéndolo parecer más dorado que lo habitual.

No sabía qué decir; no sabía qué hacer. Solo sabía que amaba a ese hombre.

No sabía muy bien cuándo ocurrió. No ocurrió como su decisión de casarse con él, que fue repentina y clara, instantánea. El amor, ese amor se le había ido insinuando, sigiloso, poco a poco, adquiriendo impulso, hasta que un día estaba ahí.

Estaba ahí, y era verdadero, y sabía que siempre lo sería.

Y en ese momento, echada en la cama, en la secreta quietud de la noche, deseó entregarse a él. Deseó amarlo de todas las maneras en que puede amar una mujer a un hombre; deseó que él tomara todo lo que ella podía darle. ¡Qué importaba que no estuvieran casados! Lo estarían muy pronto.

Esa noche, no podía esperar.

—Bésame —musitó.

Él sonrió, y la sonrisa se notó más en sus ojos que en sus labios.

—Creí que no me lo pedirías nunca.

Se inclinó a besarla, pero sus labios rozaron los de ella apenas un segundo. Enseguida los deslizó hacia abajo, calentándole la piel con una estela de besos hasta que sus labios encontraron su pecho. Y entonces...

—¡Oooh! —gimió ella.

No podía hacerle eso, pensó. ¿Podía?

Podía, lo estaba haciendo.

La recorrió una oleada del placer más puro, haciéndole hormiguear todos los recovecos del cuerpo. Le cogió la cabeza, hundiendo los dedos en su abundante pelo liso, sin saber si se la acercaba más a ella o intentaba apartarla. No sabía si podía seguir soportándolo, aunque sí sabía que no deseaba que él parara.

—Gareth. Yo... Tú...

Las manos de él parecían estar en todas partes, palpándola, acariciándola, bajándole y bajándole el corpiño, hasta que le quedó todo arrugado alrededor de las caderas, a solo unos dedos del lugar... del centro de su feminidad.

El terror oprimía el pecho de Hyacinth. Deseaba eso. Sabía que lo deseaba, pero de repente se sentía aterrada.

—No sé qué hacer —dijo.

—No pasa nada. —Se incorporó y se sacó la camisa con tanta fuerza que fue asombroso que no salieran volando los botones—. Yo sé.

—Sí, lo sé, pero...

Él le puso un dedo sobre los labios.

—Shhh. Déjame enseñarte. —La miró sonriendo, sus ojos bailando de travesura—. ¿Me atrevo? —preguntó, como pensando en voz alta—. ¿Debo...? Bueno, tal vez...

Le quitó el dedo de la boca.

Al instante ella dijo:

—Pero creo que yo...

Él volvió a ponerle el dedo en la boca.

—Sabía que ocurriría eso.

Ella lo miró indignada, o, mejor dicho, lo intentó. Gareth tenía una capacidad increíble para hacerla reírse de sí misma. Notó que se le curvaban los labios, aun cuando trató de apretarlos.

—¿Te quedarás callada? —le preguntó él, sonriéndole.

Ella asintió.

Él hizo como que lo pensaba.

—No te creo.

Ella se plantó las manos en las caderas, con lo que seguro que quedó en una posición ridícula, puesto que estaba desnuda de la cintura a la cabeza.

—De acuerdo —convino él—, pero las únicas palabras que permitiré que salgan de tu boca serán «¡Oh, Gareth!», «¡Sí, Gareth!».

Le quitó el dedo de la boca.

—¿Y «¡Más, Gareth!»?

Él lo intentó, pero no consiguió mantener seria la cara.

—Eso será aceptable.

Ella sintió subir la risa, burbujeante, por dentro. No hizo ningún sonido, pero la sintió de todas maneras, esa sensación tonta, que le hormigueaba y revoloteaba por el vientre. Y la maravillaba. Estaba muy nerviosa, o no, lo había estado.

Él le había quitado el nerviosismo.

Y comprendió que todo iría bien. Tal vez él había hecho eso antes. Tal vez lo había hecho cientos de veces, con mujeres cien veces más hermosas que ella.

Pero eso no importaba. Él era el primero para ella, y ella la última para él.

Él se tendió a su lado, la puso de costado y la apretó a él para besarla. Hundió las manos en su pelo, liberándolo de las horquillas y alisándole los bucles, hasta que todo el cabello le cayó a la espalda en sedosas ondas. Ella se sintió libre, sin domar.

Osada.

Levantó una mano, la apoyó en el pecho de él y comenzó a explorárselo, deslizándola por su piel, palpando los contornos de sus músculos. Jamás lo había tocado, comprendió. No así. Bajó la mano por su costado hasta la cadera y siguió con las yemas de los dedos trazando una línea por el borde de sus pantalones.

Y sintió la reacción de él. Le vibraban los músculos donde se los tocaba, y cuando continuó por su vientre, por esa parte que quedaba entre el ombligo y la cinturilla del pantalón, él retuvo el aliento.

Ella sonrió, sintiéndose poderosa y muy, muy femenina.

Flexionó los dedos para rascarle la piel con las uñas, con un roce suave, ligero, solo para hacerle hormiguear la piel y torturarlo. Su vientre era plano, con una ligera capa de vello que formaba una línea y desaparecía bajo los pantalones.

—¿Te gusta esto? —susurró, haciéndole un círculo con el índice alrededor del ombligo.

—Mmm... —musitó él, con la voz tranquila, pero ella oía su respiración agitada.

Con el dedo siguió la línea de vello hacia abajo.

—¿Y esto?

Él no dijo nada, pero sus ojos dijeron sí.

—¿Y...?

—Suelta los botones —dijo él, con la voz ronca.

—¿Yo?

Dejó inmóvil la mano. No se le había ocurrido que ella podría ayudarlo a desvestirse. Le parecía que esa era la tarea del seductor.

Él le cogió la mano y se la guio hasta los botones.

Con los dedos temblorosos, Hyacinth desabotonó el primero, pero no separó la parte que quedó suelta. Eso era algo que no estaba preparada para hacer.

Gareth pareció percibir su renuencia; de un salto se bajó de la cama, y rápidamente se quitó el resto de la ropa. Ella desvió la mirada, al principio.

—¡Santo cie...!

—No te preocupes —se apresuró a decir él, acostándose a su lado. Le buscó la orilla del vestido y se lo bajó hasta quitárselo por los pies—. Nunca —continuó, besándole el vientre—, jamás —le besó la cadera—, te preocupes.

Hyacinth deseó decirle que no se preocuparía, que se fiaba de él, pero justo entonces él le deslizó los dedos por entre las piernas, y lo único que logró hacer fue suspirar.

—Shhh —la arrulló él, separándole un poco los muslos—. Relájate.

—Estoy relajada —resolló ella.

—No, no lo estás —dijo él, sonriéndole.

—Sí.

Él se inclinó a depositarle un indulgente beso en la nariz.

—Fíate de mí. Solo por este momento, fíate de mí, créeme.

Ella intentó relajarse. De verdad lo intentó. Pero eso era casi imposible mientras él le torturaba el cuerpo haciéndoselo arder. Un instante le estaba acariciando el interior de los muslos y al siguiente se los había separado y le estaba acariciando el lugar que ella jamás se había tocado.

—¡Oh! cie... ¡Oooh!

Se le arquearon las caderas, y no supo qué hacer. No sabía qué decir.

—Eres perfecta —le dijo él al oído, rozándole la oreja con los labios—. Perfecta.

—Gareth... ¿qué vas a...?

—Hacerte el amor. Te voy a hacer el amor.

A ella le dio un vuelco el corazón. No era exactamente «Te amo», pero se acercaba tremendamente.

Y en ese momento, el último en que le funcionó el cerebro, él le introdujo un dedo en la abertura.

—¡Gareth! —exclamó, agarrándose de sus hombros y apretándoselos fuerte.

—Shhh —musitó él, haciéndole algo absolutamente perverso—. Los criados.

—No me importa.

Él la miró como si estuviera muy divertido, y entonces, fuera lo que fuera que le hizo, lo volvió a hacer.

—Creo que sí te importa.

—No. No me...

Él le hizo otra cosa, al parecer algo por fuera, y ella lo sintió en todo el cuerpo.

—Estás muy preparada —dijo—. No me lo puedo creer.

Se incorporó y se posicionó encima de ella. Continuaba torturándola con los dedos, pero tenía la cara sobre la de ella, y ella se sumergió en las profundidades azules de sus ojos.

—Gareth —susurró, sin saber qué quería decirle.

No fue una pregunta, ni una súplica, ni nada, solo su nombre. Pero tuvo que decirlo porque era él.

Era él, ahí con ella.

Y era algo sagrado.

Él acomodó los muslos entre los de ella, y entonces ella sintió su miembro tocándole la abertura, grande, vibrante, exigente. Él seguía con los dedos entre ellos, abriéndola, preparándola para su miembro.

—Ahora, por favor —gimió ella.

Y esa sí fue una súplica. Deseaba eso. Lo necesitaba a él.

—Por favor —repitió.

Él comenzó a penetrarla, lentamente, y ella retuvo el aliento, pasmada por su tamaño y por la sensación.

—Relájate —dijo él, pero no parecía relajado.

Ella lo miró. Tenía la cara tensa, y la respiración agitada, superficial.

Entonces él se quedó muy quieto, dándole tiempo para adaptarse, y luego la penetró otro poco, muy poquito, pero lo suficiente para hacerla ahogar una exclamación.

—Relájate —repitió.

—Eso intento —repuso ella entre dientes.

Gareth casi sonrió. En esa frase había algo absolutamente propio de Hyacinth, y también algo tranquilizador. Incluso en ese momento, que tenía que ser la experiencia más sobrecogedora y extraña de su vida, era Hyacinth.

Era ella misma.

No muchas personas lo eran, estaba llegando a comprender.

Empujó otro poco y la sintió abrirse, ensancharse para recibirlo. Lo último que deseaba era causarle dolor; sabía que no lograría eliminar totalmente el dolor, pero por Dios que deseaba hacerle eso lo más indoloro que pudiera. Y si eso significaba casi matarse para hacerlo lento, lo haría.

Ella estaba tiesa como una tabla, con los dientes apretados, preparándose para su invasión. Casi gimió; la había dejado tan cerca, tan preparada, y ahora ella se esforzaba tanto en no estar nerviosa que estaba tan relajada como una reja de hierro forjado.

Le tocó la pierna. Estaba rígida como un palo.

—Hyacinth —le susurró al oído, tratando de no parecer divertido—. Creo que estabas disfrutando un poco más hace un minuto.

—Eso podría ser cierto —dijo ella, pasado un segundo.

Él se mordió el labio para no reírse.

—¿Crees que podrías intentar volver a disfrutar?

Ella frunció los labios, en esa expresión tan suya, la que ponía cuando sabía que la estaban embromando y quería replicar de la misma manera.

—Eso me gustaría, sí.

Él no pudo dejar de admirarla. Era excepcional la mujer capaz de mantener la serenidad en una situación como esa.

Movió la punta de la lengua detrás de la oreja, para distraerla, mientras deslizaba la mano entre ellos hasta tocarle la entrepierna.

—Yo podría ayudarte en eso.

—¿En qué? —resolló ella.

Por la forma como movió las caderas, él supo que se iba sumergiendo en el placer.

—Ah, en esa sensación —dijo, acariciándola ahí casi bruscamente, al tiempo que la penetraba un poco más—. La sensación «¡Oh, Gareth!», «¡Sí, Gareth!», «¡Más, Gareth!».

—¡Ah! —dijo ella, emitiendo un gemido agudo cuando él comenzó a mover el dedo en un delicado círculo—. Esa sensación.

—Es agradable.

—Eso va a... ¡Oh!

Apretó los dientes y gimió, por las sensaciones que él le estaba produciendo.

—¿Va a qué? —preguntó, cuando ya estaba casi del todo dentro.

Se iba a ganar una medalla por eso, decidió. Tenía que ganársela. Seguro que ningún hombre se había refrenado tanto jamás.

—Meterme en dificultades —dijo ella, jadeante.

—Eso espero —dijo él.

Entonces empujó y rompió la última barrera, hasta que su miembro quedó totalmente envainado. Se estremeció al sentir las vibraciones alrededor del miembro. Todos los músculos de su cuerpo le gritaban, exigiéndole que se moviera, pero se quedó quieto. Tenía que mantenerse quieto. Si no le daba tiempo para adaptarse, le causaría dolor, y de ninguna manera podía permitir que su mujer recordara con dolor su primer acto íntimo.

¡Buen Dios!, quedaría asustada para toda la vida.

Pero si a Hyacinth le dolió, ni siquiera ella lo supo, porque había empezado a mover las caderas, apretando, moviéndose en círculos, y cuando él le miró la cara, no vio otra cosa que pasión.

Entonces se rompieron las últimas cuerdas de su autodominio.

Empezó a moverse y su cuerpo adoptó el ritmo del deseo y la necesidad. El deseo fue aumentando, hasta que estaba seguro de que no podría soportarlo ni un momento más, y entonces ella emitía un suave sonido, apenas un gemido, y él la deseaba más aún.

Le parecía imposible.

Era algo mágico.

La sujetó por los hombros, apretándoselos con una fuerza demasiado intensa, seguro, pero no podía soltárselos. Lo asaltó un avasallador deseo de hacerla de él, de marcarla de alguna manera como suya.

—Gareth —gimió ella—. ¡Oh, Gareth!

Y ese gemido fue demasiado. Todo era demasiado, verla, sentir su aroma, y de pronto sintió los estremecimientos que llevaban a la eyaculación.

Apretó los dientes. No, todavía no.

—¡Gareth! —exclamó ella.

Él volvió a deslizar la mano entre sus cuerpos. Le encontró el lugar, hinchado, mojado, y se lo presionó, tal vez con menos delicadeza que la debida, pero con toda la que pudo.

Y no dejó de mirarle la cara. Sus ojos se habían oscurecido, el color era casi azul marino. Tenía los labios entreabiertos, tratando de respirar, y arqueaba el cuerpo, presionando, empujando.

—¡Oh! —gritó ella y él se apresuró a besarla para tragar el sonido.

Ella se tensó, se estremeció y entonces él sintió las contracciones de su orgasmo alrededor del miembro. Ella le aferró los hombros, el cuello, enterrándole las uñas.

Pero a él no le importó. Ni lo sintió. Solo existía la exquisita presión de las contracciones de ella, apretándole el miembro, succionándoselo, hasta que él, muy literalmente, explotó.

Y tuvo que besarla en la boca otra vez, esta vez para apagar sus propios gritos de pasión y placer.

Jamás había sido así. No sabía que podía ser así.

—¡Uy, caramba! —suspiró Hyacinth, después de que él rodó hacia el lado y se puso de espaldas.

Él asintió; todavía no podía hablar. Pero le tomó la mano. Seguía deseando tocarla. Necesitaba el contacto.

—No sabía —dijo ella.

—Yo tampoco —logró decir él.

—¿Siempre es...?

Él le apretó la mano, y cuando sintió que ella se giraba a mirarlo, negó con la cabeza.

—¡Ah! —dijo ella, y pasado un momento, añadió—: Bueno, entonces es fantástico que nos vayamos a casar.

Gareth comenzó a estremecerse de risa.

—¿Qué pasa?

Él no pudo hablar. Lo único que podía hacer era reírse, haciendo temblar toda la cama.

—¿Qué es tan divertido?

Él retuvo el aliento y, rodando rápidamente, se colocó encima de ella, quedando nariz con nariz.

—Tú —dijo.

Ella empezó a fruncir el ceño, pero enseguida sonrió.

Con una sonrisa pícara.

¡Buen Dios, cómo iba a gozar casado con esa mujer!

—Creo que tal vez necesitemos adelantar la fecha de la boda —dijo ella entonces.

—Estoy dispuesto a llevarte a Escocia mañana mismo —dijo él.

Y lo decía en serio.

—No puedo —dijo ella, pero él vio que medio lo deseaba.

—Sería una aventura —dijo, deslizándole la mano por la cadera, para endulzar el trato.

—Hablaré con mi madre —prometió ella—. Si soy lo bastante fastidiosa, seguro que lograré reducir a la mitad el periodo de compromiso.

—Eso me hace pensar. Como tu futuro marido, ¿debe preocuparme esa frase «Si soy lo bastante fastidiosa»?

—No, si accedes a todos mis deseos.

—Frase que me preocupa más aún.

Ella simplemente sonrió.

Y entonces, justo cuando él comenzaba a sentirse totalmente a gusto en todos los aspectos, ella exclamó «¡Uy!», y se escabulló, saliendo rápidamente de debajo de él.

—¿Qué pasa? —preguntó él, con la voz sofocada por su poco elegante aterrizaje en la almohada.

—Las joyas —dijo ella, sentándose y cubriéndose los pechos con la sábana—. Las había olvidado totalmente. ¡Santo cielo! ¿Qué hora es? Tenemos que ponernos en marcha.

—¿Puedes moverte?

Ella lo miró, pestañeando sorprendida.

—¿Tú no?

—Si no tuviera que abandonar esta cama antes de mañana, estaría muy feliz de roncar hasta mediodía.

—¡Pero las joyas! ¡Nuestros planes!

Él cerró los ojos.

—Podemos ir mañana.

—No —dijo ella, golpeándole el hombro con la base de la palma—. No podemos.

—¿Por qué no?

—Porque ya tengo planes para mañana, y mi madre va a sospechar si vivo alegando dolor de cabeza. Además, lo planeamos para esta noche.

Él abrió un ojo.

—No es que nos esté esperando alguien.

—Bueno, yo voy a ir —declaró ella, bajándose de la cama, tirando la sábana hasta quedar bien envuelta con ella.

Gareth arqueó las cejas, contemplando su cuerpo desnudo. Miró a Hyacinth con una sonrisa muy masculina, que ensanchó al ver que ella se ruborizaba y le daba la espalda.

—Esto..., eh, necesito lavarme —balbuceó, alejándose hacia su vestidor.

Haciendo gran alarde de renuencia (aunque Hyacinth le daba la espalda), Gareth comenzó a vestirse. No podía creer que se le hubiera ocurrido siquiera salir esa noche. ¿Acaso las mujeres que acababan de perder la virginidad no estaban adoloridas la primera vez?

Ella asomó la cabeza por la puerta del vestidor.

—Me compré unos zapatos mejores —dijo, en un susurro teatral—, por si tuviéramos que correr.

Él agitó la cabeza. No, no era una mujer corriente.

—¿Estás segura de que deseas hacer esto esta noche? —le preguntó, cuando ella reapareció, vestida con ropa negra de hombre.

—Absolutamente —dijo ella, recogiéndose el pelo en una coleta. Lo miró, con los ojos brillantes de entusiasmo—. ¿Tú no?

—Estoy agotado.

Ella lo miró con franca curiosidad.

—¿Sí? Pues yo me siento todo lo contrario. Llena de energía, en realidad.

—Vas a ser mi muerte, ¿sabes eso?

Ella sonrió de oreja a oreja.

—Mejor yo que cualquier otra.

Suspirando, él se dirigió a la ventana.

—¿Quieres que te espere abajo, o preferirías bajar conmigo por la escalera de atrás? —preguntó ella amablemente.

Gareth se detuvo, con un pie sobre el alféizar.

—Ah, la escalera de atrás es muy aceptable —dijo.

Y la siguió fuera de la habitación.

15

Ya estamos en la biblioteca de la casa Saint Clair. No hay mucho que contar acerca del trayecto por Mayfair, aparte de señalar el manantial de energía y entusiasmo que animaba a Hyacinth y la ausencia de ambas cosas que padecía Gareth.

—¿Ves algo? —susurró Hyacinth.

—Solo libros.

Ella lo miró frustrada, pero decidió no reprenderlo por su falta de entusiasmo. Una discusión solo los distraería de la tarea que tenían entre manos.

—¿Ves alguna sección que dé la impresión de contener libros científicos? —preguntó, con la mayor paciencia que pudo lograr. Miró el estante que tenía delante y vio que contenía tres novelas, dos obras de filosofía, una historia de Grecia antigua en tres volúmenes, y un libro titulado *Cuidado y alimentación de los cerdos*—. ¿Pero están en algún orden?

—Más o menos —contestó Gareth, que estaba subido en un taburete, examinando los estantes de arriba—. No, en realidad no.

Hyacinth echó atrás la cabeza, mirando hacia arriba hasta que le vio la base del mentón.

—¿Qué ves?

—Bastante sobre los primeros tiempos de Gran Bretaña. Pero mira lo que encontré, metido al final.

Sacó un libro delgado y se lo tiró. Hyacinth lo cogió al vuelo y lo giró, para verle el título.

—¡No! —exclamó.

—Difícil de creer, ¿no?

Hyacinth volvió a mirar la cubierta; en letras doradas se leía el título: *La señorita Davenport y el marqués tenebroso.*

—No me lo creo.

—Tal vez deberías llevarlo a casa de mi abuela —dijo él—. Nadie lo va a echar en falta aquí.

Hyacinth abrió el libro en la primera página.

—Está escrito por el mismo autor de *La señorita Butterworth.*

—Tenía que serlo —comentó Gareth, flexionando las rodillas para ver mejor el estante de abajo.

—No sabíamos nada de este —dijo Hyacinth—. Ya leímos *La señorita Sainsbury y el coronel misterioso,* por supuesto.

—¿Una novela militar?

—Ambientada en Portugal —explicó Hyacinth, reanudando su exploración del estante que tenía delante—. No me pareció muy auténtica. Aunque, claro, nunca he estado en Portugal.

Él asintió, bajó del taburete y lo movió a la siguiente estantería. Ella lo observó subir al taburete y comenzar a mirar los libros del estante de más arriba.

—Recuérdamelo —dijo él—. ¿Cuál es exactamente el libro que estamos buscando?

Hyacinth sacó del bolsillo el papel que llevaba bien doblado, lo abrió y leyó:

—*Discorso intorno alle cose che stanno in sù l'acqua.*

Él estuvo un momento mirándola.

—¿Y eso qué quiere decir...?

—¿Discusión sobre el interior de las cosas que están en el agua? —repuso ella, en forma de pregunta, aunque no había sido su intención.

Él pareció dudoso.

—¿Interior de cosas?

—Que están en el agua. O que se mueven. *Ô che in quella si muovono.* Esa es la última parte.

—¿Y alguien querría leer eso porque...?

—No tengo idea. Tú eres el universitario.

Él se aclaró la garganta.

—Sí, bueno, no era muy aficionado a las ciencias.

Hyacinth decidió no hacer ningún comentario y volvió la atención al estante. Había un tratado sobre la flora inglesa en siete volúmenes, dos obras de Shakespeare y un libro bastante gordo titulado simplemente *Flores silvestres*.

—Creo —dijo, mordiéndose el labio y mirando varios de los estantes que ya había revisado— que esto estuvo en orden en algún momento. Parece que hay un cierto orden. Por ejemplo, aquí —señaló uno de los primeros estantes que había mirado— casi todos son obras de poesía. Pero justo en el medio hay algo de Platón, y al final una *Historia ilustrada de Dinamarca*.

—Exactamente —dijo él, con la voz como si estuviera haciendo un mal gesto—. Exacto.

—¿Exacto? —repitió ella, mirándolo.

Él parecía azorado.

—Exacto. Eso podría ser culpa mía.

Ella pestañeó, sorprendida.

—¿Perdón?

—Fue uno de mis momentos de más inmadurez —dijo él—. Estaba furioso.

—¿Estabas... furioso?

—Desordené los estantes.

—¿Qué?

Hyacinth habría querido ponerse a gritar y, la verdad, se sintió bastante orgullosa de no hacerlo.

Él se encogió de hombros, azorado.

—Me pareció una diablura impresionantemente solapada en el momento.

Hyacinth se quedó mirando sin ver el estante que tenía delante.

—¿Quién podría haber imaginado que esto iba a tener consecuencias y algún día te fastidiaría?

—¿Quién, desde luego? —Gareth bajó del taburete, caminó hasta otra estantería y ladeó la cabeza para leer los lomos—. Lo peor fue que la jugarreta resultó demasiado solapada. Mi padre no se molestó ni por asomo.

—¡Uy!, a mí me habría dado un ataque de rabia.

—Sí, pero tú lees. Mi padre jamás se dio cuenta de que había algo desordenado.

—Pero alguien tiene que haber estado aquí después de que tú reordenaras. —Miró el libro que tenía al lado—. No creo que *La señorita Davenport* tenga más de unos pocos años.

Gareth negó con la cabeza.

—Alguien debió de dejarlo aquí. Podría haber sido la mujer de mi hermano. Me imagino que alguno de los criados lo puso en el estante en que había más espacio.

Hyacinth exhaló un largo suspiro, tratando de imaginarse el mejor método para buscar.

—¿Recuerdas algo sobre el sistema de clasificación? ¿Algo, cualquier cosa? ¿Estaban ordenados por autor? ¿Por tema?

Gareth negó con la cabeza.

—Tenía bastante prisa, así que cogí libros al azar y los cambié de lugar. —Guardó silencio, hizo una lenta respiración y con las manos en las caderas contempló la sala—. Sí recuerdo que había bastantes libros sobre perros de caza. Y más allá había...

Se interrumpió. Hyacinth levantó la cabeza y vio que él estaba mirando un estante de un lado de la puerta.

—¿Qué? —preguntó, interesada, incorporándose.

—Una sección de libros en italiano —dijo él, echando a andar hacia la pared opuesta de la sala.

Hyacinth lo siguió pegada a sus talones.

—Deben de ser libros de tu abuela.

—Y los últimos que se le ocurriría abrir a cualquier Saint Clair —musitó él.

—¿Los ves?

Gareth negó con la cabeza, pasando un dedo por los lomos de los libros, buscando los que estaban en italiano.

—Supongo que no se te ocurrió dejar ese conjunto intacto —dijo ella, acuclillándose para mirar los de los estantes más bajos.

—No lo recuerdo. Pero seguro que la mayoría estarán en el lugar que les corresponde. Encontré aburrida la diablura, así que no hice muy buen trabajo. Dejé la mayoría en su lugar. Y en realidad —dijo de pronto, enderezándose—, aquí están.

Hyacinth se incorporó al instante.

—¿Son muchos? —preguntó.

—Solo dos estantes. Me imagino que sería caro importar libros de Italia.

Los libros estaban a la altura de la cara de Hyacinth, así que mientras él sostenía la vela, ella fue mirando los títulos, buscando algo que se pareciera a lo escrito por Isabella en la nota. Varios no tenían el título entero en el lomo, así que tenía que sacarlos para mirar la cubierta. Cada vez que sacaba uno, oía hacer una brusca inspiración a Gareth, seguida por un resoplido de decepción cuando volvía a ponerlo en el estante.

Llegó al final del estante más bajo y continuó con el de arriba de puntillas. Gareth avanzaba detrás de ella, tan cerca que sentía el calor de su cuerpo.

—¿Ves algo? —le preguntó él, en voz baja y casi al oído.

Ella no creía que él quisiera atolondrarla con su cercanía, pero el resultado era ese.

—Todavía no —contestó, negando con la cabeza.

La mayoría de los libros de Isabella eran de poemas. Unos cuantos eran de poetas ingleses traducidos al italiano. Pero cuando llegó a la mitad del estante, empezó a ver ensayos. Historia, filosofía, historia, historia...

Retuvo el aliento.

—¿Qué? —preguntó él.

Con las manos temblorosas, ella sacó un libro delgado y lo giró hasta que la cubierta quedó a la vista de los dos:

Galileo Galilei
Discorso intorno alle cose che stanno,
in sù l'acqua, ò che in quella si muovono

—Exactamente lo que escribió en la pista —susurró Hyacinth, apresurándose a añadir—: a excepción de lo del señor Galilei. Habría sido muchísimo más fácil encontrarlo si hubiéramos sabido quién era su autor.

Gareth hizo un gesto restándole importancia a eso y apuntó al libro.

Con sumo cuidado, Hyacinth abrió la tapa, esperando ver un trocito de papel. No había nada, por lo que volvió una página, luego otra, y otra...

Hasta que Gareth le arrebató el libro.

—¿Quieres estar aquí hasta la semana que viene? —susurró impaciente.

Puso el libro con el lomo hacia arriba y, sin la menor delicadeza, cogió una tapa en cada mano, las abrió, y sacudió suavemente el libro, que pareció formar un abanico.

—Gareth, lo vas a...

—Shhh.

Volvió a sacudirlo, se agachó a mirar por entre las páginas, y volvió a sacudirlo, con más fuerza. Y, cómo no, se soltó un trozo de papel y cayó sobre la alfombra.

Él se agachó a recogerlo.

—Dámelo —dijo ella—. No sabrás leerlo, en todo caso.

Convencido por su lógica, él le entregó la pista, pero se mantuvo cerca, inclinado sobre su hombro, sosteniendo la vela, mientras ella desdoblaba la hoja.

—¿Qué dice?

Ella negó con la cabeza.

—No lo sé.

—¿Qué quieres decir con que no...?

—¡No lo sé! —ladró ella, fastidiada por tener que reconocer su derrota—. No reconozco ninguna palabra. Ni siquiera sé si es italiano. ¿Sabes si tu abuela hablaba otro idioma?

—Ni idea.

Hyacinth apretó los dientes, absolutamente desanimada por ese giro de los acontecimientos. No había esperado que encontraran necesariamente las joyas esa noche, pero no se le había pasado por la mente que la siguiente pista pudiera dejarlos ante una pared de ladrillos.

—¿Puedo verlo? —preguntó Gareth.

Ella le pasó la nota y lo vio negar con la cabeza.

—No sé qué idioma es, pero no es italiano.

—Y no tiene ninguna similitud —dijo ella.

Gareth soltó una maldición en voz baja, una palabra que Hyacinth estaba segurísima no era para sus oídos.

—Con tu permiso —dijo entonces, empleando ese tono apacible que, sabía desde hacía mucho tiempo, era necesario al tratar con un hombre malhumorado—, podría enseñárselo a mi hermano Colin. Ha viajado muchísimo y podría reconocer el idioma, aun cuando no pueda traducirlo.

—Al verlo vacilar, añadió—: Podemos confiar en él, te lo prometo.

Él asintió.

—Será mejor que nos vayamos. No hay nada más que hacer aquí, en todo caso.

No había mucho que ordenar; habían vuelto a poner inmediatamente en su lugar todos los libros que habían sacado. Hyacinth llevó el taburete a su lugar junto a la pared y Gareth hizo lo mismo con una silla. Esta vez no habían descorrido las cortinas; no era mucho lo que iluminaba la luna.

—¿Estás lista? —preguntó él.

Ella cogió *La señorita Davenport y el marqués tenebroso*.

—¿Estás seguro de que nadie echará en falta este?

Él metió la nota de Isabella entre sus páginas.

—Segurísimo.

Hyacinth se puso a un lado observándolo mientras él pegaba la oreja a la puerta. No había nadie cuando entraron sigilosos hacía media hora, pero Gareth le había explicado que el mayordomo nunca se iba a acostar antes que el barón. Y puesto que este seguía fuera, en el baile de los Mottram, eso significaba que había un hombre en pie, y tal vez haciendo la ronda por la casa, y otro que volvería en cualquier momento.

Mientras giraba silenciosamente el pomo, Gareth se colocó un dedo en los labios y le indicó que lo siguiera. Entreabrió un dedo la puerta, lo justo para mirar por la abertura y ver si había peligro. Juntos salieron al corredor y, sigilosos, no tardaron en llegar a la escalera que llevaba a la planta baja. Estaba oscuro, pero a Hyacinth ya se le habían adaptado los ojos lo bastante para ver por donde pisaba, y antes de que transcurriera un minuto ya estaban en el salón, en aquel de la ventana con el pasador roto.

Tal como hiciera la vez anterior, Gareth saltó fuera primero y luego formó un peldaño con las manos para que ella se afirmara y cerrara la ventana. Después la bajó, le dio un rápido beso en la nariz y le dijo:

—Ahora es necesario que llegues a casa.

Ella no pudo evitar sonreír.

—Ya estoy comprometida sin esperanzas.

—Sí, pero yo soy el único que lo sabe.

Hyacinth encontró bastante encantador que a él le preocupara su reputación. Después de todo, no importaba verdaderamente si alguien los sorprendía o no; se había acostado con él y debía casarse con él. ¡Buen Dios!, podría venir un bebé en camino, y aun en el caso de que no, ya no era virgen.

Pero sabía lo que hacía cuando se entregó a él. Sabía las consecuencias.

Caminaron lado a lado por el callejón hacia Dover Street. Era imperioso que avanzaran rápido, comprendió ella. Los bailes de los Mottram tenían fama de durar hasta altas horas de la madrugada, pero habían comenzado tarde la búsqueda y seguro que pronto todos los invitados irían de camino a sus casas. Habría coches en las calles de Mayfair, por lo que tendrían que hacerse lo más invisibles que fuera posible.

Bromas aparte, no tenía el menor deseo de que la sorprendieran en la calle a esas horas de la noche. Cierto que el matrimonio con Gareth ya era inevitable, pero de todos modos, no le hacía ninguna gracia la idea de ser el tema de cotilleos procaces.

—Espera aquí —dijo Gareth, deteniendo su avance con el brazo.

Mientras él salía a Dover Street a asegurarse de que no había nadie, ella se quedó en las sombras, avanzando lenta y sigilosamente pegada a la pared, acercándose a la esquina todo lo que se atrevió. Pasados unos minutos, vio asomar la mano de Gareth haciéndole un gesto que indicaba que podía continuar.

Estaba a punto de salir a la calle cuando oyó la brusca inspiración de Gareth y sintió su empujón obligándola a retroceder.

Mientras esperaba que él apareciera a su lado, se aplastó a la pared cerca de la esquina y se apretó contra el pecho *La señorita Davenport*, que llevaba entre sus páginas la pista de Isabella.

Entonces oyó.

La voz del padre de Gareth dijo una sola palabra.

—Tú.

Gareth tuvo apenas un segundo para reaccionar. No supo cómo ocurrió, no vio de dónde venía el barón, simplemente lo vio aparecer de repente; alcanzó a empujar a Hyacinth hacia el callejón justo un segundo antes de que el barón lo viera.

—Mis saludos —dijo, con la voz más alegre que pudo, avanzando todo lo rápido que le permitían las piernas, con el fin de dejar la mayor distancia posible entre él y el callejón.

El barón se venía acercando también, y a la tenue luz de la noche se le veía la cara furiosa.

—¿Qué haces aquí?

Gareth se encogió de hombros, justo el gesto que había enfurecido tantas veces antes al barón. Aunque esta vez no era su intención provocarlo, sino solo mantener su atención fija en él.

—Iba de camino a casa —dijo, con intencionada calma.

El barón lo miró desconfiado.

—Estás un poco lejos.

—Me gusta pasar a inspeccionar mi herencia de vez en cuando —repuso Gareth, esbozando su sonrisa más apacible—. Solo para asegurarme de que no lo has incendiado todo.

—No creas que no se me ha ocurrido.

—Ah, no me cabe duda.

El barón estuvo un momento en silencio y luego dijo:

—No estuviste en el baile esta noche.

A Gareth no se le ocurrió qué contestar, por lo que solo arqueó ligeramente las cejas, manteniendo la expresión apacible.

—La señorita Bridgerton tampoco estaba.

—¿No? —preguntó él afablemente, esperando que dicha dama tuviera el suficiente autodominio para no salir de un salto del callejón gritando «¡Sí que estaba!».

—Solo estuvo al comienzo —dijo entonces el barón—. Se marchó bastante temprano.

Gareth volvió a encogerse de hombros.

—Es la prerrogativa de una dama.

—¿Cambiar de opinión? —dijo el conde. Esbozó una leve sonrisa y lo miró burlón—. Te vale más esperar que sea más constante.

Gareth lo miró imperturbable. Sorprendentemente, seguía sintiéndose al mando. O, por lo menos, como el adulto que le gustaba pensar que era. No sentía ningún deseo infantil de provocarlo ni de decir algo con el único fin de enfurecerlo. Se había pasado la mitad de su vida tratando de impresionarlo, cuando creía que era su padre, y la otra mitad tratando de irritarlo. Pero en ese momento, por fin, lo único que deseaba era librarse de él.

No sentía del todo la absoluta indiferencia que deseaba, pero sí estaba bastante cerca.

Tal vez, tal vez, eso se debía a que por fin había encontrado a otra persona que le llenaba el vacío.

—Está claro que no perdiste el tiempo con ella —dijo el barón, mordaz.

—Un caballero debe casarse —dijo Gareth.

No era esa exactamente la frase que deseaba decir delante de Hyacinth, pero era mucho más importante mantener la estratagema con el barón que satisfacer alguna necesidad que ella pudiera sentir de frases románticas.

—Sí, un «caballero» debe —musitó el barón.

Gareth sintió hormigueo en la piel. Comprendía la insinuación del barón, y aun cuando ya estaba comprometido con Hyacinth, prefería que ella no se enterara de la verdad de su nacimiento hasta después de la boda. Así todo sería más fácil, y tal vez...

Bueno, tal vez ella nunca sabría la verdad. Aunque eso era bastante improbable, tomando en cuenta el odio del barón y el diario de Isabella, pero cosas más raras han ocurrido.

Necesitaba marcharse. Ya.

—Tengo que irme —dijo.

El barón curvó la boca en una desagradable sonrisa.

—Sí, sí —dijo, burlón—. Tienes que asearte y arreglarte para ir a lamerle los pies a la señorita Bridgerton mañana.

—Apártate de mi camino —masculló Gareth en voz baja.

Pero el barón no había acabado.

—Lo que me pregunto es: ¿cómo lograste que te aceptara?

Gareth comenzó a ver una niebla roja ante los ojos.

—He dicho...

—¿La sedujiste? —preguntó el barón, riendo—. Para asegurarte de que no pudiera decir «no» aún si...

Gareth no tenía la menor intención de hacerlo; su intención era conservar la calma, y lo habría logrado si el barón hubiera evitado los insultos. Pero cuando mencionó a Hyacinth...

Se apoderó de él la furia y, antes de darse cuenta, tenía al barón aplastado contra la pared.

—No vuelvas a hablarme de ella —le advirtió, casi sin reconocer su voz.

—¿Cometerías el error de intentar matarme aquí, en una calle pública? —dijo el barón, y aunque la voz le salió en un resuello, se detectaba en ella un impresionante odio.

—Es tentador.

—Ah, pero perderías el título. ¿Y dónde estarías entonces? —dijo el barón, casi atragantándose con las palabras—. Ah, sí, en el extremo de la cuerda de un verdugo.

Gareth lo soltó. No debido a esas palabras, sino porque al fin estaba recuperando el dominio de sus emociones. Hyacinth estaba escuchando, no debía olvidar eso. Estaba a la vuelta de la esquina. No podía hacer nada que pudiera lamentar después.

—Sabía que lo harías —dijo el barón, justo cuando él se había girado para alejarse.

Se detuvo en seco. ¡Maldición! El barón siempre sabía qué decir, sabía exactamente qué cuerda pulsar para impedirle hacer lo correcto.

—¿Hacer qué? —preguntó.

—Pedirle que se casara contigo.

Gareth se giró lentamente a mirarlo. El barón estaba sonriendo de oreja a oreja, muy complacido consigo mismo. Verlo así le heló la sangre.

—Eres muy previsible —continuó el barón, ladeando ligeramente la cabeza.

Ese era un gesto que Gareth había visto cientos de veces, tal vez mil. Era un gesto altivo, despectivo, que siempre lo hacía sentirse niño otra vez, el niño que se esforzaba tanto por ganar la aprobación de su padre.

Y el niño que fracasaba cada vez.

—Una sola palabra mía —dijo el barón, riéndose—. Solo una palabra mía.

Gareth eligió con cuidado sus palabras. Tenía una oyente, no debía olvidar eso. Por lo tanto, cuando habló, solamente dijo:

—No sé de qué hablas.

El barón se desternilló de risa. Echando atrás la cabeza, rugió de risa, con unas carcajadas que impresionaron tanto a Gareth que guardó silencio.

—¡Ah, vamos! —dijo después, limpiándose los ojos—. Te dije que no podrías conquistarla, y fíjate en lo que hiciste.

Gareth sintió oprimido el pecho, terriblemente oprimido. ¿Qué quería decir el barón? ¿Que deseaba que él se casara con Hyacinth?

—Fuiste derecho a pedirle que se casara contigo —continuó el barón—. ¿Cuánto tardaste? ¿Un día? ¿Dos? No más de una semana, seguro.

—Mi proposición a la señorita Bridgerton no tuvo nada que ver contigo —dijo Gareth glacialmente.

—¡Vamos, por favor! —dijo el barón, con absoluto desdén—. Todo lo que haces se debe a mí. ¿Todavía no te habías dado cuenta de eso?

Gareth lo miró horrorizado. ¿Sería cierto eso? ¿Sería aunque fuera un poco cierto?

—Bueno, creo que me iré a la cama —dijo el barón, exhalando un afectado suspiro—. Esto ha sido... entretenido, ¿no te parece?

Gareth no sabía qué le parecía.

—Ah, y antes de que te cases con la señorita Bridgerton —gritó el barón, por encima del hombro, ya con un pie en el primer peldaño de la escalinata de la casa Saint Clair—, podría convenirte ver la manera de librarte de tu otro compromiso.

—¿Qué?

El barón sonrió dulcemente.

—¿No lo sabías? Sigues comprometido con la pobre Mary Winthrop. Aún no se ha casado con nadie.

—Eso no puede ser legal.

—Ah, te aseguro que lo es. —El barón se inclinó ligeramente—. Yo me encargué de que lo fuera.

Gareth se quedó inmóvil, con la boca abierta. Si el barón hubiera cogido la luna y se la hubiera arrojado a la cabeza, no podría estar más pasmado.

—Te veré en la boda —gritó el barón—. ¡Ah, tonto de mí! ¿Cuál boda? —Riendo subió unos cuantos peldaños más hacia la puerta—. Comunícamelo, cuando lo hayas solucionado todo.

Dicho eso, agitó levemente la mano, con cara de estar muy complacido consigo mismo, y entró en la casa.

—¡Dios santo! —musitó Gareth, hablando consigo mismo—. ¡Dios santo! —repitió, porque nunca en su vida había habido un momento más oportuno para decir en vano el nombre de Dios.

¿En qué lío estaba metido? Un hombre no puede proponerle matrimonio a más de una mujer. Y si bien él no le propuso matrimonio a Mary Winthrop, el barón lo hizo en su nombre y firmó documentos a tal efecto. Él no sabía qué podía significar eso respecto a sus planes con Hyacinth, pero no podía ser nada bueno.

¡Ay, maldición...! Hyacinth.

¡Dios santo, desde luego! Ella lo había oído todo.

Echó a correr hacia la esquina, luego se detuvo a mirar hacia la casa, para asegurarse de que el barón no lo estaba observando. Las ventanas seguían oscuras, pero eso no significaba...

¡Ah, demonios! ¿Qué le importaba?

Corrió hasta la esquina, dio la vuelta y se detuvo en seco, en el lugar donde la había dejado.

No estaba Hyacinth.

16

Gareth continúa en el callejón, mirando el lugar donde debería haber estado Hyacinth esperándolo. No desea volverse a sentir así nunca más en su vida.

Se le paró el corazón. ¿Dónde demonios podía estar Hyacinth?

¿Estaría en peligro? Era tarde y aun cuando estaban en una de las zonas más elegantes y selectas de Londres, podría haber ladrones y asesinos merodeando, y...

No, ella no podría haber sufrido ningún ataque. Ahí no. Él habría oído algo. Ruido de refriega. Un grito. Hyacinth jamás se dejaría coger sin luchar.

Sin una lucha muy ruidosa.

Lo cual solo podía significar...

Debió de oír al barón hablar de Mary Winthrop... Entonces huyó. ¡Maldita mujer! Debería tener más sensatez.

Emitiendo un gruñido de irritación, se puso las manos en las caderas y contempló la calle. Podría haber corrido a la casa por cualquiera de ocho rutas distintas, y más si contaba los callejones y los patios de las caballerizas, que esperaba que hubiera tenido el buen juicio de evitar.

Decidió probar la ruta más directa. Esta la habría llevado por Berkeley Street, vía bastante principal por la que pasarían coches de vuelta del baile de los Mottram, pero era posible que Hyacinth estuviera tan furiosa que su primer objetivo habría sido llegar a casa lo más rápido posible.

Y eso a él le iba bien. Prefería con mucho que la viera alguna cotilla en esa calle antes de que la asaltara algún ladrón en una calle lateral.

Echó a correr hacia Berkeley Street, aminorando la marcha en cada travesía para mirar a uno y otro lado de esas calles.

Nada.

¿Dónde diantres podía estar? Era insólitamente atlética para ser mujer, pero, ¡buen Dios!, ¿a qué velocidad podía correr?

Cruzó Charles Street y tomó el lateral de la plaza. Pasó un coche, pero no le prestó atención. Probablemente los diarios de chismes de la mañana estarían llenos de alusiones a su loca carrera por las calles de Mayfair durante la madrugada, pero eso no era nada que su reputación no pudiera soportar.

Continuó corriendo por la orilla de la plaza hasta entrar en Bruton Street. Pasó los números 16, 12, 9...

Entonces la vio, corriendo como el viento en dirección a la esquina para poder entrar en la casa por la puerta de atrás.

Impulsado por una energía extraña, furiosa, aumentó la velocidad, golpeándose con los brazos y con las piernas doloridas, y seguro de que la camisa le quedaría eternamente manchada por el sudor. Pero no le importaba; iba a coger a esa maldita mujer antes de que entrara en su casa, y cuando la cogiera...

¡Demonios!, no sabía lo que iba a hacer con ella, pero no sería agradable.

Hyacinth dobló la esquina y aminoró la carrera lo suficiente para mirar atrás por encima del hombro. Cuando lo vio se le abrió la boca y se le tensó todo el cuerpo, pero siguió corriendo en dirección a la puerta de servicio de atrás.

Gareth entrecerró los ojos, satisfecho. Ella tendría que buscar la llave. No lograría escapar de él. Aminoró un poco la velocidad, lo suficiente para recuperar el aliento, y luego continuó caminando rápido a largas zancadas.

Ella ya estaba en la puerta.

Pero en lugar de buscar la llave detrás del ladrillo, simplemente abrió la puerta.

¡Maldición! No habían cerrado con llave la puerta al salir.

Nuevamente echó a correr, y casi lo consiguió.

Casi.

Cuando llegó a la puerta, ella se la cerró en las narices.

Y puso la mano en el pomo justo cuando ella hacía girar la llave.

Apretó la mano en un puño y sintió la tentación de golpear fuertemente la puerta. Más que nada deseaba gritar su nombre, y al cuerno el decoro. La única consecuencia sería que estarían obligados a adelantar aún más la boda, lo cual era su objetivo, por cierto.

Pero algunas cosas deben de estar muy arraigadas en un hombre, pensó, y al parecer era demasiado caballero para destruirle la reputación de esa manera tan pública.

—¡Ah, no! —masculló en voz baja caminando hacia la fachada de la casa—, toda destrucción será estrictamente en privado.

Cuando llegó a la puerta principal de la casa, miró la ventana del dormitorio de ella. Había entrado por ahí una vez; podía volver a hacerlo.

Una rápida mirada a ambos lados de la calle le dijo que no se acercaba nadie. Rápidamente escaló la pared, esta vez con mucha más facilidad, puesto que ya sabía dónde afirmar las manos y los pies. La ventana seguía entreabierta, tal como la había dejado, aun cuando no se le ocurrió que tendría que volver a subir por ahí.

La abrió, saltó dentro y aterrizó en la alfombra, haciendo un suave ruido, justo en el instante en que ella entraba en la habitación.

—Me debes una explicación —gruñó, incorporándose como un gato.

—¿Yo? ¿Yo? No lo creo... —Consideró tardíamente la situación—. ¡Y sal de mi habitación!

Él arqueó una ceja.

—¿Bajo por la escalera principal?

—Sal por la ventana, canalla.

Gareth cayó en la cuenta de que nunca había visto furiosa a Hyacinth. Irritada, sí; molesta, sin duda, pero enfadada así...

Eso era algo muy distinto.

—¡¿Cómo te atreves?! ¡¿Cómo te atreves?! —Antes de que él pudiera abrir la boca para contestar, ella se le acercó y lo golpeó con las dos manos.

—¡Fuera! —gruñó—. ¡Ahora mismo!

—No —dijo él, poniéndole un dedo en el esternón—. No, mientras no me prometas que nunca vas a hacer algo tan estúpido como lo que has hecho esta noche.

Ella emitió varios sonidos ahogados, como cuando la persona no logra decir ninguna sílaba inteligible. Después de unas cuantas exclamaciones de furia, dijo, con la voz peligrosamente grave:

—No estás en posición de exigirme nada.

Él arqueó una ceja y la miró con una arrogante sonrisa sesgada.

—¿No? Como tu futuro marido...

—No menciones eso en este momento.

Gareth sintió un vuelco en el corazón y una opresión en el pecho.

—¿Piensas romper el compromiso?

—No —dijo ella, mirándolo furiosa—. Pero eso ya lo sabes, ¿no? Tú te encargaste de eso esta noche. ¿Ese era tu objetivo? ¿Despojarme de mi virginidad haciéndome imposible casarme con cualquier otro hombre?

Ese había sido exactamente su objetivo, por lo tanto, Gareth no dijo nada. Ni una palabra.

—Lamentarás esto —siseó Hyacinth—. Lamentarás este día. Créeme.

—¿Ah, sí?

—Como esposa tuya —dijo ella, con los ojos relampagueantes—, puedo hacerte la vida un infierno en la tierra.

De eso a él no le cabía duda, pero decidió ocuparse del problema cuando se presentara.

—Esto no va de lo que ocurrió entre nosotros antes —dijo—, y no tiene nada que ver con lo que hayas o no hayas oído decir al barón. Esto va de...

—¡Vamos, por el amor de...! —interrumpió Hyacinth—. ¿Quién te crees que eres?

Él acercó bruscamente la cara a la de ella.

—El hombre que se va a casar contigo. Y tú, Hyacinth Bridgerton, que pronto serás Saint Clair, no vas a vagar nunca, jamás, por las calles de Londres sin acompañante, a ninguna hora del día.

Ella guardó silencio un momento, y él casi se permitió pensar que estaba conmovida por la preocupación de él por su seguridad. Pero entonces ella retrocedió y dijo:

—Este es un momento muy conveniente para empezar a adquirir sentido del decoro.

Él resistió, apenas, el impulso de cogerle los hombros y sacudirla.

—¿Tienes idea de cómo me sentí cuando volví a buscarte y no estabas? ¿Te paraste a pensar en lo que podría haberte ocurrido, antes de echar a correr sola?

Ella arqueó una ceja, con expresión arrogante.

—Nada más que lo que ya me ocurrió aquí.

Como golpe, fue muy certero, y Gareth casi se encogió. Pero se aferró a la rabia y logró decir en tono tranquilo:

—No dices eso en serio. Podrías creer que lo dices en serio, pero no es así, y por eso te perdono.

Ella se quedó inmóvil, absolutamente inmóvil, aparte de los movimientos de su pecho por la respiración. Tenía los puños de las manos apretadas, y la cara se le fue enrojeciendo.

—No vuelvas a hablarme en ese tono, nunca —dijo finalmente, con la voz grave, abrupta y muy controlada—. Y no supongas nunca que sabes lo que pienso.

—No te preocupes, esa es una afirmación que no suelo hacer.

Hyacinth tragó saliva, el único gesto nervioso que hizo antes de decir:

—Quiero que te marches.

—No mientras no tenga tu promesa.

—No te debo nada, señor Saint Clair. Y no estás en posición de exigirme nada.

—Tu promesa —repitió él.

Hyacinth se limitó a mirarlo. ¿Cómo se atrevía a entrar en su habitación e intentar hacerle eso? Era ella la parte herida. Él era el que... el que...

¡Buen Dios!, ni siquiera podía pensar frases completas.

—Quiero que te marches —repitió.

—Y yo quiero tu promesa —dijo él antes de que ella terminara la frase.

Ella cerró la boca firmemente. Sería fácil hacerle esa promesa; no tenía pensado hacer ninguna otra excursión a medianoche. Pero una promesa equivaldría más o menos a una disculpa, y no le daría esa satisfacción.

Podían llamarla tonta, infantil, pero no lo haría. No, después de lo que él le había hecho.

—¡Buen Dios! —masculló él—, sí que eres tozuda.

Ella le sonrió, con una sonrisa maligna.

—Va a ser una dicha estar casado conmigo.

—Hyacinth —dijo él, o más bien suspiró—, en nombre de todo lo que es... —Se pasó la mano por el pelo, miró alrededor y volvió a mirarla a ella—. Comprendo que estés enfadada...

—No me hables como si fuera una cría.

—No lo he hecho.

—Sí lo has hecho.

Él apretó los dientes, y continuó:

—Lo que dijo mi padre sobre Mary Winthrop...

Ella lo miró boquiabierta.

—¿Crees que eso es la causa de esto?

Él la miró, pestañeando dos veces.

—¿No es eso?

—Claro que no. ¡Santo cielo!, ¿me tomas por una idiota?

—Eh... esto... ¿no?

—Creo que te conozco lo bastante bien para saber que no propondrías matrimonio a dos mujeres. Al menos no adrede.

—Correcto —dijo él, bastante desconcertado—. ¿Entonces qué...?

—¿Sabes por qué me pediste que me casara contigo?

—¿Qué quieres decir?

—¿Lo sabes? —repitió ella. Se lo había preguntado antes y él no le contestó.

—Por supuesto que lo sé. Te lo pedí porque... —se interrumpió y quedó claro que no sabía qué decir.

Ella movió la cabeza, cerrando los ojos para contener las lágrimas.

—No deseo verte en este momento.

—¿Qué te pasa?

—¡A mí no me pasa nada! —exclamó ella, lo más fuerte que se atrevió—. Por lo menos yo sé por qué acepté tu proposición. En cambio, tú no tienes idea de por qué me la hiciste.

—Entonces, dímelo —estalló él—. Dime qué es lo que consideras tan importante. Siempre crees saber lo que es mejor para todo y para todos, y ahora está claro que conoces la mente de todos también. Así pues, dímelo. Dímelo, Hyacinth.

Ella se encogió ante la virulencia que detectó en su voz.

—Dímelo.

Ella tragó saliva. No se iba a derrumbar. Podía estar temblando, podía estar a punto de echarse a llorar como no había llorado nunca en su vida, pero no se derrumbaría.

—Lo hiciste —dijo, en voz baja, para mantener a raya los temblores—, me lo pediste... debido a él.

Él la miró y con la cabeza hizo un gesto que significaba «explícamelo, por favor».

—A tu padre —dijo ella, y lo habría gritado si no hubiera sido esa hora de la noche.

—¡Vamos, por el amor de Dios! ¿Es eso lo que crees? Esto no tiene nada que ver con él.

Hyacinth lo miró compasiva.

—No hago nada debido a él —siseó él, furioso de que ella lo sugiriera siquiera—. Él no significa nada para mí.

Ella negó con la cabeza.

—Te engañas, Gareth. Todo lo que haces, lo haces debido a él. Yo no me daba cuenta de eso, hasta que él lo dijo, pero es cierto.

—¿Crees más en su palabra que en la mía?

—No se trata de la «palabra» de una persona —dijo ella, con la voz cansada, frustrada y, tal vez, un poquito triste—, sino simplemente de cómo son las cosas. Y tú... me pediste que me casara contigo porque querías demostrarle a él que podías. No tuvo nada que ver conmigo.

Gareth se quedó muy quieto.

—Eso no es cierto.

—¿No? —Sonrió, pero tenía la cara triste, casi resignada—. Sé que no me pedirías que me casara contigo si te creyeras comprometido con otra mujer, pero también sé que harías cualquier cosa para demostrar a tu padre que se ha equivocado. Incluso casarte conmigo.

Gareth negó lentamente con la cabeza.

—Lo has entendido todo mal —dijo.

Pero por dentro empezaba a desvanecérsele esa certeza. Había pensado, más de una vez, y con una alegría malsana, que su padre se pondría lívido de furia por su éxito matrimonial. Y lo había disfrutado. Disfrutó al saber que en la partida de ajedrez que era su relación con lord Saint Clair, había por fin hecho la jugada definitiva.

Jaque mate.

Y fue exquisito.

Pero no fue por eso que le pidió a Hyacinth que se casara con él. Se lo pidió porque... Bueno, había un montón de motivos distintos. Había sido complicado.

Ella le gustaba. ¿No era importante eso? Incluso le gustaba su familia. Y a ella le gustaba su abuela. De ninguna manera podía casarse con una mujer que no se llevara bien con lady Danbury.

Y la deseaba. La deseaba con una intensidad que le quitaba el aliento.

Le encontraba sentido a casarse con Hyacinth. Y seguía encontrándoselo.

Eso era. Eso era lo que tenía que decirle. Necesitaba hacerla comprender. Y ella comprendería. No era una chica tonta. Era Hyacinth.

Y por eso le gustaba tanto.

Abrió la boca y gesticuló con las manos para que le salieran las palabras. Tenía que decirlo bien. Y si no bien, por lo menos no totalmente mal.

—Si lo miras con sensatez...

—Lo miro con sensatez —replicó ella, antes de que él terminara de exponer la idea—. ¡Buen Dios!, si no fuera tan condenadamente sensata, habría roto el compromiso.

Tragó saliva.

«¡Dios mío, va a llorar!», pensó él.

—Sabía lo que hacía esta noche —continuó ella, en voz baja, apenada—. Sabía lo que significaba; sabía que era irrevocable. —Le tembló el labio inferior y desvió la mirada—. Nunca me imaginé que podría lamentarlo.

Eso fue como un puñetazo en el vientre. La había herido, comprendió él. La había herido de verdad. No fue su intención, y no estaba seguro de que no fuera una reacción exagerada de ella, pero la había herido.

Y lo sorprendió comprender lo mucho que eso le dolía a él.

Durante un momento los dos estuvieron en silencio, mirándose recelosos.

Gareth deseó decir algo, o tal vez pensó que debía decir algo, pero no sabía qué. Simplemente no encontraba las palabras.

—¿Sabes cómo se siente uno cuando es el peón de alguien? —preguntó Hyacinth.

—Sí —musitó él.

Ella apretó las comisuras de los labios. No se veía enfadada, sino solamente... triste.

—Entonces entenderás por qué te pido que te marches.

Una parte primitiva de él le gritó que se quedara; esa parte primitiva deseó cogerla en sus brazos y hacerla entender. Podía hacerlo con palabras o con su cuerpo. Daba igual. Simplemente deseaba hacerla comprender.

Pero también había una parte de él, la parte triste, solitaria, que sabía cómo es sentirse herido. Y esa parte lo hizo comprender que si se quedaba, si intentaba obligarla a comprender, no lo lograría. No lo lograría esa noche.

Y entonces la perdería.

Asintió.

—Después lo hablaremos —dijo.

Ella no dijo nada.

Él caminó hasta la ventana. Encontraba un poco ridículo y exagerado salir de esa manera, pero bueno, ¿a quién demonios le importaba?

—Esa Mary —dijo Hyacinth a su espalda—, sea cual sea el problema con ella, estoy segura de que se puede resolver. Mi familia le pagará si es necesario.

Estaba tratando de recuperar el dominio de sí misma, de aplastar la pena centrando la atención en cosas prácticas. Él reconoció la táctica; la había empleado incontables veces.

Se giró y la miró a los ojos.

—Es la hija del conde de Wrotham.

—¡Ah! —Pensó un momento—. Bueno, eso cambia las cosas, pero seguro que eso fue hace mucho tiempo.

—Sí.

Ella tragó saliva, y preguntó:

—¿Esa fue la causa de vuestro distanciamiento? ¿El compromiso?

—Me haces bastantes preguntas, para ser alguien que me ha exigido que me marche.

—Me voy a casar contigo —dijo ella—. Ya me enteraré.

—Sí, pero no esta noche —dijo él.

Acto seguido, saltó por la ventana.

Cuando llegó al suelo, miró hacia la ventana, desesperado por verla. Cualquier cosa habría sido agradable, ver su silueta tal vez, o solo su sombra, moviéndose detrás de las cortinas.

Pero no vio nada.

Ella había desaparecido.

17

Es la hora del té en la casa Número Cinco. Hyacinth está en el salón a solas con su madre, lo que siempre hace peligrosa una situación cuando se tiene un secreto.

—¿Está fuera de la ciudad el señor Saint Clair? —preguntó Violet.

Hyacinth levantó la vista de su bordado el tiempo suficiente para contestar:

—Creo que no, ¿por qué?

Vio que su madre fruncía ligeramente los labios.

—Hace varios días que no viene.

Hyacinth compuso una expresión apacible y dijo:

—Creo que está ocupado en algo relacionado con su propiedad en Wiltshire.

Era una mentira, lógicamente. No creía que él poseyera ninguna propiedad, ni en Wiltshire ni en ninguna otra parte. Pero, con suerte, su madre se distraería con otra cosa antes de ponerse a preguntar por las inexistentes propiedades de Gareth.

—Comprendo —dijo Violet.

Hyacinth enterró la aguja en la tela con un poco más de vigor del que era necesario, luego contempló su obra emitiendo un leve gruñido. Era fatal para el trabajo de aguja; jamás había tenido ni la paciencia ni el buen ojo necesarios, pero siempre tenía su bastidor con un bordado en el salón, por si acaso; nunca sabía en qué momento lo necesitaría como ocupación aceptable para distraerse de la conversación.

Esa estratagema le había dado buenos resultados durante años. Pero ahora que era la única de las hermanas Bridgerton residentes en la casa, por lo general a la hora del té solo estaban ella y su madre. Y, por desgracia, siendo solo dos, el bordado que siempre le había servido para desentenderse de las conversaciones entre tres y cuatro personas ya no le servía igual.

—¿Pasa algo? —preguntó Violet.

—No, nada. —Hyacinth no quería mirarla, pero su madre sospecharía algo si se daba cuenta de que lo evitaba, así que dejó puesta la aguja y levantó el mentón. «Presa por un penique, presa por una libra», pensó. Si iba a mentir, bien le valía hacer convincente la mentira—. Simplemente está ocupado. Yo lo admiro bastante por eso. No te gustaría que me casara con un ocioso irresponsable, ¿verdad?

—No, claro que no, pero de todos modos, lo encuentro raro. Hace tan poco que os comprometisteis...

Cualquier otro día, Hyacinth simplemente habría dicho: «Si tienes alguna pregunta que hacerme, hazla». Pero claro, si lo decía, su madre le haría una pregunta.

Y ella no quería contestar.

Habían transcurrido dos días, tres con ese, desde que se enterara de la verdad acerca de Gareth. Encontraba dramático, incluso melodramático, decir «enterarse de la verdad», como si hubiera descubierto algún secreto terrible, como un horrible esqueleto en el armario de la familia Saint Clair.

Pero no había ningún secreto. No había nada misterioso, oscuro ni peligroso, ni siquiera moderadamente vergonzoso. Solo una sencilla verdad que había tenido delante todo el tiempo.

Y había sido tan ciega que no la veía. El amor le hacía eso a una mujer, suponía.

Y sí, se había enamorado de él. Eso lo tenía muy claro. En algún momento, entre su aceptación a casarse con él y la noche en que hicieron el amor, se enamoró de él.

Pero ella no lo conocía entonces. ¿O sí? ¿Podía decir sinceramente que lo conocía, que conocía de verdad su naturaleza, su talla, si ni siquiera comprendía los elementos más básicos de su carácter?

Él la había utilizado.

Eso era lo que había hecho; utilizarla para ganar la interminable batalla con su padre.

Y eso la hería más de lo que podría haberse imaginado.

Se repetía una y otra vez que era una tonta, que daba importancia a cosas nimias. ¿No debía contar que ella le gustara, que la considerara inteligente, amena, e incluso juiciosa de vez en cuando? ¿No debía contar saber a ciencia cierta que él la protegería, la respetaría, la honraría y, a pesar de su pasado algo turbio, sería un marido bueno y fiel?

¿Por qué le daba tanta importancia al motivo de que le hubiera pedido casarse con él? ¿No debía importar solamente el hecho de que se lo hubiera pedido?

Pero le importaba. Se había sentido utilizada, sin importancia, como si solo fuera una pieza en un tablero de ajedrez muy grande.

Y lo peor era que ni siquiera entendía el juego.

—Ese ha sido un suspiro muy sentido.

Hyacinth tuvo que cerrar brevemente los ojos para enfocar la cara de su madre. ¡Buen Dios!, ¿cuánto tiempo llevaba mirando el espacio?

—¿Hay alguna cosa que desees decirme? —le preguntó Violet amablemente.

Hyacinth negó con la cabeza. ¿Cómo se le cuenta algo así a la propia madre?

«Ah, sí, por cierto, y por si te interesara, no hace mucho me he enterado de que mi novio me pidió que me casara con él porque quería enfurecer a su padre».

«Ah, ¿y te he contado que ya no soy virgen? ¡Ahora ya no hay manera de romper el compromiso!».

—Sospecho —dijo Violet, bebiendo un poco de té— que habéis tenido vuestra primera pelea de enamorados.

Hyacinth intentó no ruborizarse. Enamorados, desde luego.

—Eso no es nada de lo que haya que avergonzarse.

—No estoy avergonzada —se apresuró a decir Hyacinth.

Violet arqueó las cejas y Hyacinth sintió deseos de darse de patadas por haber caído tan limpiamente en la trampa de su madre.

—No es nada —musitó.

Durante ese rato apretó y movió tanto de aquí para allá la flor amarilla que acababa de bordar que esta quedó como un pollito todo cubierto de pelusilla. Encogiéndose de hombros, sacó un largo hilo naranja. Igual podría quedar bien si le ponía patas y pico.

—Sé que se considera indecoroso demostrar las emociones —dijo Violet—, y de ninguna manera te recomendaría entregarte a nada que se pueda considerar histrionismo, pero a veces es útil confiarle a alguien lo que se siente.

Hyacinth levantó la vista y miró a su madre francamente a los ojos.

—Rara vez tengo dificultad para decir cómo me siento.

—Bueno, eso es muy cierto —dijo Violet, con aspecto de sentirse algo contrariada al ver destrozada su teoría.

Hyacinth volvió la atención a su bordado, y frunció el ceño al ver que había puesto demasiado arriba el pico del pollito. Ah, bueno, ese era un pollito con un sombrero de fiesta.

—Tal vez —continuó su madre, perseverante— es el señor Saint Clair el que encuentra difícil...

—Sé cómo se siente —interrumpió Hyacinth.

—¡Ah! —Violet frunció los labios y dejó salir el aire por la nariz en un suave y corto soplido—. Tal vez no sabe cómo proceder, cómo debe hacer para abordarte.

—Sabe dónde vivo.

—No me pones fácil esto —dijo Violet, exhalando un suspiro audible.

—Estoy tratando de bordar —dijo Hyacinth, enseñándole su bordado.

—Quieres eludir... —Violet se interrumpió, pestañeando—. Oye, ¿por qué esa flor tiene una oreja?

Hyacinth miró el bordado.

—No es una oreja. Y no es una flor.

—¿No era una flor ayer?

—Tengo una mente muy creativa —dijo Hyacinth entre dientes, añadiéndole otra oreja a la maldita flor.

—De eso nunca he tenido la menor duda —dijo Violet.

Hyacinth contempló el enredo que había hecho en la tela.

—Es un gato atigrado —declaró—. Solo me falta ponerle una cola.

Violet guardó silencio un momento, y luego dijo:

—Puedes ser muy dura con las personas.

Hyacinth levantó bruscamente la cabeza.

—¡Soy tu hija! —exclamó.

—Por supuesto —contestó Violet, algo horrorizada por esa fuerte reacción—. Pero...

—¿Por qué has de suponer que sea lo que sea lo que pase tiene que ser culpa mía?

—¡No supongo eso!

—Sí —insistió Hyacinth, pensando en las incontables riñas entre los hermanos Bridgerton—. Siempre lo supones.

Violet emitió una exclamación de horror.

—Eso no es cierto, Hyacinth. Lo que pasa es que a ti te conozco mejor que al señor Saint Clair, y...

—... y por lo tanto conoces todos mis defectos.

—Bueno, sí. —Al parecer sorprendida por su respuesta, Violet se apresuró a añadir—: Con eso no quiero decir que el señor Saint Clair no tenga sus flaquezas y defectos. Lo que pasa es que..., bueno, yo no se los conozco.

—Son grandes —dijo Hyacinth, amargamente—, y muy posiblemente insuperables.

—¡Ay, Hyacinth! —dijo su madre, y con tanta preocupación que ella estuvo a punto de echarse a llorar ahí mismo—. ¿Qué puede haber ocurrido?

Hyacinth desvió la vista. No debería haber dicho nada. Ahora su madre estaría fuera de sí de preocupación y ella tendría que seguir sentada ahí, sintiéndose fatal, deseando angustiosamente arrojarse en sus brazos y volver a ser una niña.

Cuando era pequeña, estaba convencida de que su madre era capaz de resolver cualquier problema, de mejorarlo todo con una palabra dulce y un beso en la frente.

Pero ya no era una niña, y esos no eran problemas de niña.

Y no podía contárselos a su madre.

—¿Deseas romper el compromiso? —le preguntó Violet, dulcemente, y con mucha cautela.

Hyacinth negó con la cabeza. No podía romper el compromiso. Pero...

Miró hacia un lado, sorprendida por la dirección que habían tomado sus pensamientos. ¿Deseaba dar marcha atrás? Si no se hubiera entregado a Gareth, si no hubieran hecho el amor, y no hubiera nada que la obligara a continuar comprometida en matrimonio, ¿qué haría?

Había pasado tres días obsesionada por esa noche, por el horrible momento en que oyó al padre de Gareth hablar riéndose sobre cómo lo manipuló para que le propusiera matrimonio. Había repasado una y otra vez cada frase, cada una de las palabras que recordaba, y solo en ese momento se le ocurría hacerse la pregunta que tenía que ser la más importante. La única pregunta que importaba, en realidad. Y comprendió.

Continuaría adelante con el compromiso.

Repitió mentalmente la frase; las palabras necesitan tiempo para entrar.

Continuaría adelante.

Lo amaba. ¿De verdad era así de sencillo?

—No deseo romper el compromiso —dijo, aun cuando ya había negado con la cabeza; algunas cosas hay que decirlas en voz alta.

—Entonces tendrás que ayudarlo —dijo Violet—. Sea cual sea el problema o la preocupación que tiene, a ti te corresponde ayudarlo a solucionarlo.

Hyacinth asintió lentamente, tan sumida en sus pensamientos que no pudo dar una respuesta que tuviera sentido. ¿Sería capaz de ayudarlo? ¿Sería posible eso? Solo lo conocía desde hacía apenas un mes; él había tenido toda su vida para alimentar ese odio entre él y su padre.

Igual él no necesitaba ayuda, o tal vez, lo más probable, no se daba cuenta de que la necesitaba. Los hombres nunca se dan cuenta de esas cosas.

—Yo creo que te quiere —dijo su madre—. De verdad creo que te quiere.

—Sé que me quiere —dijo Hyacinth, tristemente; pero no tanto como odiaba a su padre.

Y cuando hincó una rodilla y le pidió que pasara el resto de su vida con él, tomara su apellido y le diera hijos, no lo hizo debido a ella.

¿Qué decía eso de él?

Suspiró, sintiéndose muy cansada.

—Esto no es propio de ti —dijo Violet.

Hyacinth la miró.

—Estar tan callada —aclaró Violet—. Esperar.

—¿Esperar?

—A él. Supongo que eso es lo que estás haciendo, esperando que él venga a verte y te suplique que le perdones lo que sea que haya hecho.

—Yo...

Se interrumpió. Eso era exactamente lo que estaba haciendo. Ni siquiera se había dado cuenta. Y seguro que eso era parte del motivo de que se sintiera tan mal. Había colocado su destino y su felicidad en las manos de otra persona, y detestaba eso.

—¿Por qué no le envías una carta? —le sugirió Violet—. Pídele que te haga una visita. Él es un caballero y tú eres su novia. No se negaría.

—No —musitó Hyacinth—. Pero —la miró a los ojos, pidiéndole consejo—, ¿qué le diría?

¡Qué pregunta más tonta! Violet no sabía cuál era el problema, ¿cómo iba a saber la solución?

Y sin embargo, como siempre, su madre se las arregló para decir exactamente lo que convenía.

—Dile lo que sea que te dicte tu corazón —dijo. Curvó los labios en una sonrisa pícara y añadió—: Y si eso no resulta, te sugiero que cojas un libro y le golpees la cabeza con él.

Hyacinth pestañeó y volvió a pestañear.

—¿Qué has dicho?

—No lo he dicho —se apresuró a decir Violet.

Hyacinth no pudo dejar de sonreír.

—Estoy segura de que lo dijiste.

—¿Tú crees? —musitó Violet, ocultando su sonrisa con la taza.

—¿Un libro grande o pequeño? —preguntó Hyacinth.

—Grande, diría yo. ¿Tú no?

Hyacinth asintió.

—¿Tenemos *Las obras completas de Shakespeare* en la biblioteca?

—Creo que sí —repuso Violet sonriendo.

Hyacinth sintió subir burbujas por el pecho; burbujas de algo muy parecido a risa. Y fue maravilloso volver a sentirlas.

—Te quiero, madre —dijo, repentinamente devorada por la necesidad de decirlo en voz alta—. Solo quería que lo supieras.

—Lo sé, cariño —dijo Violet, con los ojos brillantes—. Yo también te quiero.

Hyacinth asintió. Nunca había dejado de pensar en lo precioso, lo maravilloso, que es tener el amor de un progenitor. Eso era algo que Gareth nunca había tenido. Solo Dios sabía cómo fue su infancia. Él jamás hablaba de eso, y sintió vergüenza al darse cuenta de que nunca se lo había preguntado.

Ni siquiera se había dado cuenta de esa omisión.

Tal vez, tal vez, él se merecía un poco de comprensión por parte de ella.

De todos modos, él tendría que pedirle perdón; ella no estaba «tan» a rebosar de bondad y caridad.

Pero sí podía intentar comprenderlo, y podía amarlo, y, tal vez, si lo intentaba con todas sus fuerzas, podría llenar ese vacío interior de él.

Lo que fuera que él necesitaba, tal vez ella podría serlo.

Y tal vez eso era lo único que importaba.

Pero mientras tanto, tendría que dedicar un poco de energía a producir un final feliz. Y tenía la impresión de que una carta no sería suficiente.

Era el momento de ser descarada, de ser osada.

Era el momento de desafiar al león en su guarida, el momento de...

—Oye, Hyacinth —dijo su madre—, ¿te encuentras bien?

Hyacinth negó con la cabeza, aun cuando dijo:

—Perfectamente bien. Solo estoy pensando como una idiota.

Una idiota enamorada.

18

Poco después, esa misma tarde, Gareth está en el pequeño despacho de su muy pequeño apartamento. Nuestro héroe ha llegado a la conclusión de que debe actuar.

No sabe que Hyacinth está a punto de ganarle por la mano.

Un gesto grandioso.

Eso era lo que necesitaba, decidió Gareth. Un gesto grandioso.

A las mujeres les encantan los gestos grandiosos, y si bien Hyacinth era muy diferente a cualquier otra mujer de las que había tratado, seguía siendo una mujer, y seguro que un gesto grandioso la convencería por lo menos un poco.

¿No?

Bueno, más le valía que sí, pensó, algo malhumorado, porque no sabía qué otra cosa hacer.

El problema de los gestos grandiosos es que los más grandiosos suelen exigir dinero, que era justamente lo que a él le escaseaba. Y aquellos que no exigen una gran cantidad de dinero, por lo general entrañan que un pobre diablo haga el ridículo de una manera muy pública, por ejemplo, recitar un poema, cantar una balada o hacer algún tipo de jugosa declaración ante ochocientos testigos.

Lo cual no era algo que él sintiera alguna inclinación a hacer, decidió.

Pero Hyacinth, como había notado con frecuencia, era un tipo de mujer poco común, lo cual quería decir (era de esperar) que con ella daría resultado un tipo de gesto poco común.

Le demostraría que la quería y ella olvidaría esa tontería acerca de su padre, y todo iría bien.

Todo tenía que ir bien.

—Señor Saint Clair, tiene una visita.

Levantó la vista. Llevaba tanto rato sentado ante su escritorio que era una maravilla que no hubiera echado raíces. Su ayuda de cámara estaba en la puerta de su despacho. Puesto que él no podía permitirse tener un mayordomo, y, la verdad, ¿quién necesita un mayordomo teniendo solo cuatro habitaciones?, Phelps asumía esos deberes también.

—Hazlo pasar —dijo, algo distraído, poniendo unos cuantos libros encima de los papeles que tenía sobre el escritorio.

—Esto... —Phelps tosió, tosió, tosió y volvió a toser.

Volvió a levantar la vista.

—¿Hay algún problema?

—Bueno..., no...

El ayuda de cámara parecía estar sufriendo. Gareth intentó sentir compasión por él. Cuando lo entrevistó para el puesto, el pobre Phelps no sabía que también tendría que actuar como mayordomo de tanto en tanto, y estaba claro que nunca le habían enseñado la habilidad de los mayordomos para mantener la cara impasible, desprovista de toda emoción.

—¿Phelps? —preguntó.

—Es una visita femenina, señor Saint Clair.

—¿Un hermafrodita, Phelps? —preguntó Gareth, solo para verlo ruborizarse.

Hay que decir en su honor, que el ayuda de cámara no mostró ninguna reacción aparte de cuadrar la mandíbula.

—Es la señorita Bridgerton.

Gareth se levantó de un salto, y tan rápido que se golpeó los dos muslos en el borde del escritorio.

—¿Aquí? ¿Ahora?

Phelps asintió, al parecer algo complacido por su desconcierto.

—Me entregó su tarjeta. Con mucha educación y amabilidad. Como si esta visita no tuviera nada fuera de lo común.

Gareth estaba pensando rápidamente, tratando de imaginarse un motivo para que Hyacinth hiciera algo tan desaconsejable como venir a visitarlo a su casa en pleno día. No es que hubiera sido mejor a medianoche, claro, pero de todos modos, cualquier cantidad de entrometidos podrían haberla visto entrar en la casa.

—Ah, hazla pasar —dijo.

No sería correcto echarla. Además, seguro que tendría que llevarla de vuelta a su casa. No lograba imaginarse que ella hubiera venido acompañada por una persona adecuada. Lo más probable era que solo hubiera traído a esa doncella aficionada a los caramelos de menta, y el cielo sabía que esta no era ninguna protección por las calles de Londres.

Se cruzó de brazos y esperó. Sus habitaciones estaban dispuestas en un cuadrado, y a su despacho solo se podía entrar o por el comedor o por el dormitorio. Por desgracia, la criada que venía por el día había elegido justamente ese día para encerar el comedor, con una cera que solo se ponía dos veces al año, la que ella juraba (en voz bastante alta y sobre la tumba de su madre) mantenía el suelo limpio y protegía de la enfermedad. Y a causa de eso, habían movido la mesa dejándola adosada a la puerta que daba al despacho, por lo cual la única manera de entrar ahí en esos momentos era por el dormitorio.

Movió la cabeza, gimiendo. Lo último que necesitaba era imaginarse a Hyacinth en su dormitorio.

Deseó que ella se sintiera incómoda al pasar por su dormitorio; eso era lo menos que se merecía, por venir ahí sola.

—Gareth —dijo ella, apareciendo en la puerta.

Y todas las buenas intenciones de él salieron volando por la ventana.

—¿Qué diablos haces aquí?

—Es agradable verte, también —dijo ella, con tanta serenidad que él se sintió como un tonto.

Pero de todos modos perseveró.

—Mucha gente podría haberte visto. ¿Es que no te importa tu reputación?

Ella se encogió delicadamente de hombros, quitándose los guantes.

—Estoy comprometida para casarme. Tú no puedes romper el compromiso y yo no tengo la menor intención de romperlo, así que dudo mucho que quede deshonrada para siempre si alguien me ve.

Gareth trató de desentenderse de la oleada de alivio que sintió al oírla decir eso. Claro que había llegado a extremos para asegurarse de que ella no pudiera romper el compromiso, y ella ya le había dicho que no lo rompería, pero de todos modos, le resultó sorprendentemente grato volver a oírselo decir.

—Muy bien, entonces —dijo al fin, tratando de elegir bien las palabras— ¿a qué has venido?

—No he venido a hablar de tu padre —dijo ella enérgicamente—, si eso es lo que te preocupa.

—No estoy preocupado.

Ella arqueó una ceja. ¡Maldición!, ¿por qué eligió para casarse a la única mujer del mundo que sabía hacer eso? Bueno, al menos era la única que él conocía.

—No lo estoy —dijo, irritado.

Ella no dijo nada, pero lo miró de una manera que revelaba a las claras que no le creía ni por un instante.

—He venido a hablar de las joyas —dijo entonces.

—Las joyas —repitió él.

—Sí —repuso ella, siempre en ese tono estirado, formal, tan de ella—. Supongo que no las habrás olvidado.

—¿Cómo podría olvidarlas?

Ya empezaba a irritarlo, comprendió. O mejor dicho, lo irritaba su actitud. Él seguía desquiciado por dentro, con los nervios de punta por el solo hecho de verla, y ella estaba absolutamente tranquila, casi sobrenaturalmente serena.

—Espero que sigas con la intención de buscarlas —dijo ella—. Hemos llegado muy lejos para renunciar ahora.

—¿Tienes una idea de por dónde podríamos comenzar? —preguntó él, tratando de mantener el tono absolutamente apacible—. Si mal no recuerdo, nos encontramos ante una pared de ladrillos.

Ella abrió su ridículo y sacó la nota de Isabella, que tenía en su poder desde la noche en que se separaron. Con sumo cuidado, y los dedos muy firmes, desdobló el papel y lo alisó sobre el escritorio.

—Me tomé la libertad de llevarle esto a mi hermano Colin. —Lo miró y le recordó—: Tú me diste permiso para enseñárselo.

Él asintió, sin decir nada.

—Como te dije, él ha viajado muchísimo por el Continente, y tiene la impresión de que está escrito en un idioma eslavo. Después de consultar en un mapa, supuso que es esloveno. —Al ver la cara de él, que parecía no entender, añadió—: Es el idioma que hablan en Eslovenia.

Gareth pestañeó.

—¿Existe ese país?

Hyacinth sonrió, por primera vez desde que había llegado.

—Existe. He de confesar que yo desconocía su existencia también. En realidad, es más bien una región. Hacia el norte y este de Italia.

—¿Está repartida entre Austria y Hungría, entonces?

Hyacinth asintió.

—Y antes pertenecía al Sacro Imperio Romano Germánico. ¿Tu abuela era del norte de Italia?

Solo entonces Gareth se dio cuenta de que no tenía idea; a su abuela le encantaba contarle historias de su infancia en Italia, pero solo trataban de las comidas y de días festivos y vacaciones, el tipo de cosas que pueden interesar a un niño pequeño. Si había dicho el nombre de su ciudad natal, él era tan niño que no le prestó atención. Se sintió bastante tonto y, la verdad, desconsiderado, por su ignorancia.

—No lo sé. Supongo que podría haber sido. No tenía la piel muy morena; en realidad, su color era como el mío.

—Yo había pensado en eso —dijo Hyacinth asintiendo—. Ni tú ni tu padre tenéis apariencia mediterránea.

Gareth sonrió, con los labios tensos. No podía decir nada respecto al barón, pero había un muy buen motivo para que él no tuviera aspecto de llevar sangre italiana por las venas.

—Bueno —dijo Hyacinth, volviendo la atención al papel que había dejado sobre el escritorio—. Si era del noreste, es lógico suponer que podría haber vivido cerca de la frontera eslovena y por lo tanto conocía el idioma; o por lo menos lo suficiente para escribir unas dos frases.

—Pero no me imagino que haya creído que alguien de aquí podría traducirlo.

—Exactamente —dijo ella, gesticulando animadamente. Cuando se le hizo evidente que Gareth no entendía lo que quería decir, continuó—: Si quisieras dejar una pista especialmente difícil, ¿no la escribirías en el idioma más desconocido posible?

—Es una lástima que yo no sepa chino —musitó él.

Ella lo miró con una expresión... o bien de impaciencia o de irritación, y continuó:

—También estoy convencida de que esta tiene que ser su última pista. Cualquier persona que hubiera llegado tan lejos como para encontrarla, se vería obligada a dedicar muchísimo tiempo, y muy posiblemente a gastar bastante dinero para hacerla traducir. No me imagino que ella quisiera obligar a alguien a hacer el trabajo dos veces.

Gareth miró las palabras de la nota, mordiéndose el labio, pensativo.

—¿No estás de acuerdo?

Él la miró, encogiéndose de hombros.

—Bueno, tú sí lo harías.

Ella lo miró boquiabierta.

—¿Qué quieres decir? Eso sencillamente no... —se interrumpió, pensando las palabras de él—. Muy bien, lo haría. Pero creo que los dos estamos de acuerdo en que, para bien o para mal, yo soy un poco más endemoniada que una mujer típica. U hombre, si es por eso —añadió.

Gareth sonrió irónico, pensando si debería ponerse más nervioso por la frase «para bien o para mal».

—¿Crees que tu abuela sería tan retorcida como..., eh..., —se aclaró la garganta— yo?

Al final de la frase Hyacinth pareció perder algo de su animosa energía, y de pronto Gareth vio en sus ojos que no estaba tan serena como quería hacerle creer.

—No lo sé —dijo, sinceramente—. Murió cuando yo era bastante pequeño. Mis recuerdos y percepciones son las de un niño de siete años.

—Bueno, pues —dijo ella, tamborileando los dedos sobre el escritorio, gesto que revelaba que estaba nerviosa— ya podemos comenzar nuestra búsqueda de alguien que sepa esloveno. —Poniendo los ojos en blanco, añadió algo irónica—: Tiene que haber alguien en Londres.

—Sería de suponer —dijo él, más que nada para animarla.

No debería hacer eso, pensó; ya debería ser mucho más prudente, pero..., pero encontraba algo tan... entretenido en Hyacinth cuando estaba resuelta.

Como siempre, ella no lo decepcionó.

—Mientras tanto —dijo, con su maravillosa naturalidad—, creo que deberíamos volver a la casa Saint Clair.

—¿A revisarla de arriba abajo? —preguntó él, con tanta amabilidad que tenía que quedar claro que pensaba que ella estaba loca.

—No, claro que no —dijo ella, enfurruñada.

Él casi sonrió. Esa expresión era mucho más propia de ella.

—Pero a mí me parece —añadió ella— que las joyas tienen que estar escondidas en su dormitorio.

—¿Y por qué crees eso?

—¿En qué otra parte las iba a esconder?

—En su vestidor —sugirió él, ladeando un poco la cabeza—, en el salón, en el ático, en la despensa del mayordomo, en una habitación para huéspedes, en otra habitación para huéspedes...

—¿Pero dónde habría tenido más lógica? —interrumpió ella, fastidiada por el sarcasmo de él—. Todo lo que hemos encontrado hasta ahora estaba en las partes de la casa menos visitadas por tu abuelo. ¿Qué mejor que su dormitorio?

Él la miró pensativo, y largamente, para hacerla ruborizarse. Hasta que al final dijo:

—Sabemos que la visitó ahí por lo menos dos veces.

Ella pestañeó.

—¿Dos veces?

—Mi padre y el hermano menor de mi padre. Este murió en Trafalgar —explicó, aunque ella no lo había preguntado.

—¡Ah! —Al parecer eso la había desanimado; al menos por el momento—. Lo siento.

Gareth se encogió de hombros.

—Eso ocurrió hace mucho tiempo, pero gracias.

Ella asintió, moviendo la cabeza lentamente, con el aspecto de no saber qué más decir.

—Muy bien —dijo finalmente—. Bueno.

—Muy bien —repitió él.

—Bueno.

—Bueno.

—¡Ah, caray! —exclamó ella—. No soporto esto. No estoy hecha para quedarme sentada ociosa y meter las cosas debajo de la alfombra.

Gareth abrió la boca para hablar, aunque no sabía qué decir, pero Hyacinth no había acabado.

—Sé que debo ser discreta y sé que debo dejar en paz las cosas, pero no puedo. Simplemente no puedo. —Lo miró, y pareció que deseaba cogerlo por los hombros y sacudirlo—. ¿Entiendes?

—Ni una palabra.

—¡Tengo que saberlo! —exclamó ella—. Tengo que saber por qué me pediste que me casara contigo.

Ese era un tema al que él no tenía el menor deseo de volver.

—Creí oírte decir que no habías venido aquí a hablar de mi padre.

—Mentí. Tú no me creíste, ¿verdad?

—No. Supongo que no.

—Lo que pasa es que... no puedo...

Se retorció las manos, con una expresión afligida, atormentada, que él nunca le había visto. Se le habían soltado algunos mechones de las horquillas y tenía la cara de un color subido.

Pero eran sus ojos los que se veían más distintos. Él vio desesperación en ellos, una inquietud rara, no propia de ella.

Entonces comprendió qué era lo que tenía Hyacinth, la característica distintiva que la hacía tan diferente del resto de la humanidad. Se sentía cómoda en su piel; sabía quién era y se gustaba tal como era. Y tal vez eso era en gran parte el motivo de que él disfrutara tanto en su compañía.

También comprendió que ella tenía muchas cosas que él deseaba fervorosamente.

Ella conocía su lugar en el mundo; sabía de dónde provenía, cuál era su ambiente natural.

Sabía con quiénes se sentía cómoda, en su casa.

Y él deseaba lo mismo. Lo deseaba con una intensidad que le hería hasta el alma. Era una envidia rara, casi indescriptible, pero la sentía. Y lo abrasaba.

—Si sientes algo por mí —dijo ella—, comprenderás lo difícil que es esto para mí, así que, ¡por el amor de Dios, Gareth!, ¿vas a decir algo?

Él abrió la boca para hablar, pero solo le salió un sonido incoherente; parecía estar ahogado.

¿Por qué le pidió que se casara con él? Había cien, mil motivos. Intentó recordar qué fue lo que le puso la idea en la cabeza; le vino repentinamente, eso lo recordaba. Pero no recordaba exactamente por qué, aparte de que le pareció que era lo correcto.

No porque eso se esperara de él, ni porque fuera lo decente, sino simplemente porque era lo correcto.

Y sí, cierto que le pasó por la mente que eso sería su triunfo definitivo en el interminable juego con su padre, pero no fue por eso que lo hizo.

Lo hizo porque tenía que hacerlo.

Porque no podía imaginarse no haciéndolo.

Porque la amaba.

Notó que se iba a caer de espaldas; afortunadamente el escritorio estaba detrás, si no, habría acabado en el suelo.

¿Cómo diantres ocurrió eso? Estaba enamorado de Hyacinth Bridgerton. Seguro que en alguna parte alguien se estaría riendo.

—Me voy —dijo ella, con la voz rota.

Y solo cuando ella alargó la mano para coger el pomo de la puerta, él comprendió que debió de estar en silencio un minuto entero.

—¡No! —gritó, y la voz le salió tremendamente ronca—. ¡Espera! —Y entonces añadió—: Por favor.

Ella se detuvo, se giró y cerró la puerta.

Él comprendió que tenía que decírselo. No que la amaba, no, aún no estaba del todo preparado para revelar «eso». Pero tenía que decirle la verdad sobre su nacimiento. No podía llevarla al matrimonio engañada.

—Hyacinth, yo...

Las palabras se le quedaron atrapadas en la garganta; jamás le había dicho eso a nadie, ni siquiera a su abuela. Nadie conocía la verdad aparte de él y el barón.

Durante diez años había llevado esa verdad en su interior, dejándola hincharse tanto que a veces le parecía que eso era lo único que era él. No era nada sino un secreto; nada sino una mentira.

—Tengo que decirte una cosa —dijo, vacilante.

Ella debió de percibir que lo que iba a decir era algo insólito, porque se quedó inmóvil. Y Hyacinth jamás estaba inmóvil.

—Yo... Mi padre...

Era curioso. Jamás había pensado decirlo y no había ensayado las palabras. No sabía cómo formularlo, qué frase elegir.

—Él no es mi padre —dijo al fin.

Hyacinth pestañeó, dos veces.

—No sé quién fue mi padre.

Ella siguió sin decir nada.

—Supongo que nunca lo sabré.

Le observó la cara, esperando ver alguna reacción. Pero ella tenía la cara sin absolutamente ninguna expresión, y estaba tan inmóvil que no parecía ser ella misma. Y entonces, justo cuando él creía que la había perdido para siempre, ella juntó los labios, en un gesto displicente, y dijo:

—Bueno. Eso es un alivio, he de decir.

Él quedó boquiabierto.

—¿Perdón?

—No me entusiasmaba en especial la idea de que mis hijos llevaran sangre de lord Saint Clair. —Se encogió de hombros y arqueó las cejas en esa expresión tan característica de ella—. Me alegra por ellos que tengan su título; tener un título es algo práctico después de todo, pero su sangre es otra cosa muy distinta. Es extraordinariamente iracundo, ¿sabías eso?

Gareth asintió, sintiendo subir por él una emoción tan intensa que le henchía el pecho como burbujas, casi produciéndole vértigo.

—Lo había notado —se oyó decir.

—Supongo que tendremos que mantenerlo en secreto —dijo ella, entonces, tan tranquila como si solo estuviera hablando del más ocioso de los chismes—. ¿Quién más lo sabe?

Él pestañeó, todavía algo aturdido por la naturalidad de ella para enfocar el problema.

—Solo el barón y yo, que yo sepa.

—Y tu verdadero padre.

—Espero que no —dijo él, cayendo en la cuenta de que esa era la primera vez que se permitía decir eso, e incluso pensarlo.

—Puede que no lo haya sabido —dijo Hyacinth tranquilamente—, o tal vez pensó que tú estarías mejor con los Saint Clair, como hijo de noble.

—Todo eso lo sé —dijo él, amargamente—, y sin embargo, no sé por qué, no me hace sentir mejor.

—Tu abuela podría saber más.

Él levantó bruscamente la vista.

—Isabella —aclaró ella—, en su diario.

—No era mi verdadera abuela.

—¿Alguna vez te trató así? ¿Como si no hubieras sido nieto de ella?

—No —dijo él, negando con la cabeza y sumiéndose en los recuerdos—. Me quería. No sé por qué, pero me quería.

—Podría ser —dijo ella, con la voz extrañamente ahogada— porque eres bastante amable, inspiras amor.

A él le dio un vuelco el corazón.

—Entonces no deseas poner fin al compromiso —dijo, cauteloso.

Ella le dirigió una mirada especialmente franca.

—¿Tú sí?

Él negó con la cabeza.

—¿Entonces por qué piensas que yo lo desearía? —preguntó ella, esbozando una leve sonrisa.

—Tu familia podría poner objeciones.

—¡Puf! No somos tan estirados. La mujer de mi hermano es la hija ilegítima del conde de Penwood y una actriz o algo así de procedencia desconocida, y todos nosotros daríamos la vida por ella. —Lo miró con los ojos ligeramente entrecerrados—. Tú no eres ilegítimo.

—Para desesperación eterna de mi padre.

—Bueno, entonces, no veo ningún problema. A mi hermano y a Sophie les gusta vivir sosegadamente en el campo, y en parte eso se debe al pasado de ella, pero nosotros no nos veremos obligados a vivir en el campo. A no ser que tú lo desees, claro.

—El barón podría armar un buen escándalo —la advirtió él.

Ella sonrió.

—¿Pretendes convencerme de que no me case contigo?

—Solo quiero que entiendas que...

—Porque espero que ya te hayas dado cuenta de que es una empresa agotadora intentar convencerme de no hacer algo.

Él no pudo dejar de sonreír.

—Tu padre no dirá ni una palabra —afirmó ella—. ¿Con qué fin? Naciste dentro del matrimonio, así que no te puede quitar el título, y revelar que eres un bastardo solo revelaría que él fue un cornudo. —Hizo un gesto de gran autoridad con la mano—. Ningún hombre desea eso.

A él se le curvaron los labios, y notó que cambiaba algo dentro de él, como si se sintiera más ligero, más libre.

—¿Y tú puedes hablar por todos los hombres? —musitó avanzando lentamente hacia ella.

—¿A ti te gustaría que te llamaran «cornudo»?

Él negó con la cabeza.

—Pero no tengo por qué preocuparme por eso.

Ella comenzaba a parecer un poco acobardada a medida que él se iba acercando; pero también excitada.

—No si me tienes feliz —dijo ella entonces.

—Vamos, Hyacinth Bridgerton, ¿eso es una amenaza?

—Tal vez —dijo ella, con la cara claramente coqueta.

Él ya estaba a solo un paso.

—Veo que tengo el trabajo hecho para mí.

Ella alzó el mentón y el pecho comenzó a agitársele.

—No soy una mujer particularmente fácil.

Él le cogió la mano y se la llevó a la boca.

—Me gusta el desafío.

—Entonces es estupendo que... —ahogó una exclamación porque él le cogió un dedo y se lo metió en la boca—... te vayas a casar conmigo —logró terminar.

—Mmm... —musitó él, pasando a otro dedo.

—Ah, yo..., eh...

—Te gusta hablar —dijo él, riendo.

—¿Qué quieres...? ¡Oh!

Él sonrió para sus adentros, deslizando los labios por el interior de su muñeca.

—¿... decir con eso? —acabó ella.

Pero el final de la pregunta le salió bastante débil. Ya se estaba derritiendo apoyada en la pared. Y él se sintió el rey del mundo.

—Ah, nada —contestó, atrayéndola más para poder deslizarle los labios por un lado del cuello—. Solo que espero con ilusión casarme contigo para que puedas hacer todo el ruido que quieras.

No le vio la cara, pues estaba muy ocupado besándole el pecho por encima del escote, que, lógicamente, tenía que bajar, pero supo que ella se ruborizó; sintió subir el calor por su piel.

—Gareth, deberíamos parar —protestó ella, débilmente.

—No lo dices en serio —dijo él, levantándole la falda y deslizando la mano por debajo, ya que le quedó claro que el corpiño no iba a ceder.

—No —suspiró ella—, en realidad no.

—Estupendo —dijo él, sonriendo.

A ella se le escapó un gemido cuando él fue subiendo la mano por la pierna, y debió de asirse al último vestigio de cordura, porque dijo:

—Pero no podemos... ¡oh!

—No, no podemos —concedió él. El escritorio no sería cómodo, en el suelo no había espacio y solo el cielo sabía si Phelps había cerrado la otra puerta del dormitorio—. Pero sí podemos hacer otras cosas.

Ella agrandó los ojos.

—¿Qué otras cosas? —preguntó, en un tono deliciosamente desconfiado.

Él entrelazó los dedos con los de ella y le levantó las dos manos hasta encima de la cabeza.

—¿Te fías de mí?

—No, pero no me importa.

Manteniéndole las manos en alto, la apoyó en la puerta y se inclinó a besarla. Sabía a té y a...

A ella.

Podía contar las veces que le había besado una mano, y sin embargo sabía, ya comprendía, que esa era la esencia de ella. Era única en sus brazos, cuando la besaba, y sabía que nunca habría otra para él.

Le soltó una mano y le acarició suavemente el brazo bajando, bajando, hasta el hombro, luego el cuello, la mandíbula. Entonces le soltó la otra mano y bajó nuevamente la suya hasta la orilla del vestido.

Ella gimió su nombre, con la respiración agitada, jadeante, mientras él subía la mano por su pierna.

—Relájate —le ordenó, rozándole la oreja con los labios ardientes.

—No puedo.

—Sí puedes.

—No —dijo ella, tomándole la cara entre las manos y obligándolo a mirarla.

Él se rio, encantado por su actitud mandona.

—Muy bien, no te relajes.

Y antes de que ella pudiera contestar, deslizó el dedo por el borde de su prenda interior y la acarició ahí.

—¡Oh!

—Ahora nada de relajación —dijo él, riendo.

—Gareth —resolló ella.

—¿«Oh, Gareth», «No, Gareth» o «Más, Gareth»?

—Más —gimió ella—. Por favor.

—Me encanta una mujer que sabe cuándo suplicar —dijo él, redoblando sus esfuerzos por darle placer.

Ella había echado atrás la cabeza, pero la enderezó para poder mirarlo a los ojos.

—Me vas a pagar eso.

Él arqueó una ceja.

—¿Sí?

Ella asintió.

—Pero no ahora.

—Muy justo —dijo él, riendo suavemente.

Continuó frotándole ahí, muy suave, para llevarla a una estremecida cima. Ella ya tenía la respiración muy irregular, los labios entreabiertos y los ojos velados. Le encantaba su cara, hasta el último de sus contornos y curvas, la forma como caía la luz sobre sus pómulos y la forma de su mandíbula.

Pero notaba algo más, en ese momento en que estaba inmersa en la pasión, que le quitaba el aliento. Estaba hermosa, era hermosa, no de la manera que haría zarpar a mil barcos en su búsqueda, sino de una manera más íntima.

Su belleza era de él, y solo de él.

Y lo hacía sentirse humilde.

Se inclinó a besarla tiernamente, con todo el amor que sentía. Deseaba capturarle la exclamación cuando llegara al orgasmo; deseaba sentir su aliento y su gemido en la boca. Continuó frotando y atormentando, y ella se tensó, moviendo el cuerpo que tenía atrapado entre el de él y la pared, moviéndolo a él también.

—Gareth —gimió, liberando la boca el tiempo suficiente para decir su nombre.

—Pronto —susurró él, sonriendo—. Tal vez ahora.

Entonces, apoderándose de su boca en un último beso, le introdujo un dedo en la abertura, mientras con el otro continuaba la caricia. Sintió la presión de sus músculos interiores en el dedo, sintió casi elevarse su cuerpo del suelo con la fuerza de su pasión y placer.

Y solo entonces cayó en la cuenta de la intensidad de su deseo. Estaba duro, ardiendo de deseo, desesperado por estar dentro de ella, y aun así, comprendió, había estado tan enfocado en darle placer que no lo había notado.

Hasta ese momento.

La miró; estaba fláccida, aturdida, casi insensible, como no la había visto nunca.

¡Maldición!

No pasa nada, se dijo, sin mucho convencimiento. Tenían toda la vida por delante. Un remojón en una bañera con agua fría no lo mataría.

—¿Feliz? —musitó, mirándola, indulgente.

Ella asintió, pero eso fue lo único que pudo hacer.

Le dio un beso en la nariz, y entonces recordó los papeles que había dejado en el escritorio. No estaban terminados del todo, pero de todos modos le pareció un buen momento para enseñárselos.

—Te tengo un regalo —le dijo.

Ella abrió los ojos.

—¿Sí?

Él asintió.

—Simplemente ten presente que es la intención la que vale.

Sonriendo, ella lo siguió hasta el escritorio y se sentó en la silla enfrentada con la de él.

Gareth apartó algunos de los libros que había puesto encima y cogió con sumo cuidado la hoja.

—No está terminado.

—No importa —dijo ella dulcemente.

Pero él no se lo enseñó todavía.

—Creo que es bastante evidente que no vamos a encontrar las joyas —dijo.

—¡No! Podemos...

—Shhh, déjame terminar.

Eso iba contra todos los impulsos de ella, pero consiguió cerrar la boca.

—No poseo una gran cantidad de dinero.

—Eso no importa.

Él sonrió sarcástico.

—Me alegra que pienses eso, porque si bien no nos va a faltar nada, no viviremos como tus hermanos y hermanas.

—No necesito todo eso —se apresuró a decir ella.

Y era cierto; no lo necesitaba. Al menos eso esperaba. Pero sabía, con todo su ser, hasta las puntas de los dedos de los pies, que no necesitaba nada tanto como lo necesitaba a él.

Él pareció agradecido y tal vez algo incómodo.

—Probablemente será peor cuando herede el título —continuó—. Creo que el barón está intentando organizarlo todo para poder continuar arruinándome desde su tumba.

—¿Otra vez pretendes convencerme de que no me case contigo?

—Nada de eso. Estás absolutamente clavada conmigo. Pero sí deseo que sepas que, si pudiera, te regalaría el mundo. —Levantó el papel—. Comenzando por esto.

Ella cogió el papel y lo miró. Era un dibujo; de ella.

Agrandó los ojos, sorprendida.

—¿Tú has hecho esto?

—No he estudiado mucho, pero sé...

—Es muy bueno —lo interrumpió ella.

Tal vez nunca figuraría su nombre en la historia como un famoso dibujante o pintor, pero el retrato era muy bueno; le parecía que captaba la expresión de sus ojos, algo que no había visto en ninguno de los retratos de ella que había encargado su familia.

—He estado pensando en Isabella —explicó él, apoyándose en el borde del escritorio—, y recordé un cuento que me contó cuando yo era muy pequeño. Érase una vez una princesa, un príncipe malo y —sonrió pesaroso— una pulsera de diamantes.

Hyacinth le estaba observando la cara, embelesada por la calidez de sus ojos, pero cuando él dijo eso, miró su retrato. En la muñeca llevaba una pulsera de diamantes.

—Seguro que esto no se parece a lo que escondió —dijo él—, pero así es como recuerdo la descripción que me hizo, y es lo que te regalaría si pudiera.

A ella se le llenaron los ojos de lágrimas, amenazando con desbordarse.

—Gareth, este es el regalo más precioso que he recibido en toda mi vida.

Él la miró, no como si no le creyera, sino más bien como si pensara que no debía creerle.

—No tienes por qué decir...

—Lo es —dijo ella, levantándose.

Él se giró a coger la otra hoja.

—La dibujé aquí también, pero más grande, para que la vieras mejor.

Ella cogió la hoja y miró el dibujo. Había dibujado solamente la pulsera, suspendida en el aire.

—Es preciosa —dijo, pasando los dedos por la imagen.

Él sonrió, irónicamente.

—Si no existe, debería existir.

Ella asintió, sin dejar de mirar el dibujo. La pulsera era hermosa, cada eslabón parecía una hoja; era delicada y caprichosa, y sintió el intenso deseo de ponérsela en la muñeca.

Pero nunca podría valorar una pulsera tanto como valoraba esos dos dibujos. Lo miró con los labios entreabiertos por la sorpresa. Casi le dijo «Te amo», pero solo dijo:

—Me encantan.

Pero cuando volvió a mirarlo se imaginó que en sus ojos se veía la verdad.

«Te amo».

Sonriendo, colocó la mano sobre la de él. Deseó decírselo, pero no se sentía preparada. No sabía por qué, aunque tal vez solo tenía miedo de decirlo ella primero. Ella, que no le tenía miedo a casi nada, no lograba reunir el valor para decir esas dos palabras.

Era asombroso.

Aterrador.

Por lo tanto, decidió cambiar de actitud.

—Sigo deseando buscar las joyas —dijo, aclarándose la garganta hasta que la voz le salió normal.

Él emitió un gemido.

—¿Por qué no quieres renunciar?

—Porque..., bueno, porque no puedo. —Frunció los labios—. Para empezar, ahora no quiero que tu padre se apodere de ellas. ¡Ah! —levantó la vista para mirarlo—, ¿debo llamarlo así?

Él se encogió de hombros.

—Yo sigo llamándolo «padre». Es un hábito difícil de romper.

Ella aceptó eso asintiendo.

—No me importa que Isabella no fuera tu abuela. Tú te mereces la pulsera.

—¿Y eso por qué? —preguntó él, sonriendo divertido.

Eso la hizo pensar un momento.

—Porque sí. Porque alguien tiene que tenerla, y no quiero que sea él. Porque... —miró ilusionada el dibujo que tenía en las manos—. Porque esto es precioso.

—¿No podemos esperar a encontrar a nuestro traductor esloveno?

Ella negó con la cabeza, y apuntó a la nota que seguía sobre el escritorio.

—¿Y si eso no fuera esloveno?

—Me pareció que dijiste que lo era —dijo él, visiblemente exasperado.

—Dije que a mi hermano le pareció que era —aclaró ella—. ¿Sabes cuántos idiomas se hablan en Europa central?

Él soltó una maldición en voz baja.

—Lo sé —dijo ella—, es muy frustrante.

Él la miró incrédulo.

—No es por eso que maldije.

—¿Por qué entonces?

—Porque vas a ser mi muerte —repuso él, entre dientes.

Hyacinth sonrió, y le enterró el índice en el pecho.

—Ahora sabes por qué mi familia está loca por librarse de mí.

—¡Dios me asista!, lo sé.

Ella ladeó la cabeza.

—¿Podemos ir mañana?

—¿No?

—¿Pasado mañana?

—¡No!

—¿Por favor?

Él le plantó las manos en los hombros y la giró hacia la puerta.

—Te llevaré a casa —declaró.

Ella giró la cabeza, intentando hablar por encima del hombro.

—Por fa...

—¡No!

Hyacinth echó a andar, dejándose empujar hacia la puerta. Cuando no le quedó más remedio, cogió el pomo, pero antes de girarlo, volvió a girarse y abrió la boca...

—¡Nooo!

—No he...

—Muy bien —gimió él, casi levantando los brazos al cielo, desesperado—. Tú ganas.

—Ah, gracias...

—Pero tú no vendrás.

Ella se quedó inmóvil, boquiabierta.

—¿Perdón?

—Iré yo —dijo él, con una cara como si le hubieran sacado todas las muelas—, pero tú no.

Ella lo miró, tratando de encontrar una manera de decir «Eso no es justo» sin que pareciera infantil. Decidiendo que eso era imposible, empezó a pensar de qué manera preguntarle cómo sabría ella que él había ido sin dar la impresión de que no se fiaba de él.

¡Maldición!, esa también era una causa perdida.

Por lo tanto, se cruzó de brazos tratando de fulminarlo con la mirada. Eso tampoco surtió efecto. Él simplemente la miró y dijo:

—No.

Hyacinth volvió a abrir la boca, exhaló un suspiro y dijo:

—Bueno, supongo que si pudiera dominarte, no valdría la pena casarme contigo.

Él echó atrás la cabeza y se rio.

—Vas a ser una excelente esposa, Hyacinth Bridgerton —dijo, dándole un codazo para que avanzara.

—¡Vaya!

—¡Buen Dios! —gimió él—, pero no si te conviertes en mi abuela.

—A eso aspiro —dijo ella, sarcástica.

—Una lástima —dijo él, cogiéndola del brazo para que se detuviera antes de que salieran a la sala de estar.

Ella se giró a mirarlo, interrogándolo con los ojos.

Él esbozó su sonrisa más inocente.

—Bueno, esto no se lo puedo hacer a mi abuela.

—¡Oh! —gritó ella. ¿Cómo logró él meter las manos ahí?

—Ni esto.

—¡Gareth!

—¿Gareth, sí o Gareth, no?

—Gareth, más.

19

Es el martes siguiente.

Parece que todo lo importante ocurre un martes, ¿verdad?

Hyacinth apareció sonriente en la puerta del salón de lady Danbury, ense-
ñando el libro *La señorita Davenport y el marqués tenebroso*.

—¡Mire lo que tengo!

—¿Otro libro? —preguntó lady Danbury, desde el otro lado de la
sala.

Estaba sentada en su sillón favorito, pero por su postura, bien podría
haber sido un trono.

—No es solo un libro —dijo Hyacinth, avanzando y enseñándoselo
con una sonrisa ladina.

Lady Danbury lo cogió, lo miró y sonrió de oreja a oreja.

—Aún no hemos leído esta. —Volvió a mirar a Hyacinth—. Espero que
sea tan mala como las demás.

—Ah, vamos, lady Danbury —dijo Hyacinth, sentándose en el sillón
contiguo—, no debería decir que son malas.

—No he dicho que no sean entretenidas —repuso la condesa, pasando
las páginas entusiasmada—. ¿Cuántos capítulos nos quedan con la querida señorita Butterworth?

Hyacinth cogió la susodicha novela, que estaba en una mesa lateral, y
la abrió en la página que había dejado marcada el martes anterior.

—Tres —dijo, volviendo las páginas hacia delante y hacia atrás, para
estar segura.

—¡Vaya!, ¿de cuántos acantilados podría colgar la pobre Priscilla en
ese tiempo?

—De dos como mínimo, diría yo. Siempre que no caiga atacada por la peste.

Lady Danbury intentó mirar la novela por encima de su hombro.

—¿Crees posible eso? Un poco de peste bubónica sería fenomenal para la prosa.

Hyacinth se rio.

—Tal vez ese debería haber sido el subtítulo. *La señorita Butterworth y el barón loco*, o —bajó la voz para darle un efecto dramático— *Un toque de peste bubónica*.

—Yo personalmente prefiero *Muerta a picotazos de palomas*.

—Tal vez sí deberíamos escribir una novela —comentó Hyacinth, sonriendo y preparándose para comenzar a leer el capítulo dieciocho.

Lady Danbury la miró como si quisiera darle un capirotazo en la cabeza.

—Eso es exactamente lo que te he estado diciendo.

Hyacinth arrugó la nariz y negó con la cabeza.

—No, no sería muy divertido más allá de inventar los títulos. ¿Cree que alguien querría comprar una colección de títulos divertidos?

—Sí que los comprarían, si llevaran mi nombre en la cubierta —declaró lady Danbury con gran autoridad—. Por cierto, a propósito de eso, ¿cómo te va con tu traducción del diario de la otra abuela de mi nieto?

Hyacinth movió ligeramente la cabeza arriba y abajo, intentando descubrir la conexión del tema con la larga frase de la anciana.

—Perdone —dijo finalmente—, ¿qué tiene que ver eso con que la gente se sienta impulsada a comprar un libro porque lleva su nombre en la cubierta?

Lady Danbury agitó enérgicamente la mano como si ese comentario fuera un objeto al que se puede apartar.

—No me has dicho nada —dijo.

—Solo llevo un poquito más de la mitad —admitió Hyacinth—. Recuerdo menos del italiano de lo que creía, y estoy encontrando mucho más difícil traducirlo de lo que había esperado.

—Era una mujer hermosa y encantadora —dijo Lady Danbury.

Hyacinth pestañeó, sorprendida.

—¿La conoció? ¿A Isabella?

—Por supuesto. Su hijo se casó con mi hija.

—Ah, sí —murmuró Hyacinth.

No entendía por qué eso no se le había ocurrido antes. Entonces pensó: ¿sabría algo lady Danbury acerca del nacimiento de Gareth? Él había dicho que no lo sabía, o por lo menos que nunca le había hablado de eso. Pero tal vez cada uno guardaba silencio sobre el tema suponiendo que el otro no lo sabía.

Abrió la boca y volvió a cerrarla. No le correspondía a ella decir algo. No.

Pero...

No. Apretó los dientes, como si así pudiera impedirse decir algo. No podía revelar el secreto de Gareth. No podía, de ninguna manera.

—¿Has comido algo agrio? —le preguntó lady Danbury, sin ninguna delicadeza—. Das la impresión de sentirte indispuesta.

—Estoy muy bien —contestó Hyacinth, esbozando una alegre sonrisa—. Simplemente estaba pensando en el diario. Lo traje conmigo, por cierto, para leerlo en el coche.

Desde que se enteró del secreto de Gareth había trabajado sin descanso en el diario. No sabía si alguna vez se enteraría de la identidad del verdadero padre de Gareth, pero el diario de Isabella le parecía el mejor lugar posible para comenzar a investigar.

—¿Sí? —dijo lady Danbury; se había reclinado en el sillón y tenía los ojos cerrados—. Léeme de ahí mejor, ¿quieres?

—Usted no entiende el italiano.

—Ya, pero es un idioma muy bonito, tan dulce y melodioso. Y necesito echar una siesta.

—¿Está segura? —preguntó Hyacinth, metiendo la mano en su pequeño bolso para sacar el diario.

—¿De si necesito una siesta? Sí, una lástima. Comencé hace dos años, y ahora no puedo vivir sin echar una cada tarde.

—Me refería a lo de que le lea del diario. Si quiere quedarse dormida, hay métodos mejores que el que yo le lea en italiano.

—Vamos, Hyacinth —dijo lady Danbury, emitiendo un sonido muy parecido a un cacareo—, ¿es eso un ofrecimiento a cantarme nanas?

Hyacinth puso los ojos en blanco.

—Es tan mala como una cría.

—De ahí venimos, mi querida señorita Bridgerton, de ahí venimos.

Hyacinth movió la cabeza y buscó el lugar en el diario. Había quedado en la primavera de 1793, cuatro años antes del nacimiento de Gareth. Según lo que había leído en el coche durante el trayecto, la madre de Gareth estaba embarazada; ella suponía que sería del hermano mayor de Gareth. Antes de ese embarazo había tenido dos abortos espontáneos, lo cual no le granjeaba las simpatías de su marido.

Lo que encontraba más interesante en el relato era la decepción que expresaba Isabella por su hijo. Lo quería, sí, pero lamentaba hasta qué punto ella había permitido que lo modelara su marido. En consecuencia, escribía, su hijo era igual al padre. La trataba a ella con desdén, y a su mujer no la trataba mejor.

Encontraba bastante triste todo el relato. Le caía bien Isabella. Era inteligente y tenía sentido del humor; ambas cosas brillaban en el relato, aun cuando ella no sabía traducir todas las palabras, y le gustaba pensar que si hubieran sido de la misma edad habrían sido amigas. La entristecía comprender hasta qué punto su marido la había sofocado y hecho desgraciada.

Eso le reforzaba la creencia de que era muy importante elegir bien con quién casarse. No por la riqueza ni la posición, aun cuando no era tan idealista que considerara totalmente sin importancia esas cosas.

Pero uno solo tiene una vida y, Dios mediante, un solo marido. Y qué agradable es que a uno realmente le caiga bien el hombre con el que se compromete de por vida. Isabella no sufrió de golpes ni malos tratos físicos, pero su marido no hacía el menor caso de ella, por lo que no podía expresar sus pensamientos ni sus opiniones. Su marido la envió a vivir en una remota casa de campo y enseñó a sus hijos con su ejemplo. El padre de Gareth trataba a su mujer exactamente igual. Suponía que el tío de Gareth habría sido igual, si hubiera vivido el tiempo suficiente para tomar esposa.

—¿Me vas a leer o no? —preguntó lady Danbury, con voz bastante estridente.

Hyacinth la miró; la condesa seguía con los ojos cerrados; no se había tomado la molestia de abrir los ojos para hacer la pregunta.

—Perdone —dijo, poniendo el dedo en el lugar donde había quedado—. Solo necesito un momento para... Ah, aquí estamos.

Se aclaró la garganta y comenzó a leer en italiano:

—*Si avicina il giorno in cui nascerà il mio primo nipote. Prego che sia un maschio...*

Continuó leyendo en voz alta en italiano, al tiempo que iba traduciendo mentalmente:

Se acerca el día en que nacerá mi primer nieto. Ruego que sea un varón. Me encantaría que fuera una niñita, probablemente me permitirían verla más y amarla, pero será mejor para todos si tenemos un niño. Me estremece pensar con qué rapidez Anne se vería obligada a soportar nuevamente las atenciones de mi hijo si tiene una niña.

Debería querer más a mi hijo, pero solo me preocupa su mujer.

Hyacinth interrumpió la lectura para mirar a lady Danbury, por si veía alguna señal de que entendía algo del italiano. Después de todo estaba leyendo acerca de su hija; ¿tendría idea la condesa de lo desgraciado que había sido el matrimonio de su hija? Pero, curiosamente, lady Danbury había empezado a roncar.

Hyacinth la contempló sorprendida, y desconfiada. Jamás se habría imaginado que la anciana se quedara dormida tan rápido. Guardó silencio un rato, esperando que la condesa abriera los ojos y emitiera una fuerte exclamación exigiéndole que continuara leyendo.

Pero pasado un minuto, se convenció de que realmente estaba durmiendo. Así pues, continuó leyendo en silencio, traduciendo cada frase y con gran dificultad. La siguiente anotación era de unos meses después. Isabella expresaba su alivio porque Anne dio a luz a un niño, al que bautizaron George. El barón estaba fuera de sí de orgullo, y le regaló una pulsera de oro a su mujer.

Pasó unas cuantas páginas, tratando de encontrar el año 1797, el del nacimiento de Gareth. Una, dos tres... Contó las páginas mirando rápidamente los años. Siete, ocho, nueve... Ah, 1796. Gareth nació en marzo, así que si Isabella había escrito algo acerca de su concepción, estaría ahí, no en 1797.

Eran diez páginas, nada más.

Entonces se le ocurrió.

¿Por qué no saltarse esas páginas sin leerlas? No había ninguna ley que le exigiera leer el diario en orden cronológico perfecto. Podía leer lo de 1796 y 1797 para ver si había algo relacionado con Gareth y quién era su padre. Si no había nada, volvería al punto en que lo había dejado y seguiría leyendo en orden.

¿Y no era lady Danbury la que decía que la paciencia no es de ninguna manera una virtud?

Miró pesarosa la anotación de 1793, y luego, sosteniendo las cinco páginas como si fueran una, pasó a 1796.

Miró atrás, adelante, atrás.

Adelante.

Llegó a la página de 1796 y la afirmó con la mano izquierda para no volver a retroceder.

Adelante, sin duda. Comenzó a leer en silencio.

24 de junio de 1796
   Llegué a Clair Hall a hacer mi visita de verano, y me informaron
de que mi hijo ya se había marchado a Londres.

Hyacinth hizo rápidamente la cuenta de los meses. Gareth nació en marzo de 1797; restando tres, sería diciembre de 1796, y restando otros seis...

Junio.

Y el padre de Gareth estaba ausente.

Casi sin poder respirar, continuó leyendo.

Anne parece contenta de que él no esté, y el pequeño George es un verdadero tesoro. ¿Tan terrible es reconocer que me siento más feliz cuando Richard no está aquí? ¡Qué dicha es tener tan cerca a todas las personas que quiero...!

Hyacinth frunció el ceño al terminar de leer esa anotación. No había nada fuera de lo normal. Nada acerca de algún misterioso desconocido, o de algún amigo inconveniente.

Miró a lady Danbury, que tenía echada atrás la cabeza en una postura incómoda. También tenía la boca abierta.

Volvió resueltamente la atención al diario, y comenzó a leer la siguiente anotación, fechada tres meses después.

Anne está embarazada. Y todos sabemos que no puede ser de Richard. Él ha estado ausente dos meses. Dos meses. Tengo miedo por ella. Él está furioso. Pero ella no quiere revelar la verdad.

—Revélala —musitó Hyacinth, entre dientes—. Revélala.

—¿Eh?

Hyacinth cerró bruscamente el diario y levantó la vista. Lady Danbury se estaba moviendo en su sillón.

—¿Por qué dejaste de leer? —preguntó la anciana, con la voz adormilada.

—No he dejado de leer —mintió Hyacinth, apretando con tanta fuerza el cuaderno que era de extrañar que no le hiciera agujeros en la cubierta con los dedos—. Usted se quedó dormida.

—¿Sí? —balbuceó la anciana—. Debo de estar haciéndome vieja.

Hyacinth trató de sonreír, con los labios tensos.

—Muy bien —dijo lady Danbury, agitando una mano. Cambió de posición, primero inclinándose a la izquierda, después a la derecha y luego nuevamente a la izquierda—. Ya estoy despierta. Volvamos a la señorita Butterworth.

—¿Ahora? —preguntó Hyacinth, horrorizada.

—¿Si no cuándo?

Hyacinth no encontró una buena respuesta a eso.

—Muy bien —dijo, con toda la paciencia que pudo.

Se obligó a dejar el diario a un lado y cogió *La señorita Butterworth y el barón loco*.

—¡Ejem! —se aclaró la garganta y abrió el libro en la primera página del capítulo dieciocho—. ¡Ejem!

—¿Sientes molestias en la garganta? —preguntó lady Danbury—. Todavía queda té en la tetera.

—No es nada —dijo Hyacinth.

Suspirando, miró la página y comenzó a leer, con bastante menos animación que de costumbre:

—«El barón estaba en posesión de un secreto. Priscilla estaba absolutamente segura de eso. La única pregunta era: ¿alguna vez revelaría la verdad?» Desde luego —masculló.

—¿Eh?

—Creo que va a ocurrir algo importante —suspiró Hyacinth.

—Siempre está a punto de ocurrir algo importante, mi querida niña. Y si no, harás bien en actuar como si fuera a ocurrir. De esa manera disfrutarás mucho más de la vida.

Ese comentario era muy filosófico para ser de lady Danbury. Hyacinth guardó silencio, pensando en esas palabras.

—No me gusta nada esta moda actual del tedio —continuó lady Danbury, cogiendo su bastón y golpeando el suelo con él—. ¡Ja! ¿Desde cuándo es delito manifestar interés por las cosas?

—¿Perdón?

—Tú continúa leyendo. Creo que vamos a llegar a la parte buena. Por fin.

Hyacinth asintió. El problema era que ella iba llegando a la parte buena del otro libro. Hizo una inspiración, tratando de volver la atención a *La señorita Butterworth*, pero las palabras bailaban ante sus ojos. Finalmente miró a lady Danbury y dijo:

—Lo siento, pero ¿le importaría mucho que acortáramos esta visita? No me siento del todo bien.

Lady Danbury la miró como si acabara de anunciar que estaba embarazada de un hijo de Napoleón.

—Tendría mucho gusto en compensárselo mañana —se apresuró a añadir Hyacinth.

Lady Danbury pestañeó, sorprendida.

—Pero es que hoy es martes.

—Eso lo sé —dijo Hyacinth. Suspiró— Eh... Usted es un ser de hábitos, ¿no?

—El sello de la civilización es la rutina.

—Sí, lo comprendo, pero...

—Pero el signo de una mente verdaderamente avanzada —interrumpió la condesa— es la capacidad de adaptarse a las circunstancias cambiantes.

Hyacinth la miró boquiabierta. Jamás, ni en sus más locos sueños, se habría imaginado a lady Danbury diciendo «eso».

—Adelante, mi querida niña —dijo lady Danbury, indicándole la puerta—. Ve a hacer lo que tanto interés te despierta.

Por un momento, Hyacinth no pudo hacer otra cosa que mirarla. Entonces, inundada por un sentimiento agradable y cálido, recogió sus cosas, se levantó y se acercó a la anciana.

—Va a ser mi abuela —dijo, inclinándose a darle un beso en la mejilla.

Nunca antes la había tratado con esa familiaridad, pero le pareció que era lo correcto.

—Tontita —dijo lady Danbury, frotándose los ojos, mientras Hyacinth caminaba hacia la puerta—. En mi corazón he sido tu abuela durante años. Solo estaba esperando que lo hicieras oficial.

20

Es la noche de ese mismo martes, y bastante tarde en realidad. Hyacinth se vio obligada a aplazar la continuación de la traducción porque tuvo que estar presente en la larga cena con la familia y luego en un interminable juego de charadas. Finalmente, a las once y media, encontró la información que buscaba.

La impaciencia resultó más fuerte que la prudencia...

Si la llamada se hubiera producido minutos más tarde, Gareth no habría estado ahí para oír el golpe en la puerta. Se había puesto su jersey, un tosco jersey de lana que su abuela habría calificado de horrorosamente grosero pero que tenía la ventaja de ser negro como el manto de la noche. Acababa de sentarse en el sofá para ponerse sus botas con la suela que amortiguaba el sonido de sus pasos cuando lo oyó.

Un golpe. Suave, pero firme.

Una mirada al reloj le dijo que era casi medianoche. Hacía rato que Phelps se había ido a acostar, por lo que tuvo que ir él. Situándose cerca de la maciza puerta, preguntó:

—¿Sí?

—Soy yo.

¿Qué? No, no podía ser.

Abrió la puerta.

—¿Qué haces aquí? —siseó, haciendo entrar a Hyacinth de un tirón.

Ella pasó volando junto a él, y tropezó con una silla cuando él la soltó para asomarse al corredor.

—¿No has traído a nadie contigo?

Ella negó con la cabeza.

—No tuve tiempo para...

—¿Estás loca? —susurró él, furioso—. ¿Es que te has vuelto loca de atar?

Creía que se había enfurecido con ella la vez anterior que hizo eso, correr sola por las calles de Londres en la oscuridad de la noche. Pero por lo menos entonces tenía una disculpa, el inesperado encuentro con su padre. Pero esa vez... Esta vez...

A duras penas logró dominarse.

—Voy a tener que encerrarte —dijo, más para sí mismo que para ella—. Eso es. Esa es la única solución. Voy a tener que atarte y...

—Si me escucharas...

—Entra aquí —interrumpió él, entre dientes, cogiéndola del brazo y haciéndola entrar de un empujón en su dormitorio.

Esa era la habitación más alejada del pequeño cuarto de Phelps al otro lado del salón. Normalmente el ayuda de cámara dormía como un tronco, pero con la suerte que tenía él, esa sería la noche en que se despertaría con sed e iría a la cocina en busca de un vaso de agua.

—Gareth —susurró Hyacinth, poniéndose detrás de él—. Tengo que decirte...

Él se giró a mirarla furioso.

—No quiero oírte decir nada que no comience con «Soy una condenada idiota».

Ella se cruzó de brazos.

—Pues de ninguna manera voy a decir eso.

Él flexionó los dedos, pues ese movimiento, muy controlado, era lo único que le impedía abalanzarse sobre ella y golpearla. El mundo estaba adquiriendo un peligroso matiz rojo, y lo único que veía en su mente era la imagen de ella corriendo por las calles de Mayfair, sola, atacada por delincuentes, herida, magullada...

—¡Te voy a matar! —gruñó.

¡Demonios!, si alguien la iba a atacar y magullar, bien podría ser él.

Pero ella estaba moviendo la cabeza sin oír nada de lo que él decía.

—Gareth, tengo que...

—No —dijo él enérgicamente—. No digas nada. No digas ni una sola palabra. Siéntate... —Pestañeó, al darse cuenta de que ella estaba de pie, y luego apuntó hacia la cama—. Siéntate ahí, callada, hasta que yo resuelva qué demonios hacer contigo.

Ella se sentó y, por una vez, no pareció que iba a abrir la boca para hablar. La verdad, su actitud era muy presumida, engreída.

Eso lo hizo sospechar algo al instante. No tenía idea de cómo descubrió ella que él había elegido esa noche para volver a la casa Saint Clair para hacer un último intento de encontrar las joyas. Tal vez durante una de sus conversaciones recientes a él se le escapó algo, aludiendo a sus intenciones para esa noche. Le gustaba creerse más prudente, pero Hyacinth era endemoniadamente lista, y si alguien era capaz de deducir sus intenciones, era ella.

Ir allí era una empresa de locos, en su opinión; no tenía idea de dónde podían estar los diamantes, aparte de la teoría de Hyacinth sobre el dormitorio de la baronesa. Pero le había prometido que iría y debía de tener más sentido del honor del que creía, porque ahí estaba, preparándose para ir a la casa Saint Clair por tercera vez ese mes.

La miró indignado.

Ella sonrió con la mayor serenidad.

Y eso lo desquició. Eso era. Eso era absolutamente...

—De acuerdo —dijo, en voz tan baja que casi era temblorosa—. Vamos a establecer ciertas reglas, ahora, aquí mismo.

Ella se sobresaltó.

—¿Perdón?

—Cuando estemos casados no vas a salir de casa sin mi permiso...

—¿Nunca? —interrumpió ella.

—... hasta que hayas demostrado que eres una adulta responsable —terminó él, casi sin reconocerse en esas palabras.

Pero si eso era lo que hacía falta para tener a la tontita a salvo de sí misma, pues sea.

Ella soltó el aliento en un soplido de impaciencia.

—¿Cuándo te volviste tan pomposo?

—¡Cuando me enamoré de ti! —contestó él, con un rugido.

Mejor dicho, habría sido un rugido si no hubieran estado en medio de un edificio de apartamentos, todos habitados por hombres solteros que permanecían despiertos hasta altas horas de la noche y a quienes les gustaba el cotilleo.

—¿Qué has...? ¿Qué has...? ¿Qué?

La boca de Hyacinth formaba un atractivo óvalo, pero él estaba tan desquiciado que no apreció el efecto.

—Te amo, mujer idiota —dijo, agitando los brazos como un loco.

Era increíble a qué lo reducía ella. No recordaba ninguna ocasión en que hubiera perdido los estribos de esa manera, no recordaba una ocasión en que alguien lo hubiera enfurecido tanto que casi era incapaz de hablar.

Aparte de ella, claro. Apretó fuertemente los dientes.

—Eres la mujer más irritante, más frustrante...

—Pero...

—Y «nunca» sabes cuándo parar de hablar, pero, ¡Dios me asista!, te amo de todos modos...

—Pero, Gareth...

—Y si tengo que atarte a la maldita cama solo para tenerte a salvo de ti misma, lo haré.

—Pero, Gareth...

—No digas ni una palabra. Ni una sola maldita palabra —dijo él, moviendo el índice hacia ella de una manera muy poco educada.

De repente la mano se le quedó inmóvil y el índice como clavado en un punto, y después de unos cuantos movimientos bruscos, consiguió quedarse quieto y se puso las manos en las caderas.

Ella lo estaba mirando, con sus grandes ojos azules maravillados. Gareth no pudo apartar la mirada cuando ella se levantó lentamente y cruzó la distancia que los separaba.

—¿Me amas? —le preguntó, en un susurro.

—Será mi muerte, sin duda, pero sí. —Exhaló un cansino suspiro, agotado simplemente por esa perspectiva—. Parece que no lo puedo evitar.

—¡Ah! —musitó ella. Le temblaron los labios, se le curvaron y de pronto estaba sonriendo—. Estupendo.

—¿Estupendo? ¿Eso es todo lo que se te ocurre decir?

Ella se le acercó más y le acarició la mejilla.

—Yo también te amo. Con todo mi corazón, con todo mi ser, con todo...

Él no se enteró del resto de la frase, porque quedó apagado por su beso.

—Gareth —suspiró ella, en el mínimo instante en que él apartó los labios para respirar.

—Ahora no —dijo él, apoderándose nuevamente de su boca.

No podía parar. Se lo había dicho y tenía que demostrárselo.

La amaba. Era así de sencillo.

—Pero, Gareth...

—Shhh...

Le cogió la cara entre las manos y la besó, la besó, y continuó el beso hasta que cometió el error de liberarle la boca bajando los labios a su cuello.

—Gareth, tengo que decirte...

—Ahora no —musitó él; tenía otros planes.

—Pero es que es muy importante y...

—¡Buen Dios, mujer! —gruñó él, apartándose—. ¿Qué es?

—Tienes que escucharme —dijo ella, y él se sintió bastante vengado porque tenía la respiración tan agitada como él—. Sé que fue una locura venir aquí tan tarde.

—Sola —añadió él, porque le pareció necesario.

—Sola —concedió ella, curvando los labios en gesto de impaciencia—. Pero te juro que no habría hecho algo tan estúpido si no hubiera necesitado hablar contigo inmediatamente.

—¿No habría servido una nota? —dijo él, sonriendo sarcástico.

Ella negó con la cabeza.

—Gareth —dijo, con la cara tan seria que a él le quitó el aliento—. Sé quién es tu padre.

Fue como si el suelo comenzara a deslizarse, pero al mismo tiempo no podía apartar los ojos de los de ella. Le cogió los hombros, enterrándole los dedos con demasiada fuerza en la piel, seguro, pero no podía moverse. Si alguien le preguntara acerca de ese momento en los años venideros, diría que ella era lo único que lo sostenía en pie.

—¿Quién es? —preguntó, casi temiendo la respuesta.

Toda su vida adulta había deseado esa respuesta, y en el momento que la tenía a su alcance solo sentía terror.

—El hermano de tu padre —susurró Hyacinth.

Él se sintió como si algo le hubiera golpeado el pecho.

—¿El tío Edward?

—Sí —contestó Hyacinth, escrutándole la cara con una mezcla de amor y preocupación—. Lo dice tu abuela en el diario. Al principio ella no lo sabía. Nadie lo sabía. Solo sabían que no podía ser tu pa..., esto, el barón. Él estuvo en Londres toda la primavera y todo el verano.

—¿Cómo lo descubrió? ¿Y estaba segura?

—Isabella se lo figuró después de que tú naciste. Dice que tú te parecías demasiado a los Saint Clair para ser un bastardo. Y Edward había estado viviendo en Clair Hall. Cuando tu padre no estaba.

Gareth movió la cabeza, desesperado por comprender eso.

—¿Él lo sabía?

—¿Tu padre? ¿O tu tío?

—Mi... —se giró hacia un lado y de su garganta le salió un sonido raro, sin humor—. No sé cómo llamarlo. A ninguno de los dos.

—A tu padre, lord Saint Clair —dijo ella—. Él no lo sabía; al menos Isabella cree que no; no sabía que Edward había estado en Clair Hall ese verano. Edward acababa de salir de Oxford y..., bueno, no sé cómo ocurrió todo exactamente, pero parece que él tenía pensado ir a Escocia con unos amigos. Resultó que no fue y en lugar de eso se fue a Clair Hall. Tu abuela dice... —se interrumpió, y agrandó los ojos—. Tu abuela —repitió—. Isabella era realmente tu abuela.

Él sintió su mano en el hombro, suplicándole que se girara, pero no se sentía capaz de mirarla en ese momento. Era demasiado. Todo era demasiado.

—Gareth, Isabella era tu abuela. Lo era, de verdad.

Él cerró los ojos, tratando de recordar la cara de Isabella. Le resultó difícil; el recuerdo era demasiado lejano en el tiempo.

Pero ella lo quería. Eso sí lo recordaba. Lo amaba.

Y sabía la verdad.

¿Se lo habría dicho? Si hubiera vivido para verlo de adulto, si hubiera conocido al hombre en que se había convertido, ¿le habría dicho la verdad?

Nunca lo sabría, pero tal vez... Si ella hubiera visto cómo lo trataba el barón..., en qué se habían convertido los dos...

Le agradaba pensar que sí se lo habría dicho.

Oyó la voz de Hyacinth:

—Tu tío...

—Lo sabía —dijo Gareth, con certeza.

—¿Sí? ¿Cómo lo sabes? ¿Te dijo algo?

Gareth negó con la cabeza.

No sabía cómo lo sabía, pero estaba seguro de que Edward sabía la verdad. Él tenía ocho años la última vez que vio a su tío. Ya tenía edad para recordar cosas, edad para comprender lo que era importante.

Y Edward lo quería. Edward lo amaba de una manera como nunca lo amó el barón. Fue Edward el que le enseñó a montar a caballo; fue Edward el que le llevó un cachorro de regalo cuando cumplió siete años.

Edward, que conocía lo bastante bien a la familia para saber que la verdad los dañaría a todos. Richard nunca le perdonaría a Anne que hubiera engendrado un hijo que no era de él, pero si se hubiera enterado de que su amante había sido su propio hermano...

Tuvo que apoyarse en la pared, porque sus piernas ya no lo sostenían. Tal vez debería agradecer que hubiera tardado tanto tiempo en enterarse de la verdad.

—¿Gareth?

Oyó a Hyacinth susurrar su nombre, la sintió cuando se le acercó y puso la mano dentro de la de él, con una dulzura que le hizo doler el corazón.

No sabía qué pensar; no sabía si debería sentirse furioso o aliviado. Era realmente un Saint Clair, pero después de tantos años de creerse un impostor, le costaba asimilarlo. Y dada la conducta del barón, ¿era eso algo de lo cual sentirse orgulloso?

Había perdido tanto, pasado tanto tiempo preguntándose quién era, de dónde procedía y...

Nuevamente oyó la voz de ella, dulce, solo un susurro:

—Gareth.

Le apretó la mano. Y de repente...

Comprendió.

No era que no importara, porque importaba.

Pero comprendió que no le importaba tanto como le importaba ella, que el pasado no era tan importante como el futuro, y que la familia que había perdido no le era ni de cerca tan querida como la que formaría él.

—Te amo —dijo, logrando por fin elevar la voz más allá de un susurro. Se giró a mirarla, con el corazón y el alma en los ojos—. Te quiero.

Ella pareció desconcertada por su repentino cambio de actitud, pero al final simplemente sonrió, como si estuviera a punto de echarse a reír. Era el tipo de expresión que pone la persona cuando es tan grande su felicidad que no puede contenerla dentro.

Gareth deseó que ella resplandeciera así todos los días, todas las horas, todos los minutos.

—Yo también te amo —dijo ella.

Él le tomó la cara entre las manos y la besó en la boca, una vez, profundo, profundo.

—Lo digo en serio —dijo—, te amo, de verdad.

Ella arqueó una ceja.

—¿Es esto una competición?

—Es lo que tú quieras —prometió él.

Ella sonrió de oreja a oreja, con esa sonrisa encantadora, perfecta, que era la quintaesencia de ella.

—Entonces creo que debo advertírtelo —dijo, ladeando la cabeza—. Tratándose de competiciones y juegos, siempre gano.

—¿Siempre?

En los ojos de ella apareció una expresión astuta.

—Siempre que importa —dijo.

Él no pudo evitar sonreír, sintiendo el alma ligera y desaparecidas las preocupaciones.

—¿Y qué significa eso?

—Significa —repuso ella, desabotonándose la chaqueta— que de verdad, de verdad, te amo.

Él retrocedió y se cruzó de brazos, como para evaluarla.

—Dime más.

La chaqueta de ella cayó al suelo.

—¿Basta eso?

—Ah, no, no basta.

Ella intentó parecer desenfadada, pero empezaban a ruborizársele las mejillas.

—Voy a necesitar ayuda con el resto —dijo, agitando las pestañas.

Él no tardó ni un segundo en estar a su lado.

—Vivo para servirte.

—¿Sí? —preguntó ella, como si le interesara tanto esa idea, y tan peligrosamente, que él se sintió obligado a añadir:

—En el dormitorio.

Le cogió los extremos del lazo que le cerraba el corpiño en los hombros, les dio un tirón y el escote del corpiño se ensanchó peligrosamente.

—¿Más ayuda, milady?

Ella asintió.

—Tal vez...

Metió los dedos por el escote, preparándose para bajarle el corpiño, pero ella le colocó la mano sobre la de él. La miró. Ella estaba negando con la cabeza.

—No —dijo—. Tú.

A él le llevó un momento captar lo que quería decir, y entonces se le fue extendiendo una sonrisa por la cara.

—Pero por supuesto, milady —dijo, quitándose el jersey por la cabeza—. Lo que digas.

—¿Cualquier cosa?

—En este momento, cualquier cosa —dijo él, con su voz más sedosa.

Ella sonrió.

—Los botones.

Él comenzó a desabotonarse la camisa.

—Lo que quieras.

En un instante su camisa estuvo en el suelo, dejándole desnudo el torso.

Entonces la miró a la cara, con ojos apasionados. Ella tenía los ojos agrandados y los labios entreabiertos. Oyó el sonido rasposo de su respiración, al compás perfecto del movimiento de su pecho.

Estaba excitada, comprendió, gloriosamente excitada, y tuvo que hacer un esfuerzo para no sujetarla en sus brazos y depositarla en la cama.

—¿Alguna otra cosa? —musitó.

Ella movió los labios y bajó los ojos hacia sus pantalones. Era tímida, comprendió él, encantado; todavía era demasiado inocente para ordenarle que se los quitara.

—¿Esto? —preguntó, metiendo el pulgar bajo la cinturilla.

Ella asintió.

Él se quitó los pantalones, sin dejar de mirarle la cara. Y sonrió, en el preciso instante en que ella agrandó más los ojos.

Ella deseaba ser sofisticada, mundana, pero no lo era. Todavía no.

—Estás demasiado vestida —dijo en voz baja, acercándosele más y más hasta que quedó con la cara a unos dedos de la de ella.

Colocándole dos dedos bajo el mentón, le levantó la cara y se inclinó a besarla mientras con la otra mano le cogía el escote y se lo bajaba.

Cayó el corpiño y él deslizó la mano hacia la cálida piel de su espalda, atrayéndola hasta que los pechos le quedaron aplastados contra su pecho. Bajó suavemente las yemas de los dedos acariciándole la delicada columna y detuvo la mano en su cintura, donde caía el corpiño suelto rodeándole las caderas.

—Te amo —dijo, apoyando la nariz en la de ella.

—Yo también te amo.

—Eso me alegra mucho —dijo él, sonriendo con la boca pegada a su oreja—. Porque si no, todo esto sería muy violento.

Ella se rio, pero él detectó vacilación en el sonido de su risa.

—¿Quieres decir que todas tus otras mujeres te amaban?

Él se apartó y le cogió la cara entre las manos.

—Lo que quiero decir —dijo, procurando que ella no desviara la mirada de sus ojos mientras buscaba las palabras— es que yo nunca las amé. Y no sé si lo podría soportar, amándote como te amo, si no me correspondieras el sentimiento.

Hyacinth le observó la cara, sumergiéndose en las azules profundidades de sus ojos, memorizando cada plano, cada contorno, cada sombra, desde la curva de su lleno labio inferior hasta el arco exacto de sus cejas. Iba a compartir su vida con ese hombre, darle su amor y parir sus hijos, y se sentía inundada por la más maravillosa expectación, como si estuviera al borde de algo, a punto de embarcarse en una espectacular aventura.

Y todo comenzaba en ese momento.

Ladeó la cabeza, se le acercó más y se alzó para darle un beso en los labios.

—Te amo —dijo.

—Me amas, ¿verdad? —musitó él, y ella comprendió que él estaba tan sorprendido como ella por ese milagro.

—A veces te voy a sacar de quicio.

Él se encogió de hombros, esbozando su sonrisa sesgada.

—Me iré a mi club.

—Y tú me vas a sacar de quicio a mí.

—Puedes ir a tomar el té con tu madre. —Le cogió una mano y con la otra le rodeó la cintura, de modo que quedaron unidos como en un vals—. Y esa noche lo pasaremos maravillosamente, besándonos y pidiéndonos perdón.

—Gareth —dijo ella, pensando si esa no debería ser una conversación más seria.

—Nadie ha dicho que debamos pasar juntos todos los momentos de vigilia —continuó él—, pero al final del día —se inclinó a besarle cada ceja— y la mayor parte del tiempo durante el día, no hay nadie a quien preferiría ver, nadie cuya voz preferiría oír y nadie cuya mente preferiría explorar. —Entonces la besó en la boca, un beso largo, profundo—. Te amo, Hyacinth Bridgerton, y siempre te amaré.

—¡Oh, Gareth!

Le habría gustado decir algo más elocuente, pero las palabras de él tendrían que bastar para los dos, porque en ese momento se sentía avasallada por una emoción tan intensa que lo único que logró decir fue su nombre.

Y cuando él la cogió en los brazos y la llevó a la cama, lo único que pudo decir fue:

—Sí.

El vestido cayó al suelo antes de que llegaran a la cama, por lo que ya estaban piel con piel antes de que el cuerpo de él cubriera el de ella. Encontraba algo fascinante en estar debajo de él, sintiendo su fuerza, su poder. Él podía dominarla si quería, incluso hacerle daño, y sin embargo en sus brazos se convertía en el más valioso tesoro.

Él empezó a acariciarla, deslizando las manos por todo su cuerpo, dejándole una estela ardiente en la piel. Ella sentía cada caricia hasta el fondo de su ser. Él le acariciaba un brazo y ella la sentía en el vientre; le acariciaba el hombro y ella sentía un hormigueo en los dedos de los pies.

La besaba en los labios y le cantaba el corazón.

Finalmente él le separó las piernas y acomodó su cuerpo al de ella. Ella sintió su miembro, duro, vibrante, insistente, pero esta vez no sintió ningún temor, nada de aprensión, simplemente una avasalladora necesidad de tenerlo, de tenerlo dentro de ella y enrollarse a su alrededor.

Lo deseaba. Lo deseaba entero, todo él, todo trocito que él pudiera darle.

—Ahora, por favor —suplicó, arqueando las caderas.

Él no dijo nada, pero ella sintió su deseo y necesidad en su respiración agitada. Él se apretó más a ella, posicionando el miembro junto a su abertura, y ella se arqueó para recibirlo.

Le cogió los hombros, enterrando los dedos en su piel. Sentía algo salvaje dentro de ella, algo nuevo, ávido. Lo necesitaba. Necesitaba eso. Ya.

—Gareth —resolló, tratando de apretarse a él.

Él se movió, cambió el ángulo y comenzó a penetrarla.

Eso era lo que deseaba, lo que esperaba, pero de todos modos, el primer contacto fue una conmoción. Sintió ensancharse la vagina, empujó, y sintió un poco de dolor, pero de todos modos, lo sintió agradable y deseó más.

—Hy, Hy, Hy —repetía él, con la respiración entrecortada, entrando y saliendo, penetrándola un poco más con cada embestida. Hasta que, entonces, por fin, llegó hasta el fondo, llenándola, con tanta fuerza que sus cuerpos quedaron unidos.

—¡Oooh! —gimió ella, y la cabeza se le fue hacia atrás con la fuerza de la penetración.

Él comenzó a moverse, cogiendo un ritmo, penetrándola y retirándose, y la fricción ya era totalmente placentera. Lo abrazaba, lo arañaba, gemía, suspiraba, atrayéndolo más y más, para llegar al punto cúspide.

Esta vez ya sabía hacia dónde iba.

—¡Gareth! —exclamó, y el sonido quedó atrapado por la boca de él al besarla.

Ella sintió que algo empezaba a tensarse y enroscarse dentro de ella, hasta que estuvo segura de que se haría trizas. Y entonces, cuando ya no lograba soportar un momento más, llegó a la cima y sintió explotar algo dentro, algo pasmoso y verdadero.

Y cuando se arqueó, con el cuerpo a punto de desplomarse por el orgasmo, sintió que Gareth se volvía frenético, salvaje, hasta que, hundiendo la cara en su cuello, emitió un grito gutural, primitivo, y se derramó en ella.

Durante un minuto, o tal vez dos, lo único que pudieron hacer fue respirar. Finalmente Gareth rodó hacia un lado, y, estrechándola en sus brazos, se acomodó de costado.

—¡Uuuy, caramba! —dijo ella entonces, porque le pareció que eso resumía todo lo que sentía—. ¡Uuuy!

—¿Cuándo nos vamos a casar? —preguntó él, girándola suavemente hasta que quedaron curvados como dos cucharas.

—Dentro de seis semanas.

—Dos —dijo él—. Dile a tu madre lo que sea que tengas que decirle, no me importa. Cámbialo a dos; si no, te llevaré a rastras a Gretna Green.

Hyacinth asintió, acurrucándose pegada a él, gozando de la sensación de tenerlo detrás.

—Dos —dijo, prácticamente suspirando—. Tal vez incluso solo una.

—Mejor aún —convino él.

Continuaron así varios minutos, disfrutando del silencio, hasta que de pronto Hyacinth se giró en sus brazos y alargó el cuello para verle la cara.

—¿Ibas a ir a la casa Saint Clair esta noche?

—¿No lo sabías?

Ella negó con la cabeza.

—Pensé que no ibas a volver a ir.

—Te prometí que iría.

—Bueno, sí, pero pensé que mentías, para ser simpático.

Gareth soltó una maldición en voz baja.

—Vas a ser mi muerte. Me cuesta creer que no me hayas dicho en serio que fuera.

—Claro que te lo dije en serio. Simplemente pensé que no irías. —Entonces se sentó, tan de repente que estremeció toda la cama. En sus inmensos ojos, muy abiertos, apareció un brillo peligroso—. Vamos. Esta noche.

La respuesta era fácil.

—No.

—Vamos, por favor. Por favor. Hazlo como un regalo de bodas para mí.

—No.

—Comprendo tu renuencia...

—No —repitió él, tratando de desentenderse de una deprimente sensación en el estómago; la deprimente sensación de que iba a claudicar—. No, creo que no comprendes.

—Pero, de verdad, ¿qué tenemos que perder? —dijo ella con los ojos brillantes, convincentes—. Nos vamos a casar dentro de dos semanas.

Él arqueó una ceja.

—La próxima semana —enmendó ella—. La próxima semana, te lo prometo.

Él lo pensó. Era tentador.

—Por favor —suplicó ella—. Sé que deseas ir.

—¿Por qué será que me siento como si estuviera de vuelta en la universidad, con el más degenerado de mis amigos tratando de convencerme de que bebiera tres copas más de gin?

—¿Y para qué querías ser amigo de un degenerado? —preguntó Hyacinth. Entonces sonrió con pícara curiosidad—. ¿Y las bebiste?

Gareth pensó si sería prudente contestarle esa pregunta; en realidad, por nada del mundo quería que ella se enterara de sus peores excesos de su época de estudiante. Pero eso la distraería del tema de las joyas y...

—Vamos —repitió ella—. Sé que deseas ir.

—Yo sé lo que deseo hacer —musitó él, ahuecando la mano en su trasero—, y no es eso.

—¿No deseas las joyas?

Él comenzó a acariciarla.

—Mmm...

—¡Gareth! —exclamó ella, tratando de apartarse.

—¿Gareth, sí o Gareth...?

—No —dijo ella firmemente, arreglándoselas para eludirlo y alejándose hasta el extremo de la cama—. Gareth, no. No mientras no vayamos a la casa Saint Clair a buscar las joyas.

—¡Buen Dios! —masculló él—, es Lisístrata venida a mí en forma humana.

Ella lo obsequió con una sonrisa triunfal por encima del hombro, mientras se vestía.

Él se bajó de la cama y cogió su ropa, sabiéndose derrotado. Además, ella tenía un punto de razón. Su principal preocupación había sido la reputación de ella; mientras estuviera a su lado, confiaba plenamente en su capacidad para tenerla a salvo. En el caso de que los sorprendieran, si de verdad se casaban dentro de una o dos semanas, todos restarían importancia a sus travesuras, con un guiño y una sonrisa maliciosa. De todos modos, le pareció conveniente oponer resistencia, aunque solo fuera simbólica, así que dijo:

—¿No deberías estar cansada, después de todo este juego en la cama?

—Todo lo contrario, me siento rebosante de energía.

Él exhaló un cansino suspiro.

—Esta será la última vez —dijo, severo.

—Te lo prometo —repuso ella al instante.

Él terminó de vestirse.

—Lo digo en serio. Si no encontramos las joyas no volveremos a ir hasta que yo herede. Entonces puedes derribar la casa, mover piedra sobre piedra si quieres.

—No será necesario. Vamos a encontrar las joyas esta noche. Lo siento en mis huesos.

A él se le ocurrieron varias réplicas, ninguna apropiada para los oídos de ella.

Ella se miró, con la cara triste.

—No estoy vestida para esto —dijo, pasando las manos por los pliegues de su falda.

La tela era oscura, pero no era la ropa de chico que se había puesto para las dos excursiones anteriores.

Él ni siquiera se molestó en sugerir que lo dejaran para otra noche. No tenía sentido, estando ella francamente resplandeciente de entusiasmo.

Y, cómo no, Hyacinth señaló un pie que sobresalía por debajo del vestido, diciendo:

—Pero llevo mis botas más cómodas, y seguro que eso es lo más importante.

—Seguro.

Ella no hizo caso de su malhumor.

—¿Estás listo?

—Tan listo como lo estaré siempre —repuso él, con una sonrisa claramente falsa.

Pero la verdad era que ella había sembrado en él la semilla del entusiasmo, y ya estaba trazando mentalmente la ruta que tomarían. Si no deseara ir, si no estuviera convencido de su capacidad para tenerla a salvo, la arrojaría sobre la cama antes de permitirle dar un paso en la oscuridad de la noche.

Le cogió la mano, se la llevó a los labios y se la besó.

—¿Nos vamos? —musitó.

Ella asintió y echó a andar de puntillas delante de él, hasta la puerta del apartamento.

—Las vamos a encontrar —dijo en voz baja cuando ya estaban en el corredor—. Lo sé.

21

Media hora después.

—No las vamos a encontrar —dijo Hyacinth.

Estaba con las manos en jarras, paseando la mirada por el dormitorio de la baronesa. Habían tardado quince minutos en llegar a la casa Saint Clair, cinco en entrar por la ventana con el pasador roto y subir al dormitorio, y los últimos diez los habían pasado revisando la habitación por todos sus rincones y recovecos.

Las joyas no estaban en ninguna parte.

No era propio de Hyacinth reconocer la derrota. En realidad, era tan impropio de ella, que las palabras «No las vamos a encontrar» le salieron más sorprendidas que otra cosa.

No se le había pasado jamás por la mente la posibilidad de que no encontraran las joyas. Había repasado cien veces la escena en la cabeza, había hecho los planes, tramado, pensado todo en sus más mínimos detalles, y ni una sola vez se había ni imaginado saliendo de ahí con las manos vacías.

Se sentía como si la hubieran estrellado contra una pared de ladrillos.

Tal vez había sido tontamente optimista; tal vez había estado ciega, pero esta vez, tenía que reconocer, se había equivocado.

—¿Renuncias? —preguntó Gareth, levantando la cabeza para mirarla.

Estaba acuclillado a un lado de la cama palpando los paneles de la pared de detrás de la cabecera. Y su voz sonó, no exactamente complacida, pero en cierto modo «finalizada», si eso tuviera algún sentido.

Él ya sabía que no iban a encontrar nada, pensó Hyacinth, o, si no lo sabía, estaba casi seguro. Y esa noche había venido principalmente para complacerla a ella. Decidió que lo amaba más aún por eso.

Pero en ese momento su expresión, su aspecto, todo en su voz, parecían decir una cosa: «Lo intentamos y perdimos. ¿Podemos pasar a otra cosa, por favor?».

No tenía en la cara una sonrisa satisfecha o engreída, como para decir «Te lo dije». No, solo era una expresión apacible, indiferente, en la que se detectaba tal vez un poquito de decepción, como si en alguna diminuta parte de él hubiera deseado estar equivocado.

—¿Hyacinth? —dijo él, al no oír respuesta de ella.

—Eh..., bueno... —No sabía qué decir.

—No tenemos mucho tiempo —dijo él, adoptando una expresión acerada.

Estaba claro que se le había acabado el tiempo para reflexionar, pensó ella. Él se incorporó y se frotó las manos para quitarse el polvo. Tenían cerrado el dormitorio de la baronesa y, por lo visto, no hacían limpieza con regularidad.

—Esta noche es la reunión mensual del barón con su club de criadores de perros de caza —añadió él.

—¿Criadores de perros de caza? —repitió Hyacinth—. ¿En Londres?

—Se reúnen el último martes de cada mes, sin falta —explicó Gareth—. Llevan años reuniéndose. Para mantenerse al día de los conocimientos pertinentes mientras están en Londres.

—¿Los conocimientos pertinentes cambian con mucha frecuencia? —preguntó ella. Ese era el tipo de dato al azar que siempre le interesaba.

—No tengo idea —contestó Gareth, enérgicamente—. Probablemente solo es un pretexto para juntarse a beber. La reunión siempre acaba a las once, y luego dedican dos horas a conversación social. Eso significa que el barón va a llegar a casa... —sacó el reloj de bolsillo, lo miró y maldijo en voz baja— ahora.

Hyacinth asintió tristemente.

—Renuncio —dijo—. Creo que jamás he dicho esta palabra, a no ser que fuera por coacción, pero renuncio.

Gareth le acarició el mentón.

—No es el fin del mundo, Hy. Y, piénsalo, podrías reanudar tu misión una vez que el barón fallezca y yo herede la casa. A lo cual —añadió, pensativo— tengo cierto derecho en realidad. —Movió la cabeza—. Imagínate.

—¿Crees que la intención de Isabella era que alguien las encontrara algún día? —preguntó ella.

—No lo sé. Cualquiera diría que si la hubiera tenido habría elegido un idioma más accesible que el esloveno para escribir su última pista.

—Tenemos que irnos —suspiró Hyacinth—. Necesito volver a casa, en todo caso. Si tengo que fastidiar a mi madre para que cambie la fecha de la boda, quiero hacerlo ahora, mientras está adormilada y más fácil de convencer.

Gareth la miró por encima del hombro, cogiendo el pomo de la puerta.

—Eres diabólica.

—¿Es que no lo creías?

Él sonrió y le hizo un gesto cuando comprobó que podían salir al corredor. Juntos bajaron la escalera y llegaron al salón con la ventana defectuosa. Rápido y en silencio, salieron y saltaron al callejón de atrás.

Gareth echó a caminar delante, y al llegar al final del callejón se detuvo, extendiendo un brazo hacia atrás para mantener a Hyacinth a una distancia prudente mientras se asomaba a la esquina a mirar Dover Street.

—Vamos —susurró, haciendo un gesto con la cabeza hacia la calle.

Habían venido en un cabriolé de alquiler (el edificio de apartamentos donde vivía Gareth no estaba tan cerca para venir a pie) y lo habían dejado esperando dos travesías más allá. En realidad no era necesario ir en coche hasta la casa de Hyacinth, que estaba justo al otro lado de Mayfair, pero él había decidido que, teniendo el coche a su disposición, bien podían usarlo. Había un buen lugar donde podían bajarse, justo al otro lado de la esquina de la casa Número Cinco, pasaje que quedaba en la sombra y había muy pocas ventanas que dieran a él.

—Por aquí —dijo, cogiéndole la mano y haciéndola avanzar—. Vamos, podemos...

Solo habían dado unos pasos cuando, de repente, tropezó y se detuvo por un tirón. Hyacinth se había detenido bruscamente.

—¿Qué pasa? —siseó, girándose a mirarla.

Pero ella no lo estaba mirando. Sus ojos estaban enfocados en algo, o alguien, a la derecha.

El barón.

Gareth se quedó inmóvil. Lord Saint Clair, su padre o su tío, como fuera que debía llamarlo, estaba en un peldaño de la escalinata de entrada de la casa Saint Clair. Tenía la llave en la mano y era evidente que los había visto justo en el momento en que se preparaba para entrar en la casa.

—Esto es interesante —dijo el barón, y le brillaron los ojos.

Gareth sacó pecho, un gesto instintivo, una especie de bravata, dejando a Hyacinth en parte oculta detrás de él.

—Señor —dijo; siempre lo había llamado así, y algunos hábitos son difíciles de romper.

—Imagínate mi curiosidad —musitó el barón—. Esta es la segunda vez que me cruzo contigo aquí a medianoche.

Gareth guardó silencio.

Lord Saint Clair hizo un gesto hacia Hyacinth.

—Y ahora has traído contigo a tu encantadora prometida. Esto no es nada ortodoxo, he de decir. ¿Sabe su familia que sale a correr por las calles pasada la medianoche?

—¿Qué deseas? —preguntó Gareth, en tono duro.

El barón se rio.

—Creo que la pregunta más pertinente es qué deseas tú. A no ser que pretendas convencerme de que has venido aquí solo a tomar el aire fresco de la noche.

Gareth lo contempló, buscando detalles de parecido físico. Y ahí estaban: la nariz, los ojos, la forma de sostener los hombros. Ese era el motivo de que jamás se le hubiera ocurrido pensar, hasta ese fatídico día en el despacho del barón, que pudiera ser bastardo. Cuando era niño lo sorprendía y desconcertaba el desprecio con que lo trataba su padre. Cuando ya tuvo edad para comprender algo de lo que ocurre entre hombres y mujeres, a veces lo pensaba: una infidelidad de su madre sería la explicación lógica del comportamiento de su padre con él.

Pero cada vez descartaba la idea. Tenía en la cara esa maldita nariz Saint Clair. Y entonces el barón lo miró a los ojos y le dijo que no era hijo de él, que no podía serlo, que la nariz era una simple coincidencia.

Y él le creyó. El barón podía ser muchas cosas, pero no era estúpido, y sin duda sabía contar hasta nueve.

A ninguno de los dos se les ocurrió nunca que esa nariz podía ser algo más que una coincidencia, que él podía ser un Saint Clair después de todo.

Rememoró esos años de su infancia, intentando recordar: ¿el barón quería a su hermano? ¿Estaban unidos Richard y Edward Saint Clair? No logró recordar ni una sola ocasión en que los hubiera visto juntos, pero claro, la mayor parte del tiempo él estaba relegado a los aposentos de los niños.

—¿Y bien? —preguntó el barón—. ¿Qué tienes que decir?

Y Gareth sintió la respuesta en la punta de la lengua. Mirando a los ojos al hombre que durante tantos años había sido la fuerza rectora de su vida, casi dijo: «Nada, tío Richard».

Habría sido el mejor golpe directo, una sorpresa total, destinada a hacerlo tambalearse.

Y habría valido la pena, aunque solo fuera para verle la conmoción en la cara.

Habría sido perfecto.

Pero no lo hizo. No necesitaba hacerlo.

Y esa comprensión lo dejó sin aliento.

Antes habría intentado comprobar cómo podría sentirse el barón. ¿Se habría sentido aliviado al saber que la baronía iba a ir a un verdadero Saint Clair, o se habría enfurecido al saber que su propio hermano le había puesto los cuernos?

En cualquier ocasión anterior habría considerado sus opciones, sopesándolas, y luego seguido sus instintos e intentado asestarle el golpe más hiriente.

Pero en ese momento...

No le importaba.

Jamás querría a ese hombre; ¡demonios!, jamás le caería bien siquiera. Pero por primera vez en su vida, estaba llegando al punto en que simplemente no le importaba.

Y le pasmó lo agradable que era eso.

Le cogió la mano a Hyacinth y entrelazó los dedos con los de ella.

—Simplemente salimos a dar un paseo —dijo tranquilamente. Esa afirmación era claramente ridícula, pero la dijo con su habitual diplomacia, en el mismo tono que empleaba siempre con el barón—. Vamos, señorita Bridgerton —añadió, girándose para seguir caminando con ella por la calle.

Pero Hyacinth no se movió. Él se giró a mirarla y vio que parecía estar paralizada. Lo miró con expresión interrogante y él comprendió que ella no podía creer que él se hubiera quedado callado.

La miró, miró a lord Saint Clair y luego miró dentro de sí mismo. Y entonces comprendió que si bien la interminable guerra con el barón ya no importaba, la verdad sí importaba. No porque tuviera el poder de herir, sino simplemente porque era la verdad y era necesario decirla.

Era el secreto que había definido la vida de los dos durante mucho tiempo. Y era hora de que los dos quedaran libres.

—Tengo que decirte una cosa —dijo, mirando al barón a los ojos.

No le resultaba fácil ser tan franco; no tenía experiencia en hablar con el barón sin malignidad. Se sentía raro, como si estuviera desnudo.

Lord Saint Clair no dijo nada, pero su expresión cambió un poco, se volvió más alerta.

—Tengo en mi poder el diario de la abuela Saint Clair —dijo. Al ver la sorpresa del barón, añadió—: Caroline lo encontró entre los efectos personales de George, con una nota en que le decía que me lo entregara a mí.

—Él no sabía que tú no eras su nieto —dijo el barón en tono tajante.

Gareth abrió la boca para replicar «Pues sí que lo era», pero consiguió quedarse callado. Eso lo haría bien. Tenía que hacerlo bien. Hyacinth estaba a su lado, y de pronto sus comportamientos furiosos le parecían crueles, inmaduros. No quería que ella lo viera así. No deseaba ser así.

—La señorita Bridgerton sabe bastante de italiano —continuó, manteniendo el tono tranquilo, afable—. Me ha ayudado con la traducción.

El barón miró a Hyacinth, la observó atentamente con sus penetrantes ojos y volvió la atención a Gareth.

—Isabella sabía quién fue mi padre —dijo Gareth, entonces—. Fue el tío Edward.

El barón no dijo nada, ni una sola palabra. Aparte de entreabrir los labios, se quedó tan quieto que a Gareth le pareció que ni siquiera respiraba.

¿Lo sabría? ¿Lo habría sospechado?

Mientras él y Hyacinth guardaban silencio, el barón se giró a mirar hacia un lado de la calle y fijó la mirada en un punto distante. Cuando volvió a mirarlos, estaba blanco como un papel.

Se aclaró la garganta e hizo un gesto de asentimiento, solo una vez, como una especie de reconocimiento.

—Deberías casarte con esta chica —dijo, indicando a Hyacinth con un gesto de la cabeza—. Dios sabe que vas a necesitar su dote.

Acto seguido subió el resto de los peldaños, entró en su casa y cerró la puerta.

—¿Y eso es todo? —dijo Hyacinth, pasado un momento de sorpresa—. ¿Eso es lo único que va a decir?

Gareth comenzó a estremecerse. Era de risa, comprendió, como un pensamiento secundario. Se estaba riendo.

—No puede hacer eso —protestó Hyacinth, con los ojos relampagueantes de indignación—. Le has revelado el secreto más importante de la vida de los dos, y lo único que hace él... ¿Te estás riendo?

Gareth negó con la cabeza, aunque seguía riéndose.

—¿Qué es tan divertido? —preguntó Hyacinth, desconfiada.

Y lo miraba con una expresión tan... «ella». Eso lo hizo reír más aún.

—¿Qué es tan divertido? —repitió ella, aunque daba la impresión de que iba a sonreír—. Gareth —insistió, tironeándole la manga—, dímelo.

Él se encogió de hombros, sin poder contener la risa.

—Estoy feliz —dijo al fin.

Y era cierto, comprendió. Había disfrutado en su vida, y había gozado de muchos momentos felices, pero hacía tiempo que no experimentaba esa felicidad tan completa, tan plena. Casi había olvidado la sensación.

Repentinamente ella le colocó la mano en la frente.

—¿Tienes fiebre?

—Estoy bien —dijo él, cogiéndola en sus brazos—. Mejor que bien.

—¡Gareth! —exclamó ella, tratando de escabullirse de sus brazos cuando él se inclinó para besarla—. ¿Estás loco? Estamos en medio de la calle y es...

Él la interrumpió con un beso.

—Es pasada la medianoche —farfulló ella.

Él sonrió con su sonrisa pícara.

—Pero nos vamos a casar la semana que viene, ¿recuerdas?

—Sí, pero...

—Y hablando de eso...

Hyacinth lo miró boquiabierta cuando él hincó una rodilla en el suelo.

—¿Qué haces? —chilló, mirando nerviosa a uno y otro lado de la calle. Seguro que lord Saint Clair los estaba observando, y a saber quién más—. Nos verá alguien —susurró.

—Van a decir que estamos enamorados —dijo él, sin la menor preocupación.

—Esto...

¡Santo cielo!, ¿cómo puede discutir eso una mujer?

—Hyacinth Bridgerton —dijo él, cogiéndole la mano—, ¿quieres casarte conmigo?

Ella pestañeó, desconcertada.

—Ya te dije que sí.

—Sí, pero como dijiste, no te lo pedí por los motivos correctos. La mayoría de los motivos eran correctos, pero no todos.

Ella quiso decir algo, pero se le atragantaron las palabras, por la emoción.

Él la estaba mirando, con sus ojos azules brillantes y transparentes a la tenue luz de las farolas.

—Te pido que te cases conmigo porque te amo, porque no puedo imaginarme la vida sin ti. Deseo ver tu cara por la mañana, por la noche y cien veces entre medio. Deseo envejecer contigo, deseo reír contigo y deseo suspirar ante mis amigos quejándome de lo mandona que eres, sabiendo secretamente que soy el hombre más afortunado de la ciudad.

—¿Qué?

Él se encogió de hombros.

—Un hombre debe guardar las apariencias. Todos me detestarán si se dan cuenta de lo perfecta que eres.

—¡Ah!

¿Cómo puede discutir eso una mujer?

Entonces los ojos de él se pusieron serios.

—Deseo que seas mi familia. Deseo que seas mi esposa.

Ella simplemente continuó mirándolo. Él la miraba con un amor y una ternura tan evidentes que no sabía qué hacer. Ese amor parecía rodearla, envolverla, abrazarla, y comprendió que eso era poesía, eso era música.

Eso era amor.

Él le sonrió y lo único que pudo hacer ella fue sonreírle también, vagamente consciente de que las lágrimas le resbalaban por las mejillas.

—Hyacinth —dijo él—. Hyacinth.

Ella asintió, o al menos le pareció que asentía.

Él le apretó la mano y se incorporó.

—Nunca me imaginé que tendría que decirte esto, a ti, pero ¡por el amor de Dios, mujer!, ¡di algo!

—Sí —dijo ella, arrojándose en sus brazos—. ¡Sí!

Epílogo

Solo unos momentos para ponernos al día...

Cuatro días después del final de nuestra historia, Gareth fue a visitar a lord Wrotham y se enteró de que el conde no consideraba en absoluto coactivo el compromiso del pasado, en especial después de que él le dio a conocer la promesa de lady Bridgerton de tomar bajo su ala a sus hijas menores en la próxima temporada.

Cuatro días después de esta visita, lady Bridgerton informó a Gareth, en términos muy claros y terminantes, que su hija menor no se iba a casar deprisa, por lo tanto, él se vio obligado a esperar dos meses para casarse con Hyacinth en una ceremonia pomposa pero de buen gusto en la iglesia de Saint George de Londres.

Once meses después de la boda, Hyacinth dio a luz un hijo sano, al que bautizaron George.

Dos años después, fueron bendecidos con una hija, a la que pusieron Isabella.

Cuatro años después, lord Saint Clair se cayó de su caballo durante una partida de caza del zorro y su muerte fue instantánea. Gareth asumió el título y la familia se trasladó a su nueva residencia de ciudad en la casa Saint Clair.

Eso fue hace seis años. Desde entonces Hyacinth no ha parado de buscar las joyas...

—¿No has revisado ya este cuarto?

Hyacinth, que estaba en el suelo del lavabo de los aposentos de la baronesa, levantó la vista. Gareth estaba en la puerta, mirándola con expresión indulgente.

—No, desde hace por lo menos dos meses —contestó, presionando los tablones del rodapié por si descubría que estaba suelto en partes, como si no los hubiera tironeado y tratado de mover incontables veces antes.

—Cariño —dijo Gareth, y por su tono ella supo qué estaba pensando.

—No —dijo, mirándolo mal.

—Cariño —repitió él.

—No —repitió ella, volviendo la atención al rodapié—. No quiero oírlo. Aunque me lleve hasta el día de mi muerte, encontraré esas malditas joyas.

—Hyacinth.

Sin hacerle caso, ella continuó presionando a lo largo del borde inferior del rodapié, donde se unía al suelo.

Gareth estuvo varios segundos observándola, hasta que al fin dijo:

—Estoy absolutamente seguro de que ya has hecho eso.

Ella se limitó a mirarlo brevemente y se incorporó para ir a inspeccionar el marco de la ventana.

—Hyacinth.

Ella se giró tan bruscamente que casi perdió el equilibrio.

—La nota dice «La Limpieza está próxima a la Divinidad, y el Reino de los Cielos es riquísimo, en verdad».

—En esloveno —dijo él, irónico.

—Tres eslovenos —le recordó ella—. Tres eslovenos leyeron la pista y llegaron a la misma traducción.

Y ciertamente no había sido fácil encontrar a esos tres eslovenos.

—Hyacinth —dijo él, como si no hubiera ya dicho su nombre dos veces, e incontables veces antes, siempre en el mismo tono ligeramente resignado.

—Tienen que estar aquí —dijo ella—. Tienen que estar.

—Muy bien —dijo él, encogiéndose de hombros—, pero Isabella ha traducido un párrafo del italiano y quiere que vayas a revisar su trabajo.

Hyacinth detuvo el movimiento, suspirando, y retiró las manos del alféizar de la ventana. A los ocho años, su hija había declarado que deseaba aprender el idioma de su bisabuela tocaya, por lo que contrataron a una profesora para que le diera clases tres mañanas cada semana. En menos de un año Isabella había superado a su madre en el conocimiento del italiano, y Hyacinth se vio obligada a emplear a la profesora para que le diera clases a ella otras dos mañanas, simplemente para estar a la altura.

—¿Por qué nunca has estudiado italiano? —le preguntó a Gareth cuando iban saliendo del dormitorio al corredor.

—No tengo cabeza para los idiomas —dijo él alegremente—, y ninguna necesidad, teniendo a mis dos damas a mi lado.

Hyacinth puso los ojos en blanco.

—No te voy a decir ninguna palabra indecente más en italiano —le advirtió.

Él se echó a reír.

—Entonces dejaré de pasarle billetes de libra bajo cuerda a la signorina Orsini con la condición de que te enseñe palabras indecentes.

Hyacinth lo miró horrorizada.

—¡No has hecho eso!

—Pues sí.

Ella frunció los labios.

—No tienes cara de estar ni una pizca arrepentido.

—¿Arrepentido?

Riéndose, con una risa ronca que le vibró en la garganta, se inclinó a susurrarle al oído. Había unas cuantas de esas palabras en italiano que se había tomado el trabajo de memorizar; se las surruró todas.

—¡Gareth! —exclamó ella.

—¿Gareth, sí o Gareth, no?

Ella suspiró; no pudo evitarlo.

—Gareth, más.

Isabella Saint Clair estaba dándose golpecitos con el lápiz en un lado de la cabeza y mirando las palabras que acababa de escribir. Era un reto traducir de un idioma a otro. El significado literal nunca quedaba correcto, por lo que había que elegir las palabras del propio idioma con el mayor esmero. Pero eso, pensó, mirando la página abierta del *Discorso intorno alle cose che stanno, in sù l'acqua, ò che in quella si muovono*, de Galileo, eso era perfecto.

Perfecto perfecto perfecto.

Sus tres palabras favoritas.

Miró hacia la puerta, esperando ver aparecer a su madre. Le encantaba traducir textos científicos, porque su madre siempre se quedaba atascada en las palabras técnicas y, lógicamente, siempre le resultaba divertido ver a su mamá simulando que sabía más italiano que su hija.

Y no era que ella fuera mala. Frunció los labios, reflexionando sobre eso. No, no era mala; la única persona a la que adoraba más que a su madre era su bisabuela Danbury, la que, aunque no podía dejar su silla de ruedas, seguía manejando su bastón casi con la misma precisión que su lengua.

Sonrió. Cuando fuera mayor, deseaba ser, primero, exactamente igual que su madre, y luego, cuando ya tuviera la edad, exactamente igual que su bisabuela.

Exhaló un suspiro. Sería una vida maravillosa.

¿Pero qué hacía tardar tanto a su madre? Hacía un siglo que había enviado a su padre a buscarla abajo, y debía añadir que a él lo adoraba igual, solo que era simplemente un hombre, y por lo tanto no podía aspirar a ser igual que él cuando fuera mayor.

Hizo una mueca. Lo más probable era que su madre y su padre estuvieran escondidos en algún rincón oscuro, riendo y hablando en susurros. ¡Buen Dios, eso sí que era vergonzoso!

Se levantó, resignada a una larga espera. Bien, podría ir al lavabo. Dejando con sumo cuidado el lápiz sobre la mesa, se dirigió al lavabo de los aposentos de los niños. Ocupando el espacio bajo el alero de la antigua mansión, estaba metido su cuarto favorito de la casa. Alguien le había tomado cariño a ese pequeño cuarto en el pasado, pues las paredes estaban revestidas por azulejos bastante alegres, en un estilo que solo se podía suponer era oriental. Los azulejos daban hermosos reflejos azules, verde mar y amarillos que parecían rayos de sol.

Si el cuarto hubiera sido lo bastante grande para poner una cama y convertirlo en dormitorio, ella lo habría hecho. Tal como estaba, encontraba particularmente divertido que el cuarto más bonito de la casa (al menos en su opinión) fuera el más humilde.

¿El lavabo de los aposentos de los niños? Solamente los cuartos de los criados se consideraban de menos prestigio.

Hizo sus necesidades, volvió a dejar el bacín oculto en el rincón y se dirigió a la puerta. Pero antes de llegar ahí, algo captó su atención.

Una grieta entre dos azulejos.

—Eso no estaba ahí antes —musitó en voz baja.

Se acuclilló y finalmente se sentó en el suelo para examinar la grieta, que subía desde el suelo hacia la parte superior del primer azulejo, cuya altura era de poco menos de un palmo. La grieta no era algo en lo que se fijarían muchas personas, pero ella no era como la mayoría de las personas. Se fijaba en todo.

Y eso era algo nuevo.

Frustrada por no poder observarla bien de cerca, se puso de rodillas apoyada en los antebrazos y pegó la mejilla al suelo.

—Mmm... —Empujó el azulejo de la derecha de la grieta y luego el de la izquierda—. Mmm...

¿Cómo era posible que de repente se abriera una grieta en la pared de su cuarto de aseo? La casa Saint Clair ya tenía más de cien años de antigüedad, tiempo más que suficiente para haber experimentado todo tipo de movimiento y estar bien asentada. Y aunque había oído decir que había regiones muy lejanas donde la tierra se movía y temblaba, eso no ocurría en un lugar tan civilizado como Londres.

¿Habría dado un puntapié a la pared sin darse cuenta? ¿Se le habría caído algo?

Volvió a intentar mover uno y otro azulejo, varias veces.

Echó atrás el brazo, preparándose para dar un golpe más fuerte, pero detuvo el movimiento. El lavabo de los aposentos de su madre estaba exactamente abajo. Si daba un golpe muy fuerte, seguro que su madre subiría de inmediato a preguntarle qué estaba haciendo. Y aunque hacía mucho rato que había enviado a su padre a buscarla, podía apostar sobre seguro que ella seguía en su cuarto de aseo.

Y cuando la mamá entraba en su lavabo..., bueno, o bien salía al minuto o se quedaba ahí una hora. Era de lo más extraño.

Por lo tanto, no le convenía hacer ruido. Seguro que sus padres pensarían que estaba echando abajo la casa y se enfadarían.

Pero tal vez un golpecito suave...

Entonó el verso de una nana para decidir cuál azulejo golpear; eligió el de la izquierda y lo golpeó un poco más fuerte. No ocurrió nada.

Enterró la uña en el borde de la grieta y le quedó un trocito de yeso metido bajo la uña.

—Mmm...

Tal vez podría alargar la grieta...

Miró hacia su tocador hasta que sus ojos se posaron en un peine de plata. Eso podría servir. Lo cogió y posicionó con todo cuidado el diente del extremo junto al borde de la grieta; entonces comenzó a golpear con movimientos precisos el yeso que unía los dos azulejos.

¡Se abrió la grieta hacia arriba! La vio abrirse ante sus ojos.

Repitió los golpes, colocando el peine sobre el yeso de la juntura de la izquierda del azulejo. Nada. Probó sobre el de la derecha.

Golpeó más fuerte.

Ahogó una exclamación cuando se abrió rápidamente una grieta hacia arriba por ese lado del azulejo y llegó hasta la parte superior. Repitió la operación en el otro extremo hasta que la grieta se abrió hacia abajo.

Con la respiración agitada, enterró las uñas por cada lado del azulejo y tiró hacia fuera con todas sus fuerzas, tratando de sacarlo, haciendo palanca con las uñas.

Entonces, con un crujido y un gemido, que le recordó a su bisabuela cuando lograba pasar de su silla de ruedas a la cama, el azulejo cedió.

Lo dejó con sumo cuidado en el suelo y miró la pared, el espacio que había ocupado el azulejo. En lo que solo debería ser pared de ladrillos, había un pequeño hueco cuadrado de apenas unos centímetros por lado. Metió la mano, con los dedos extendidos y juntos, para que cupieran.

Tocó algo suave, parecido a terciopelo.

Lo sacó. Era una bolsa pequeña, cerrada por un cordón de seda.

Enderezando la espalda, cruzó las piernas para quedar sentada en postura india. Metiendo un dedo por la abertura ensanchó la boca, haciendo ceder el cordón que la cerraba.

Entonces, con la mano derecha puso la bolsa boca abajo y su contenido cayó en su mano izquierda.

—¡Oh, Di...!

Se tragó el grito. Sobre su mano había caído una verdadera cascada de diamantes.

Eran un collar y una pulsera. Y aunque ella no se consideraba el tipo de chica que perdiera la cabeza por chucherías y ropa, ¡oh!, esas eran las joyas más hermosas que había visto en su vida.

—¿Isabella?

Su madre. ¡Ay, no! ¡Uy, no, no, no!

—¿Isabella? ¿Dónde estás?

—En... —se interrumpió para aclararse la garganta; la voz le había salido como un chillido—. En el lavabo, mamá. Salgo enseguida.

¿Qué podía hacer? ¿Qué debía hacer?

Ah, sí que sabía lo que debía hacer. Pero, ¿qué «deseaba» hacer?

—¿Esto que está en la mesa es tu traducción? —preguntó su madre.

—Eh, ¡sí! —Tosió—. Es de Galileo. El original está al lado.

—¡Ah! —dijo su madre, la voz le sonó rara—. ¿Por qué ele...? No, nada, no tiene importancia.

Isabella miró las joyas, desesperada. Solo tenía un instante para decidir.

—¡Isabella! —gritó su madre—. ¿Te acordaste de hacer tus sumas esta mañana? Esta tarde van a comenzar tus clases de baile. ¿Lo recordabas?

¿Clases de baile?, pensó Isabella, haciendo una mueca como si hubiera tragado lejía.

—Monsieur Larouche estará aquí a las dos. Falta poco. Así que vas a tener que...

Isabella contempló los diamantes. Fijamente. Continuó mirándolos con tanta fijeza que se le desvaneció la visión periférica, y dejó de oír todo ruido. Se desvanecieron los sonidos de la calle que entraban flotando por la ventana. Se desvaneció la voz de su madre, que seguía perorando sobre las clases de baile y la importancia de la puntualidad. Dejó de oír todo, todo, a excepción del zumbido de la sangre en sus oídos y el sonido rápido e irregular de su respiración agitada.

Continuó su contemplación de los diamantes.

Y de pronto sonrió.

Y los guardó donde los había encontrado.

¿TE GUSTÓ ESTE LIBRO?

escríbenos y
cuéntanos tu opinión en

f /Sellotitania   **🐦** /@Titania_ed

📷 /titania.ed

#SíSoyRomántica

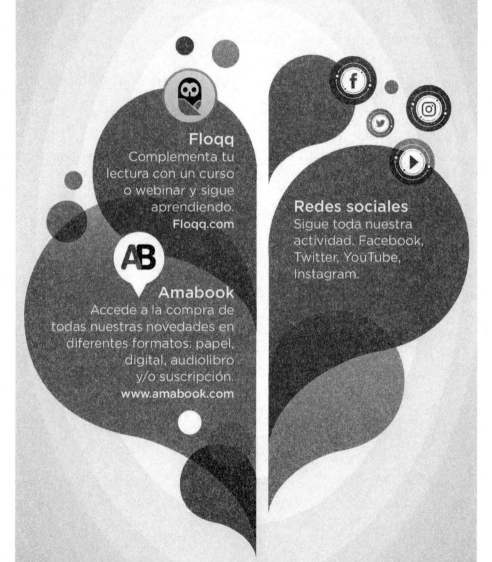